KB267994

윤극사전기

尹克邪傳記

윤극사전기 5
시하 新무협 판타지 소설

초판 1쇄 찍은 날 § 2004년 3월 16일
초판 1쇄 펴낸 날 § 2004년 3월 26일

지은이 § 시하
펴낸이 § 서경석

편집장 § 문혜영
편집 § 장상수 · 서지현
마케팅 § 정필 · 강양원 · 이선구 · 김규진 · 홍현경

펴낸곳 § 도서출판 청어람
등록번호 § 제1081-1-89호
등록일자 § 1999. 5. 31
어람번호 § 제2-0352호

주소 § 경기도 부천시 원미구 심곡1동 350-1 남성B/D 3F (우) 420-011
전화 § 032-656-4452 팩스 § 032-656-4453
http://www.chungeoram.com
E-mail § eoram99@chollian.net

ⓒ 시하, 2003

값 8,000원

ISBN 89-5831-046-4 04810
ISBN 89-5505-904-3 (SET)

尹克邪傳記

시하 신무협 판타지 소설

Fantastic Oriental Heroes

윤수사 전기

5

혼세고검(混世孤劍:혼탁한 세상 외로운 첨)

도서출판 청어람

윤극사 전기

◎ 윤극사 여정

1. 종남산 제세원
2. 이화유 저택
3. 숭산 백초곡 청동봉
4. 등봉현(순의원)
5. 대파산(수병곡)
6. 사천성 만원
7. 달주, 대죽 거현
8. 화교(가희원)
9. 양가보
10. 남충
11. 성도
12. 아미산
　　기운사
　　대불암
　　남연고도관
　　유혼대
　　마등곡

제1장 성기(性器)와 심장(心臟), 그리고 머리

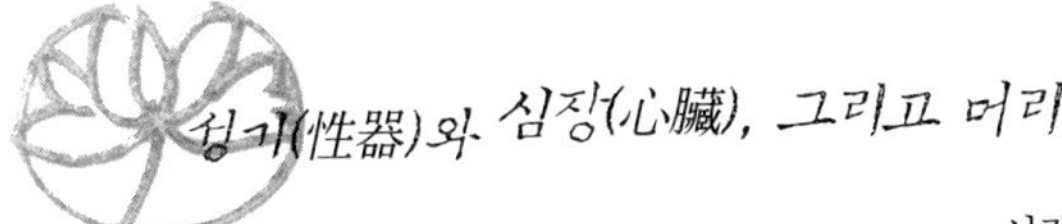# 성기(性器)와 심장(心臟), 그리고 머리

- 사람이 말하고 사람을 말한다

수병곡에 들어갈 때, 앙상한 나무에 매달린 열매 꼬투리들을 장난 삼아 훑어 길가에 버렸다. 버려진 꼬투리 씨앗들이 버려진 대로 자라서 여름 숲 속에 바람 부는 동네기 되었다. 땅에 깔린 한 무더기의 녹음을 이루고 있었다.

대파산 자락에 수레를 세운 한낮, 이영은 퉁소를 불어서 이화금봉이 꿀을 모으게 했다.

햇살은 뜨거웠고 병란(兵亂)은 사람들을 산으로 숨게 만들었다.

윤극시는 수병곡에서 그곳까지 가는 동안에 여러 무리들을 보았고 여러 무리를 만났다. 큰 무리는 수백 명이 넘었고 작은 무리도 기십 명은 되었다.

"다 죽었어. 미친놈들이야. 남자고 여자고 어린애고 간에 눈에 띄면

다 죽여."

윤극사가 만났던 한 무리의 우두머리가 가슴을 치면서 했던 말이다.

성이 남(南)이라는 그 사람은 갑자기 들이닥친 군사들로 인해 마을 사람들을 이끌고 세 달째 피난하고 있는 중이었다.

처음에 삼백 명이 넘었던 마을 사람들이 길에서 지쳐 죽기도 하고 칼 맞아 죽거나 병들어 죽기도 해서 일흔 명 정도로 줄었다고 했다.

윤극사는 남 두령(南頭領)의 말투와 그 무리의 형색으로 봐서 그들 역시 살기 위해 다른 마을이나 무리를 공격하여 먹을 것을 빼앗았다는 것을 알았다.

그가 이끈 무리의 남자들 중 상당수는 싸우다가 죽었음이 틀림없었다.

윤극사는 묵묵히 남 두령의 다리에 난 상처를 치료해 주고 나서 해산하는 여자를 도와서 아기를 받았다.

서른 명 정도의 부녀자들 가운데 반 수 이상이 임신을 한 상태였다. 해산한 여자 외에도 곧 아기를 낳을 여자들이 많았다.

사람들이 죽어가는 전쟁 중에도 새 생명들은 꾸준히 태어난다.

나무껍질을 벗겨 먹고 천렵(川獵)을 하거나 약탈을 하면서도 산 사람들은 살아서 기본적으로 인간이 하는 것들은 다 하고 있었다.

전쟁이 파괴하는 것은 사람이 아니라 사람의 역사가 이루어놓은 것들뿐이다.

윤극사와 이영은 남 두령이 호의로 제공한 식사를 대접받았다. 여자들이 나무의 속껍질을 벗겨서 끓인 죽이었다.

이영이 그들에게 꿀을 나누어 주었다. 남 두령은 이영과 윤극사를 아주 두려워했다. 짧은 기간 동안이지만 그들은 수병곡에서 속세를 벗어난 생활을 하면서 탈속한 모습을 보이고 있었기 때문이다.

남 두령은 윤극사에게 자기들과 함께하지 않겠느냐고 묻기도 했다. 그럴 수 없다고 답했다. 남 두령은 전쟁을 피해서 숨는 사람이고 윤극사는 전쟁 속으로 걸어가야 할 사람이었다.

그러나 이런 류의 만남을 통하여 대파산을 다 벗어나기도 전에 윤극사와 이영은 세상 소식을 다 들을 수 있었다.

병란의 주역(主役)은 황제에게 반란을 일으킨 민소동(閔少東)이라는 사람으로 원래 군졸이었는데 변방의 크고 작은 전쟁에서 공을 많이 세웠기 때문에 장군이 된 자였다.

그가 세력을 가지고 야심을 키우고 있다는 소문이 나면서 황제가 그의 직위를 폐하고 압송하려 하니 그가 반항하여 난주(蘭州)에서 군사를 일으켰다.

황제의 사신을 죽여서 그 목을 돌려보냈고, 파죽지세로 공격하여 대파산 이북을 점거하고 서안(西安:장안)을 도읍으로 하여 지난달에 국호(國號)를 대위(大魏), 연호(年號)를 천평(天平)으로 정하고 스스로 황제가 되었다.

조정에서는 대장군 이궁(李穹)을 원수(元帥)로 삼아서 이십만 대군을 거느리고 민소동을 치게 했지만 이궁은 민소동의 왼팔이라고 불리는 오번백(吳幡百)에게 연전 연패하고 있는 중이었다.

이궁의 군중에서 도망쳐 나오거나 낙오된 병사들은 비적(匪賊)이 되어서 민가를 습격하고 어떤 경우에는 관아(官衙)를 공격하기도 했다.

낙오병들이 민소동 군에 항복하는 경우는 드물었고 이궁에게 돌아가지도 않았다. 이궁은 군령을 엄하게 하는 장수로 널리 알려져 있었기 때문에 패잔병인 그들은 돌아가면 벌을 받거나 경우에 따라서는 참수를 당할 수도 있었다.

이렇게 비적이 되어버린 적군들로 곤혹스러워하는 것은 막 새 나라를 연 민소동 측이었다. 그들은 백성을 안정시킬 틈도 찾지 못했다.

민소동의 오른팔인 우문태(禹聞台)가 전장에 나서지도 못하고 비적들을 소탕하며 백성을 위무(慰撫)하는 중이었지만 역부족이었다.

민소동은 천하 각지에 격문(檄文)을 띄우고 동조자를 구했지만 그에 답하는 세력은 전무했으며 그의 군사는 원래 그가 거느렸던 정병 육만이 다였다.

섬서성(陝西省)에 있는 관료들의 경우에는 복종하지 않는 자는 죽이고 복종하는 자에게는 더 높은 벼슬을 주어 원래의 일을 하게 했으므로 조세와 징집의 기본적인 업무는 되고 있었지만 새로운 황제의 힘이 백성들에게까지 뻗치지는 못하고 있었다.

오히려 관리들의 조세와 징집이 백성들의 유민화를 부추기는 상황이었다.

한편 민소동의 대위국을 깨뜨려야 할 조정에서는 이궁을 불러들이고 강영해(姜塋海)를 내보내야 한다는 측과 이궁을 옹호하는 측이 날마다 싸움을 벌이는 중이었다.

이영의 통소 소리를 들으며 윤극사는 세워놓은 수레에 몸을 기대고 나뭇잎 사이로 해를 보았다.

'하필이면…….'

하필이면 서안이었다.

제세원이 있던 종남산은 서안에 있는데, 제세원으로 가려면 하는 수 없이 많은 비적과 반란군들을 헤집고 가는 수밖에 없었다.

윤극사는 제세원으로 가서 다시 제세원을 일으키고 혼돈석유를 연구하며 이영과 자기를 위협하는 운명에 맞설 작정이었다.

품속에 손을 넣어 검을 만져 보았다. 마음이 조금 든든했다. 검을 꺼내서 가로로 세로로 한 번씩 휘둘러 보았다.

검은 자기의 길로 가고 있었다. 윤극사는 자기의 의지로 검을 검의 길로 가게 할 수 있었다. 한번 검을 잡은 김에 놓지 못하고 사면팔방 의지가 흐르는 곳으로 검이 가게 했다.

앞으로 휘두르는 것이나 뒤로 휘두르는 것이나 차이가 없었다. 어느 방향 어떤 각도로든 검을 보낼 수 있었다.

그때 문득 숲에서 한 사람이 고개를 내밀었다. 피난민으로 보이는 청년이었다. 그가 이영을 보더니 뒤를 향해 소리쳤다.

"여기 하나가 있다!"

"어디? 어디?"

다른 곳에서 답하는 소리가 들렸다.

이영은 퉁소를 손에 든 채 어이없는 듯이 윤극사를 보았다. 윤극사는 검을 거두고 이영의 곁에 섰다.

청년이 뛰쳐나와 창으로 겨누며 윤극사에게 소리쳤다.

"여자를 넘겨라! 그러면 목숨을 살려주마!"

눈이 날카롭고 창끝이 예리했다. 피난민이 아니라 비적으로 변해 버린 병졸(兵卒)이었다.

윤극사가 청년에게 말했다.

"우릴 그냥 두시오."

청년이 킬킬거리며 웃었다.

"우리가 누군지도 모르는 샌님이군. 곧 알게 해주지."

"야! 삼삼한데!"

막 달려온 한 병사가 이영을 보고 소리쳤다.

이영은 살기가 치밀었지만 윤극사가 있는지라 못 들은 척했다. 여섯 명의 병사들이 창을 겨누고 윤극사와 이영을 포위했다. 우두머리가 따로 있어 보이지 않았지만 전쟁을 경험한 병사들은 포위 상황에 일사불란하게 대처할 줄 알았다.

이영의 미모를 보고 한 병사가 긴장한 표정으로 침을 꿀꺽 삼켰다.

다른 병사가 고함쳤다.

"여자를 넘겨라!"

또 다른 병사가 옆의 병사에게 작은 소리로 말했다.

"죽여 버리자. 죽이고 빼앗자."

"젠장. 죽이면 여자가 울고불고하며 말을 잘 듣지 않을 텐데……."

"그건 그래. 그냥 넘기면 자포자기한단 말이야."

병사들이 이영의 얼굴을 마주 보지 않고 훔쳐보며 이야기를 주고받았다.

윤극사는 상한 음식을 먹은 것처럼 속이 거북했다. 그들의 대화를 끊었다.

"그만 하시오!"

한 병사가 창으로 윤극사를 찌르며 말했다.

“일단 병신으로…….”

윤극사가 검을 휘둘러 창을 막았다. 서걱! 소리와 함께 병사의 창이 윤극사의 검에 베어졌다.

병사가 놀라서 창자루를 집어 던지며 물러섰다.

“제기랄! 무림인(武林人)이다!”

윤극사가 창을 향해 손을 뻗었다가 오른쪽에 있는 나무를 가리켰다. 날아오던 창자루가 방향을 바꾸어서 나무에 깊숙이 박혔다.

병사들이 두려운 표정을 지으며 물러섰다. 그들은 윤극사가 말로만 듣던 무림의 전설적인 고수라 생각했다.

이영은 병사들이 일시적인 공황 상태에 빠져 어쩔 줄 모르는 것을 보고 나직하게 말했다.

“무기를 놓아라.”

병사들이 멈칫거리며 창을 내려놓았다. 윤극사도 검을 거두어 오른쪽 허리춤에 걸었다. 병사들이 윤극사와 이영의 눈치만 살폈다.

윤극사가 말했다.

“가시오.”

말이 떨어지기 무섭게 그들은 달아났다.

지키고 싸우기로 마음먹은 이후 첫 번째 싸움이었다. 윤극사는 한 손으로는 이영의 손을 꼭 잡고 다른 손으로는 검의 자루를 꼭 잡았다. 지켜야 할 것과 지킬 수단이 그의 양손에 나뉘어져 있었다.

윤극사는 이러한 상황이 이제 시작일 것이라고 생각했다. 전쟁 속에서 얼마나 많은 인간의 적나라한 모습을 보게 될지 알 수가 없었다.

이영은 윤극사의 팔에 몸을 기댔다. 빨리 그곳을 떠나는 것이 좋을 것 같았다. 근처에 다른 비적들이 없으리란 보장이 없었다.

윤극사는 수레에 이영을 태우고 숲 속 길을 반 시간 정도 걸었다. 길을 사이에 두고 양안에서 두 무리가 마주 서 있는 것이 보였다.

윤극사는 수레를 멈추었다. 양쪽의 무리 모두 안면이 있었다. 길의 왼쪽 편에 열 명가량의 여자들과 장정 몇을 데리고 서 있는 사람은 남 두령과 그의 사람들이었고, 오른편 사람들은 윤극사와 마주쳤던 비적들이었다. 숫자는 서른 명 정도로 불어나 있었다.

이영이 윤극사에게 작은 소리로 말했다.

"저들은 거래를 하려는가 봐요. 우리 잠시 피해 있어요."

비적과 유민이 거래를 한다는 건 머리가 갸웃거려지는 일이었다. 남 두령은 비적들과 만나면 비적들이 무조건 사람들을 죽인다고도 했었다.

하여간 그들이 뭘 하든 윤극사가 어떤 상관이 있는 것은 아니었다.

윤극사는 그들 사이에 끼어들고 싶지 않아서 그들이 발견하기 전에 나무 뒤로 수레를 숨기고 이영과 나란히 앉아서 깃 모양 잎이 달린 아까시 나무의 노란색 꽃을 훑어서 이영에게 주었다.

남 두령의 약간 커진 목소리가 들려왔다.

"너무 공짜 먹겠다는 소리 아니오? 한 번에 쌀 두 되! 그 이하는 양보할 수 없소."

비적이 된 병사들 중 한 사람이 말했다.

"제기랄! 이 여름에 쌀이 어디 있어? 미친 소리 말고 조 한 말로 전부 끝내자고."

남 두령이 말했다.

"우리는 귀가 없는 줄 아시오? 당신들이 지난번 관군의 군량미 탈취 사건에 발을 끼웠음을 알고 있소. 당신들 상황이 좀 좋아졌으면 우리도 그만큼 생각해 줘야 할 것 아니오?"

한 병사가 남 두령의 목을 찌를 듯이 창을 내밀며 소리쳤다.

"뒈지고 싶으면 함부로 입 놀려라!"

남 두령이 눈도 깜짝하지 않고 말했다.

"조금만 챙겨주면 무덤까지 입 다물고 갈 수도 있소. 관부의 고수들이 범인을 찾기 위해 이 근처에 와 있다는 사실은 말해 줄 수도 있소."

비적들이 놀란 표정을 지었다.

"관부의 고수들이!"

남 두령이 의기양양한 음성으로 말했다.

"그렇소. 군부가 아닌 관부의 기찰포교(譏察捕校)들이 대거 몰려왔다는 소문이오. 그들은 평복을 하고 있지만 무림인들을 상대하던 사람인만큼 당신들은 상대가 안 될 거요."

비적들이 서로 얼굴을 마주 보았다. 그들은 반 시간 전에 마주친 윤극사와 이영이 관부의 고수가 아니었는가를 생각하며 두려운 표정을 지었다.

남 두령이 말했다.

"빨리 여기를 뜨는 것이 좋을 거요."

비적들 중 뒤에 가만히 있던 약간 뚱뚱한 사람이 말했다.

"좋다. 쌀을 줘버려. 한 번에 두 되씩이다."

그 사람은 폭이 넓은 칼을 차고 있었다.

"빌어먹을!"

한 사람이 투덜거리며 숲으로 들어가서 나뭇가지로 가린 것을 치웠다. 가마니 두 개가 보였다.

남 두령은 입이 쩍 벌어졌다.

그가 침을 삼키며 말했다.

"그럼 데리고 가서 하시오."

비적들 중에서 서열이 높은 듯한 자들 열 명 정도가 먼저 여자들과 함께 숲으로 들어갔다.

남 두령이 그들의 뒤에 대고 소리쳤다.

"조심해서 다뤄주시오! 임신한 여자들은 잘못 다루면 한동안 쓸 수 없소!"

윤극사는 아까시 나무 뒤에서 성이 거래되는 것을 씁쓸한 기분으로 지켜보았다. 숲에서는 부끄러움을 모르는 신음 소리들이 들렸고 순서가 돌아오길 기다리는 비적들은 몸이 달아서 얼굴이 벌겋게 되어 있었다.

남 두령을 따라온 장정 두 사람은 됫박으로 사람 수의 두 배만큼 쌀을 퍼서 자기들이 가져온 자루에 옮겨 담았다.

무표정했다. 그들은 나무 인형처럼 표정없는 얼굴로 마을 여자들의 몸을 판 대가를 회수했다.

윤극사와 이영은 수병곡을 나온 후 짧은 기간에 전란과 혼돈이란 상황에 자신들이 너무 쉽게 적응하고 있다는 사실에 놀랐다.

"사람은 서서 걸을 줄도 알지만 엎드려 길 줄도 알지요."

하고 남 두령이 했던 말은 상황에 반응하여 적응하고 변화하는 인간이란 존재의 정체를 말하고 있는 것 같기도 하다는 생각이 들었다.

윤극사는 수레에 등을 기대고 이영의 어깨에 팔을 두른 채 지그시 눈을 감았다. 윤극사는 의원이었다. 도학군자(道學君子)도 아니고 성인(聖人)도 아니었다.

남 두령과 그의 장정들이 언제 죽을지 모르는 비적들에게 여자들을 내어준 대가를 받아서 생명을 유지해 갈 때, 그 여자들은 그들의 아내나 누이, 어쩌면 딸일지도 몰랐다. 어린 소년들에게는 어머니가 포함되어 있을 수도 있었다.

성을 매매하는 것은 인간 말종의 선택이지만 전쟁 속에서 아무 가진 것 없이 자기와 가족의 종말을 순간마다 대하면서 살아야 하는 사람들에게는 유일하게 선택 가능한 것일지도 모를 일이었다.

사람은 살아야 한다!

죄를 지어도 살아야 하고 나약해도 살아야 한다. 그리고 의원은 그들을 살려야 한다.

전쟁 속에서 생의 수단으로 훔치고 빼앗고, 죽이고, 몸을 파는 것이 환자가 불에 데인 자리에 된장을 바르고, 태장(笞杖)을 당하고 난 후에 인분(人糞:똥)을 먹는 행위와 다를 바가 없다.

여자를 사거나 빼앗는 것 역시 자기의 생명, 자기의 혈통을 잇고 싶어하는 또 다른 종류의 몸부림 그 이상이 아니다.

열 명의 여자가 서른 명의 남자를 상대했다. 광란(狂亂) 상태에서 여러 여자를 번갈아 상대한 자들도 더러 있었다. 살아 있는 순간의 생명의 불꽃을 옮기려는 절박함이 광란을 만들었다.

남자 비적들은 퍼질러졌고, 비칠거리는, 하지만 굳건한 여자들은 옷을 추스르고 숲에서 나와 남 두령을 따라 사라졌다.

윤극사는 그들 중 배가 불러서 뒤뚱거리는 여자의 뒷모습이 완전히 사라진 후에야 수레를 끌고 지나갔다.

작은 무리의 여자는 빼앗고 큰 무리의 여자는 거래를 통해서 취하는 비적들이 두 사람을 보고 놀라서 슬그머니 수풀 속으로 숨어버렸다.

마침내 대파산 자락의 숲을 벗어나 들로 나섰다. 들판에는 주인의 손길이 닿지 않은 곡식들이 잡풀들 속에 자라 있고, 들판 가운데로는 대규모 인마가 지나간 흔적, 곳곳에 어지럽게 쓰러진 곡식들이 보였다.

곡식들이 비가 마른 하늘 아래에서 사람을 먹고 시퍼렇게 자라고 있었다. 창에 찔려 죽은 사람들과 칼 맞아 죽은 자들의 시신이 있는 곳에는 어김없이 곡식이 무성했다. 콩뿌리가 땅 밖으로 뻗어 나와 시체의 목 뒤로 파고들어 가 있는 것을 보았다.

들끓는 구더기와 파리 떼, 잡초들, 그리고 들판에 가득한 악취. 이영은 몇 개의 시신을 본 후에 토악질을 했다.

배에서 빠져나온 내장을 개미들이 쓸고 있고, 그 안쪽에서 살이 꿈틀거리듯이 하얀 구더기들이 무더기로 쏟아져 나오는 것을 본 후였다.

바람이 불어도 먼 곳에서 시체 썩는 냄새를 몰고 왔고, 햇살은 구석구석에 있는 시신들을 비추었으며, 그늘 아래에는 썩다가 말라서 목내이(木乃伊:미라)가 되고 있는 끔찍한 형상의 잔해들이 숨어 있었다.

시신들 사이에 뛰어다니는 쥐들, 쥐를 쫓으며 사방을 두리번거리는 늑대를 닮은 들개들, 세상이 눈앞에 보이는 것이 다는 아니겠지만, 윤극사와 이영의 눈앞에 펼쳐진 세상에는 죽음과 시체와 죽음 이후의 모습들만이 펼쳐져 있었다.

가도 가도 여름 들판에는 시체가 보였다. 싸우다가 죽고, 쫓기다가 죽고, 쫓다가 죽고, 잡혀가다 죽은 자들의 시신은 그들이 사용하던 칼과 방패와 더불어 흩어졌다.

눈에 보이는 대로 시체들을 한곳에 모았다.

밤이 되었고, 윤극사는 불타고 있는 한 무더기의 시체 위로 달이 떠오르는 것을 보았다. 달도 하늘도 핏빛으로 붉었다. 시체가 그슬리고 타는 냄새가 골수까지 스며들었다. 흩어지지 않은 혼백들이 무성한 풀잎과 곡식을 흔들며 울부짖었다.

농부는 떠났지만 지붕과 벽이 남아 있는 농가로 들어가서 밤이슬을 피했다. 형언하기 미묘한 감정으로 그날 밤 윤극사는 침구도 없는 그곳에서 이영을 안았다. 낮에 본 사람들의 생명에 대한 갈구가 전염병처럼 자기에게도 옮은 듯한 기분마저 들었다.

이영을 품에 안고 자며 꾼 꿈속에서 낮에 보았던 십여 명의 여자들이 보였다. 전란이라는 인간의 재앙 앞에서 사람은 개성을 잃은 채 여자는 여자, 적은 적, 남자는 남자로 단순화되는 듯했다.

'목표가 같기 때문일 거야.'

윤극사는 의식이 어슴푸레한 꿈속에서 그렇게 중얼거렸다. 잘난 사람이든 못난 사람이든, 남자든 여자든, 누구나 살기 위해서 벌레처럼 꿈틀거리는 것이 전란이었다.

윤극사도 꿈속에서 그렇게 벌레처럼 꿈틀거렸다.

아침에 눈을 뜨고 이영을 보았을 때 윤극사는 깜짝 놀랐다.

"영!"

윤극사가 외치자 이영이 자기 얼굴을 만지며 물었다.

"뭐가 묻었어요, 소신의?"

"아니오."

윤극사가 머리를 젓고 다시 이영을 보았다. 어떻게 보아도 마찬가지였다. 이영이 어색한 표정을 지으며 방을 나갔다.

그 뒷모습이 지독하게도 아름다웠다. 돌아서기 전의 앞모습과 얼굴은 윤극사가 이전에 보지 못했던 아름다움이 광채가 되어 감도는 듯했다.

하룻밤 새 그녀가 두려울 정도로 아름다워진 것인지 하룻밤 새 윤극사의 눈이 달라져 이전에는 보지 못했던 그녀의 아름다움을 찾아낸 것인지 분간이 되지 않았다.

윤극사는 머리를 세차게 흔들었다. 이영이 지독하게 아름다웠다. 가슴이 울렁거리고 입 안이 바짝 말랐다.

거울을 꺼내 들고 가서 이영에게 건네주었다.

이영이 거울을 보고 놀라서 떨어뜨릴 뻔했다. 그녀도 자기의 얼굴이 아름다워진 것을 보았던 것이다.

가만히 있어도 땀으로 몸이 젖는 여름인데 이영의 얼굴은 잡티 하나 찾을 수 없이 맑고 깨끗했다. 백옥으로 깎아도, 백자로 빚어도 그렇게 깨끗하고 아름다울 수는 없을 것 같았다.

"이게…… 어떻게 된 일이에요? 그대가?"

이영이 물었다.

윤극사는 머리를 저었다. 이영은 놀라서 두근거리는 가슴에 손을 얹었다. 다시 물었다.

"꽃을 피게 한 것처럼…… 저한테 어떻게 한 게 아니었어요?"

"아니에요. 난 모르겠어요."

윤극사가 말했다.

이영이 어색하게 웃었다.

"자고 일어나니 아름다워졌군요. 싫지는 않지만 무슨 영문일까요?"

윤극사는 이영의 맥을 잡고 곰곰이 생각하다가 말했다.

"병은 아니에요."

"저도 모르게 어떤 약을 먹었을까요?"

이영이 물었다.

윤극사가 그녀의 손을 놓고 말했다.

"전쟁 때문이에요."

"예?"

이영이 반문했다.

윤극사가 말했다.

"영이 몸으로 전쟁을 느끼고 있는 거예요."

이영은 무슨 말인지 알아듣지 못했다. 전쟁을 몸으로 느끼다니…….

윤극사가 말했다.

"사람의 몸은 세 개로 이루어졌고, 세 곳으로 말할 수 있어요. 첫째는 머리, 둘째는 심장, 그리고 셋째는 성기(性器)예요."

이영이 놀라며 물었다.

"입과 배가 아닌 것으로도 말할 수 있어요?"

윤극사가 웃음을 터뜨렸다.

"내 말은 그런 뜻이 아니에요, 영. 말해질 수 있다는 뜻이에요. 무엇이 사람으로 하여금 살게 할 것인가를 물을 때 말이에요."

이영은 자기가 잘못 생각했음을 깨닫고 풋, 하며 웃었다. 성기로도 말할 수 있다는 것으로 알아들었기에 특수한 방법을 쓴다면 여자는 가능할지 몰라도 남자가 어떻게 그럴 수 있을까 하고 순간적으로 생각했던 것이다.

윤극사가 자기를 이상하게 생각할 것 같아서 부끄러웠다. 윤극사는 이영의 부끄러워하는 모습에 정신이 아찔했다. 한순간 아무 생각도 할 수 없을 정도였다.

잠시 두 사람은 서로 가만히 있었다. 윤극사가 가슴을 진정시키고 다시 말을 이었다.

"머리로 순리와 이성(理性)에 따라서 말하는 사람이 있고, 심장에 넘쳐 나는 피 같은 정(情)으로 말하는 사람도 있어요. 또 오로지 자기의 성기의 욕망으로만 말하는 사람도 있어요. 항상 어느 한 가지로 말하는 것은 아니지만 주로 어느 것으로 말하는가에 따라 구분해야겠지요."

이영이 말했다.

"순리와 이성으로 말하는 사람이 가장 좋겠군요."

"그렇진 않아요."

윤극사가 말했다.

"순리와 이성은 사람을 편히 살게 해줄 수 있어요. 하지만 사람을 서로 맺어주는 것은 정이에요. 서로를 묶어주고 녹여서 하나가 되게 해줘요. 그리고 성기의 욕망은 삶을 가능하게 해요. 자손을 이어갈 수 있게 하고 살아서 일하고 삶에서 무언가를 성취할 수 있게 하는 근본이죠. 어느 하나도 부족해선 안 돼요. 부족하면 그만큼 부족한 삶이 되겠죠."

이영은 머리를 끄덕였다.

윤극사는 방문을 열고 나와서 수레에 이부자리를 옮기면서 계속했다.

"다 물처럼 흘러가요. 딱히 막히거나 꼬인 데가 없는 사람이라면, 육체적 접촉, 즉 성기의 결합이 많아지면 그 이후에 정이 쌓이기 마련이고, 정이 깊어지고 맑아지면 신(神)이 밝아져서 혜안(慧眼)을 가지고 지혜롭게 살아가죠. 노인들의 지혜는 경험과 더불어 정이 깊어져서 생겨난 것들이 대부분이에요."

윤극사는 어느 것이든 넘치지 않고 다른 곳으로 흘러가야 한다고 했다. 정이 끓어오르면 그것이 내려가서 욕망이 되든지 아니면 올라서 지혜가 되어야 하고, 욕망이 쓰고도 남을 만큼이면 정이 되어서 정을 깊게 만들어 사람을 조화시켜야 한다.

흘러가지 못하고 막혀서 그 자리에서 넘치면, 욕망은 어떤 이름을 붙여도 타락이 되고 말며 정은 자기를 해치게 된다. 이성이 지나치면 외로움과 화를 부른다. 이성은 그 속성이 원래 쪼개고 나누는 것이기 때문이다.

"성기로 사는 사람들은 가장 저급한 삶이에요. 세상에서 매음(賣淫)하는 창기(娼妓)를 가장 천하게 여기는 것 역시 이것과 무관하지 않을 거예요. 그러나 인간이 존속하는 한 매음은 없어질 수 없어요. 나무가 말라죽기 시작할 때는 잎과 줄기부터 죽는 것처럼, 사람도 위급하게 되면 이성을 버리고 정을 배반하게 되지만 생명의 근원인 성을 버리진 못해요. 살아 있는 한은. 뿌리가 없어지지 않으면 잎과 줄기는 다시 돋아나겠지요.”

윤극사의 말을 듣고 이영이 굳어진 얼굴로 말했다.

“사흘 굶어 담 넘지 않는 군자 없다는 말도 같은 맥락에 있는 것이었군요.”

“그래요. 이성은 생명을 담보해 주진 못해요. 선악의 구분은 이성이 하지만 그 구분으로 자기를 살릴 수는 없어요. 살게 하는 것은 욕망이에요. 선도 법도 아닌.”

윤극사가 말했다.

“나라를 다스리는 사람은 백성들이 그런 상황에 처해지지 않도록 다스려야 하고 사람들 저마다는 그런 상황에서도 이성의 가닥을 놓아버리지 않도록 자신을 훈육(訓育)해야 해요. 성기로 살아가는 삶은 약육강식의 투쟁 상태에 자신을 던져 넣는 것이나 마찬가지니.”

이영은 그런 투쟁 상태에서는 어떤 사람이든 상처를 입지 않고 살 수는 없겠구나 싶었다. 비천하게 사는 사람일수록 애환이 많은 것도 우연한 일은 아닌 듯했다.

이영이 조심스럽게 윤극사에게 물었다.

“소신의, 이것도 의술인가요?”

윤극사가 멋쩍게 웃으며 머리를 저었다.

“그냥 수병곡에 있을 때 저절로 알게 된 거예요. 사실대로 말하면 난 내 말이 맞는지 틀리는지도 몰라요. 그냥 맞다고 생각되어서 하는 거죠."

"저도 뭐든 저절로 알았으면 좋겠군요."

이영이 웃으며 말했다.

윤극사가 무심코 대꾸했다.

"살아 있게 한 후에 가르치고, 그 다음에 억지로 시키지 않고 기다리면 다 저절로 하는 것 같아요."

이영은 윤극사의 말에 어떤 현기(玄機)가 있는 듯하여 멈칫하며 물었다.

"뭘요?"

윤극사가 말했다.

"속에 있는 자기 자신(自己自身)요."

이영은 머리 속에서 거문고의 현(弦)이 팅! 소리를 내며 끊어지는 것 같았다. 뭔가 잡힐 듯하면서도 윤극사의 말은 그녀의 머리 속에서 잡히지 않았다.

부부가 되어 살을 섞고 살면서도 이영에게 윤극사는 전부 안을 수 없는 그 무엇이었다. 이영은 이번에도 자기가 윤극사라는 큰 기둥의 밑을 안고 있는 것 같은 느낌을 받았다.

윤극사가 이따금씩 내뱉는 말들은 성현(聖賢)들의 책에조차 나오지 않는 것이 대부분이었다. 그러나 곰곰이 생각하면 할수록 그의 말들은 옳았다.

이영은 윤극사에게 삼득삼성공을 배웠지만 윤극사가 말한 것처럼 기운을 만지고 어떻게 할 수가 없었다. 그녀에게 삼득삼성공은 다만 한 가지의 섬세한 공력일 뿐이었다.

이영은 머리 속에서 거품처럼 피어오르는 생각들을 흩어버렸다. 윤극사에게 물었다.

"제가 예뻐진 것은 전쟁 때문에 죽을까 싶어서 성기로 살려고 그리된 건가요?"

윤극사가 웃었다.

"몸이 전쟁을 느껴서 그래요. 여자의 몸이 달을 느끼고 달거리를 하는 것이나 전쟁을 느끼고 반응하는 것이나 다를 바 없을 거예요."

이영이 미간을 찌푸리며 말했다.

"제가 아주 천박하게 느껴져요."

윤극사가 말했다.

"고추를 먹어서 매운 것이나 발을 간질러서 웃는 것이나 다 천박한 것이 아니에요. 천박함은 표현하는 방법에 있지 어떤 것의 내면에 있지는 않아요."

이영이 활짝 웃었다.

"남자들이 전쟁을 몸으로 느끼면 어떻게 되어요?"

"마주 서는 사람은 싸우기 전에 강해지고 피하려는 사람은 두려움이 커지든 비겁함이 커지든 하겠지요. 양자가 함께 가지는 못해요."

하고 윤극사가 대답했다.

이영이 짓궂게 물었다.

"뭐가 강해져요?"

윤극사가 짧게 대답했다.

"다."

이영이 입을 가리고 큭큭거리며 웃었다.

윤극사와 이영은 농가를 나와서 안강(安康)으로 방향을 잡았다.

산 자와 죽은 자가 갈라지고 산 자들 중에서도 죽을 자와 살 자들이 서로 이별을 준비하며 정을 속으로 거두고 갈무리하는 전쟁 속에서는 익숙해지면 시체의 입에 물린 떡도 뺏어먹을 수가 있다.

시체를 거두어 태우고, 시체가 가졌던 장신구나 금붙이, 때로는 건량을 수거해서 배가 고프면 먹었다. 그들과 마찬가지로 행동하는 사람도 가끔 보았다.

그러나 넓고 트인 곳일수록 사람이 없었다. 사람은 만날 수 없었고 환자는 없었지만 시체는 심심찮게 볼 수 있었다.

서안까지, 그들이 가야 할 길은 전란에 휩쓸려 삶과 죽음과 욕망이 들끓고 있는 천 리(千里)였다.

제2장 안강(安康)으로

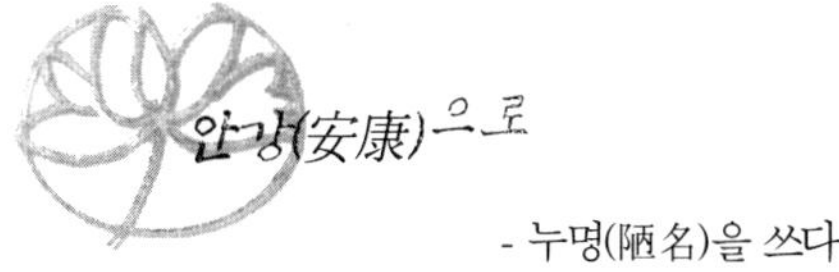

- 누명(陋名)을 쓰다

해는 동산에서 숫자마자 폭염을 뿜었다. 그런 더위 속에서 전쟁은 고사하고 숨을 쉬는 것도 힘들 지경이었다.

윤극사는 수레를 멈추고 네 모서리에 나무를 세우고 그 위에 천막을 쳐서 해를 가렸다. 이따금 바람이 불기는 했지만 마른땅 냄새가 묻어 있는 뜨거운 바람이었다.

정오 무렵에 안강으로 이어지는 관도(官途)에 들어섰다.

이글거리는 태양 아래에서 관도를 지나는 것은 여름 바람뿐이었다. 긴 해가 계속되어 저녁이 될 때까지는 자연 속의 고독을 치도(馳道)에서 느꼈다.

저녁때가 되어 숲에 이르러 샘을 찾았다. 바위틈에서 솟아나는 샘물 옆에는 두 구의 시체가 썩어가고 있었다.

윤극사는 구덩이를 파서 그들을 묻고 샘물을 떠서 그들이 쓰러졌던 자리까지 씻었다.

오랜만에 찬물로 온몸을 씻었다.

그때 이영이 숲 안쪽을 가리키며 말했다.

"저기 집이 있는 것 같아요."

윤극사는 몸에 묻은 물기를 닦지 않은 채 이영의 곁으로 갔다. 이영이 까치발을 하고 서서 한곳을 가리켰다.

나뭇가지가 저녁 바람에 흔들리는데 그때마다 이끼 덮인 기와 지붕이 보였다. 수레를 끌고 가보니 작은 절이었는데, 폐허가 되어 있었다.

절 이름도 알 수 없고 불당의 부처도 금박이 벗겨져 나갔다. 누가 부처의 금박을 벗겨서 달아난 것이다. 불당 주변에는 여러 종류의 배설물 흔적들도 있었다.

윤극사는 수레를 이슬이 젖지 않을 곳을 찾아서 밀어 넣고, 이영은 불당 뒤에 흙과 돌을 모아서 아궁이를 만들어 불을 지폈다.

불당 지붕은 기와가 빠진 곳이 있어서 하늘이 엿보였다. 윤극사와 이영은 상없이 자리만 깔아서 음식을 먹고 그 자리에 누웠다.

금박이 벗겨져 얼룩덜룩한 불상이 흉물스러웠다. 뚫어진 지붕으로 보이는 별빛은 너무 아름다웠다.

초를 아끼기 위해서 불을 켜지 않고 그대로 있었다. 숲 바람이 선선하게 불당 속을 지나가고 낮 동안에 달궈진 대지를 식혔다.

이영은 윤극사의 팔을 베고 그의 가슴에 코를 댔다. 콧기름이 가슴에 묻어서 반질거린다. 코로 그를 간지럽혔다.

윤극사는 이영의 고개를 들어서 입을 맞추고 다시 그녀의 머리를 가슴에 품었다. 어둠 속에서도 이영의 눈은 별빛을 담고 영롱했다. 넋이 빠질 만큼 아름다웠다.

이영이 윤극사의 가슴에 대고 속삭였다.

"아기가 있었으면 좋겠어요."

"삼신이 점지해 주실 거예요."

윤극사가 그녀의 등을 토닥거리며 말했다. 이영이 다리 하나를 윤극사의 무릎 사이에 놓았다. 윤극사는 성욕을 강하게 느꼈지만 그녀를 꼭 껴안고 가만히 있었다. 이영이 코와 함께 입술을 그의 가슴에 부볐다.

윤극사는 더 참지 못하고 앉아서 그녀를 마주 보고 앉게 하여 껴안고 관계했다. 꼭 안고 있을 수 있어서 좋았다. 부부가 된 이후 처음으로 옷을 다 벗지 않고 관계를 가진 밤이었다.

땀으로 흠뻑 젖었지만 감정은 씻기지 않아서 껴안은 채 바람에 땀이 마르기를 기다렸다. 문득 사람 소리가 들려온 것은 바로 그때였다.

"우리가 제일 먼저 온 모양이군. 등(燈)을 걸어라!"

"알겠습니다."

이영이 놀라서 일어나며 옷을 추슬렀다. 윤극사도 급히 바지를 끌어올리고 허리띠를 졸랐다. 바깥에서 등불이 보였다.

이영은 윤극사를 안고 신법을 펼쳐서 훌쩍 대들보 위로 올라갔다.

두 사람이 등을 하나 들고 불당으로 들어오는데 바깥도 밝았다. 밖에도 등이 하나 걸려 있는 모양이었다.

먼저 들어선 사람이 소리쳤다.

"엇!"

뒤에 섰던 사람이 물었다.

"뭐냐?"

앞에 들어온 사람이 대답했다.

"선객이 있었습니다."

"주변을 수색해라!"

뒤의 사람이 짧게 명령했다.

등을 들었던 사람이 등불을 허공 중에 놓아버리며 몸을 솟구쳐 문밖으로 날아갔다. 명령을 내린 사람은 등불이 떨어지기 전에 손을 뻗어서 잡고 불당 안을 찬찬히 살피기 시작했다.

마흔 살이 넘어 보이는 얼굴인데 긴 여행을 한 듯 지팡이를 짚고 있었고 옷은 거지나 다름없는 행색이었다.

이영은 그 사람의 시선이 안을 향하고 있을 때 윤극사를 안은 채 운룡대구식을 펼쳐서 소리없이 밖으로 빠져나왔다.

바깥에는 등불이 처마 밑의 낡은 풍경(風馨)에 매달려서 흔들렸다. 지붕 위에서 바람 소리가 들렸다. 먼저 나갔던 한 사람이 몸을 날리는 소리였다.

이영은 처마 끝에 붙었다가 그 사람이 지붕에서 땅으로 내려오는 순간에 살며시 지붕 위로 올라갔다.

곤륜파의 진재절학인 운룡대구식을 펼쳤다.

"아무도 없습니다."

밖을 수색했던 사람이 말했다.

안에 있던 사람이 '음' 소리를 내며 말했다.

"우리가 들어올 때까지 여기에 있었다."

"옛?!"

명령을 받던 사람이 놀란 소리를 뱉었다.

안에 있던 사람이 말했다.

"이미 떠났다. 우리가 상대할 수 없는 무림고인(武林高人)이었던 것 같다."

이영은 전음으로 윤극사에게 물었다.

―어떡하지요? 수레가 저곳에 있는데…….

어떤 사람들인지는 몰라도 그들과 얽히는 것도 꺼림칙하고 떠나자니 발각될 것 같았다. 그러나 그냥 숨어 있어도 사람들이 많이 모여들면 발각될 가능성이 많았다. 그때 발각된다면 더 곤란한 지경이 될 수도 있었다.

"저들을 쫓아버릴까요?"

이영이 조심스럽게 말했다.

윤극사는 머리를 저었다. 이영의 귀에 대고 속삭였다.

"그럴 필요 없어요."

윤극사는 허공에서 손을 움직였다. 순간 윤극사의 허리에 걸려 있던 검이 그의 손끝을 따라서 날아갔다. 절의 측간이 있었을 것으로 짐작되는 대나무 숲 쪽이었다.

윤극사는 검으로 육십여 개의 대나무를 베었다. 그런 후 검은 그의 손으로 돌아오고 대나무들은 날아올라서 윤극사가 수레를 숨겨놓은 건물을 둘러싸고 내려와 작은 대나무 숲을 이루었다.

이영은 대나무들이 이룬 형세가 한 번도 본 적 없는 진세를 갖췄다는 것을 알았다. 대나무가 하나씩 땅에 박힐 때마다 변화가 일어났고 마지막 대나무가 땅에 떨어졌을 때는 마침내 대나무도 사라지고 대나무에 둘러싸였던 건물도 사라져 버렸다.

그곳은 마치 처음부터 존재하지 않았던 것처럼 되어 있었다. 이영은 눈을 비비고 다시 보았지만 아무것도 볼 수 없었다. 건물과 대나무뿐만 아니라 건물이 서 있던 대지마저 그 부분에서 사라지고 없었다.

불당 속에서 음성이 들려왔다.

"장소를… 옮겨야 하지 않겠습니까?"

"시간이 임박했다. 어쩔 수 없다."

"그들이 떠나지 않았다면 어쩌시겠습니까?"

"하는 수 없지. 하나 그들도 우리를 보려고 하지는 않을 것이다."

"무슨 까닭입니까?"

"부부야."

사십 대 남자의 단정적인 말이었다.

이영은 얼굴이 화끈 달아올랐다. 그가 말을 그렇게 했지만 불당 안에서 그들이 도착하기 전에 어떤 일이 있었는지를 알고 있는 듯했다.

'보통 사람들이 아니구나!'

하는 생각이 들었다.

젊은 남자는 더 묻지 않았다.

이영은 윤극사가 이끄는 대로 몸을 날려서 진세가 펼쳐진 곳으로 들어갔다. 대나무도 온전했고 건물도 그대로 있었다.

이영은 윤극사에게 언제 진법을 배웠는지 묻지 않았다. 그가 배운 것이라고는 의술뿐이니 이것 또한 의술의 범주에 있거나 그에서 파생된 것일 거란 생각 때문이었다.

그녀의 짐작대로, 윤극사는 침술이 인체에 흐르는 기운의 흐름을 바꾸고 외부의 기운을 끌어들이기도 하는 것에서 착안하여 대지에 기둥을 세우거나 불을 피우는 등의 방법으로 대지에 흐르는 기운을 조절할 수 있었다.

진리는 삼라만상(森羅萬象)에 저마다의 모습으로 내재하지만 만류귀종(萬流歸宗)이다. 지식은 쌓아가지만 지혜는 깊어진다고 말할 때, 그 지혜가 이르는 그곳이 바로 진리의 근원일 가능성이 많았다.

윤극사의 경우가 그러했다.

윤극사는 자기가 하는 것보다 할 수 있는 것이 헤아릴 수 없이 많았다. 그러나 할 수 있다고 다 하는 것은 세상의 법을 어기는 것과 마찬가지라는 것을 알고 있었다. 외부적으로 할 수 있는 능력이 강해지면 강해질수록 내적인 제약을 스스로 가져야만 하늘은 그 힘을 용납하는 것이 이치였다.

이영과 함께 자기가 펼쳐 놓은 진법 속에 숨은 윤극사는 불청객들이 사라지기를 기다리며 눈을 감았다.

자리는 좋지 않았지만 그들이 수병곡을 떠난 후로 잠자리가 좋았던 적은 아예 없었다.

이영은 쉽게 잠드는 윤극사를 보면서 속으로 서운한 생각이 들었다. 처음부터 자기들이 들어간 불당에 이런 진법을 펼쳐 놓았더라면 아무 번거로움 없이 편히 잘 수 있었을 텐데 싶었다.

그러나 그렇게 하지 않은 것은 이영도 마찬가지라는 생각에 웃음이 나왔다. 이영도 아주 많은 종류의 진을 알고 있었다. 서운함도 다만 투정일 뿐이다. 윤극사가 자려 하지 않고 함께 안고 있었다면 그런 서운

함은 아예 일어나지도 않았을 것이다.

'어떤 자들이기에……'

이영은 화살을 은근히 불청객들에게로 돌렸다.

그들이 하는 짓이 예사롭지 않다는 것도 그녀의 관심을 끌었다. 밤이 깊어가는 중에 사람들이 모여들었다.

이영은 공력을 돋우어 그들의 말을 조금 엿들었다.

기찰포교들이었다. 군량미 탈취 사건을 조사하기 위해서 들어왔다는 기찰포교들이 분명했다.

이영은 더 신경 쓰지 않았다. 관(官)의 일에는 관심을 가지지 않는 편이 좋다. 공력을 풀어버리는 여름 풀벌레 소리만 귀에 들어왔다.

새벽에 이영이 일어났을 때는 계명성(鷄鳴聲)이 동쪽에서 붉게 빛나고 있었다. 절 안으로 몰려왔던 기찰포교들은 언제 떠났는지 기척이 없었다.

진 속에서 나와 불당 안으로 가보니 하얀 종이 위에 금원보 두 개가 놓여 있었다. 제일 먼저 도착했던 기찰포교가 여러 가지 의미를 부여하여 남겨놓고 간 듯했다.

절 안에도 우물이 있었다. 우물의 물을 두레박으로 길으려 하는데 길을 수가 없었다. 안력을 돋우어 밑을 내려다보니 시꺼먼 덩어리가 보였는데 시체 같았다.

이영은 꺼림칙해서 두레박을 놓아두고 절 밖의 샘으로 가서 손과 얼굴을 씻었다. 인기척에 등을 돌려보니 언제 따라왔는지 윤극사가 서 있었다.

"소신의, 일어나셨어요?"

이영이 반갑게 인사를 했다.

윤극사가 다가와 작은 소리로 말했다.

"잘 잤어요?"

"예."

이영은 그의 한 팔을 가슴에 안으며 말했다. 얼굴과 머리카락 끝에서 물방울이 떨어졌다.

이영은 우물에 시체가 빠져 있는 것 같더라는 말을 했다.

여름날 물이 있는 우물에 시체가 오랫동안 잠겨 있으면 우물에 큰 병독이 생길 수 있었다. 윤극사와 이영은 우물의 시체를 치우고 떠나기로 했다.

해가 뜨기 전에 간단하게 요기를 하고 햇살이 강해지기 전에 윤극사와 이영은 우물가로 갔다. 하늘은 허옇게 밝았다. 우물을 들여다보니 과연 옷자락이 보였다.

윤극사는 두레박의 줄을 잡고 우물 속으로 내려갔다. 물 바로 위에 멈추어 손으로 시체의 옷을 잡아당겼다. 시체가 쑥 끌려 올라오며 얼굴을 드러냈다.

"아!"

이영은 우물 속에서 윤극사가 지른 소리를 들었다.

"소신의! 무슨 일이에요? 괜찮아요?"

이영이 급히 소리쳐 물었다.

"괜찮아요, 영."

윤극사의 목소리가 우물을 울리며 들려왔다. 이영은 놀란 가슴을 진정시켰다.

윤극사가 우물 속에서 말했다.

"영! 시체가 하나가 아니에요."

"두 구인가요?"

이영이 물었다.

윤극사가 대답했다.

"더 많아요. 영은 좀 떨어져 있는 것이 좋겠어요."

이영은 우물 속에 생각했던 것보다 더 좋지 않은 일이 일어나고 있다는 것을 알았다. 윤극사가 시키는 대로 뒤로 물러서기는 했지만 언제든지 움직일 수 있는 채비를 했다.

그 순간 우물 속에서 수욱! 하고 한 사람이 솟구쳐 올랐다. 어젯밤에 보았던 그 기찰포교였다.

이영은 놀라서 비명을 질렀다.

"앗!"

살아 있는 듯이 눈을 부릅뜬 시체는 우물 위로 한 길 정도 솟았다가 땅으로 내려와 누웠다. 뒤이어 또 한 구의 시체가 올라왔는데 먼저 온 기찰포교의 부하였다.

그 다음에는 윤극사가 우물에서 나왔다. 옷이 흠뻑 젖어 있었다.

"누가 저들을……."

이영은 가슴을 쓸면서 물었다.

윤극사가 말했다.

"시체가 더 있어요. 좀 도와줘요."

윤극사는 두레박줄을 당겼다. 이영이 거들었다. 줄이 아주 무거웠다. 천 근이 넘는 무게가 실린 것 같았다.

두레박줄이 올라옴에 따라서 시체가 하나하나 모습을 드러냈다.

윤극사가 그들의 허리띠를 두레박줄에 꿰어 묶은 시체들이었다. 시체는 모두 열일곱 구였다. 물속에 잠긴 시체는 바깥에 있는 시체보다 부패가 늦다. 시체들은 금방 죽은 듯이 생생했다.

이영이 음성을 떨면서 말했다.

"이들은 지난밤에……."

윤극사가 어두운 얼굴을 하고 머리를 끄덕였다.

이영이 물었다.

"대체 누가 이들을 기척도 없이 죽였을까요?"

윤극사가 말했다.

"독살당했어요."

이영은 흠칫했다. 그녀가 시체들의 손발과 얼굴을 살폈지만 독의 흔적을 발견할 수 없었다.

"그럼……."

윤극사가 머리를 끄덕였다.

"혼돈서유로 만든 독이에요."

이영은 믿기지 않은 표정으로 말했다.

"백초곡의 손이 여기까지 뻗친 건가요?"

윤극사가 묵묵히 고개를 끄덕였다.

세상에 나서면 어디서나 백초곡과 마주치는 듯한 기분이 들었다. 이미 세상은 백초곡의 세상이 되어버린 건 아닐까 싶기도 했다.

갑자기 이영의 안색이 하얗게 질렸다. 그녀의 음성이 떨렸다.

"소, 소신의, 빨리 여기를 떠나는 게 좋겠어요."

누명을 쓰기에 딱 좋게 되어 있었다. 이영은 사방을 살폈다. 관부의 기찰포교를 죽였다는 누명을 쓰게 되면 사실이 밝혀질 때까지는 어떤 고초를 겪게 될지 모른다. 하물며 이곳은 전쟁터였다.

근처에서 호각 소리와 함께 수십 명이 달려오는 바람 소리가 들렸다.

이영은 앞이 아득했다. 어쩌다 보니 상황이 이렇게 된 것인지 처음부터 윤극사와 그녀를 노리고 만들어진 함정인지 분간되지 않았다.

윤극사를 안고 아직 거두지 않은 절진 속으로 날아가서 숨었다. 뒤에서 '잡아라!' 하고 외치는 소리가 들렸다.

윤극사와 이영은 절진 속에서 한 무리의 청의인들이 사방으로 달리며 주위를 수색하는 것을 보았다.

기민한 움직임으로 봐서 그전에 한번 경험한 적 있는 관부의 기찰포교들이 분명하다고 생각되었다.

그들은 열일곱 구의 나란하게 뉘어진 시체를 보고 놀라 소리치며 어지럽고도 빠르게 사방을 휩쓸고 있었다.

한 장년인이 지붕 위에서 사십여 명의 기찰포교를 지휘하고 있는데 추호의 흐트러짐도 없었다.

윤극사와 이영은 자기들이 저지른 일은 아니지만 기찰포교들의 엄한 기세에 간담이 서늘했다.

봉쇄된 절진을 기찰포교들은 비켜서 움직이고 있었지만 그들이 근처에 올 때마다 속으로 깜짝깜짝 놀랐다.

윤극사와 이영이 지켜보는 중에 기찰포교들은 두 사람의 용모파기를 만들고 여러 통의 비합전서(飛鴿傳書)를 날렸다. 어찌해 볼 틈도 없었다. 윤극사와 이영은 졸지에 열일곱 명의 기찰포교를 살해한 악적이 되어버렸다.

밀물처럼 밀려들었던 그들이 썰물처럼 빠져나간 후에 윤극사와 이영은 얼떨떨한 기분으로 절진 밖에 나섰다.

기가 막혔다.

"뭐가 이래……."

하고 이영이 울상이 되어서 중얼거렸다.

기찰포교들의 시체는 그들이 모두 가져갔기 때문에 윤극사와 이영이 할 일은 없었지만 기묘한 허탈감에 있어도 할 수 없을 지경이었다.

기찰포교들이 나타났다가 사라진 것은 차 한 잔 마실 만한 시간보다도 짧았다. 그리고 그런 일이 있은 지 이틀이 지났지만 다른 아무런 동정이 없었기에 그 일은 마치 눈 뜨기 직전에 꾼 꿈처럼 느껴졌다.

윤극사와 이영은 사람들 속에 섞여서 안강의 성문으로 들어가 왁자지껄한 시장 거리에 위치한 객점으로 들었다.

안강은 대위국을 일으킨 새로운 황제 민소동의 점령지였다. 전장과 가까웠지만 안강은 새 나라의 활기가 있었다. 사람들은 분주히 움직였고 이따금 무장한 군사들의 행렬을 제외하면 태평성대처럼 보였다.

생산을 하기 힘든 시기에는 자연적으로 상업이 발달하기 마련이다.

윤극사와 이영이 들어간 객점의 벽을 따라서 빈틈없이 늘어선 장사꾼들 중에는 머리카락을 사고파는 장사꾼에서 여러 가지 천을 이어 꿰

맨 헌 옷 장사와 심지어는 죽은 고양이를 파는 장사꾼까지 있었다.

쓸 수 있는 것은 그 무엇이든 간에 시장에서 돌아다니고 있었고 일고여덟 살쯤 된 계집아이의 손을 잡고 객점 앞에 우르르 몰려 있는 사람들도 있었다.

윤극사와 이영이 객점에 들어갈 때 여러 사람이 다가와 계집아이를 사라고 말했었다. 딸을 팔려는 자도 있었고 전쟁통에 집을 잃은 아이를 주어와 팔려는 자도 있는 듯했다.

방에서 잠시 쉬고 있는데 누가 방문을 두드렸다. 문을 열어주니 얼굴이 새까만 주먹덩이만한 노인이 눈을 반짝이며 서 있었다.

"무슨 일입니까?"

하고 윤극사가 묻자 노인은 다시 눈을 반짝거리며 불쑥 말했다.

"금을 얼마나 가지고 있소?"

"예?"

윤극사는 잘못 들었는가 싶어서 반문했다.

노인이 바짝 다가서며 작은 소리로 말했다.

"벼슬을 살 수 있게 해주겠소. 같은 양의 금이라면 가장 높은 벼슬을 살 수 있소. 나한테 맡기시오."

윤극사는 어이가 없어서 노인을 가만히 보았다. 노인은 윤극사가 망설이는 것으로 보였는지 그의 손을 잡아서 방 안으로 밀고 들어오며 말했다.

"젊은 공자는 인물이 준수하니 황제 폐하의 눈에 뜨이기만 하면 금방 크게 출세할 거요. 나한테 한번 맡겨보시오. 내가 나서면 오백 냥만으로도 육품관(六品官)을 살 수 있소. 천 냥이면 다른 사람은 힘들어도 나는 사품(四品) 벼슬을 사줄 수 있소."

윤극사는 이영과 마주 보고 풋, 웃음을 터뜨렸다.

아무리 어두운 시기라고 하지만 벼슬까지 시장에서 거래가 될 줄은 생각지 못했다.

이영이 말했다.

"우린 금이 없어요. 벼슬을 사러 온 것도 아니고요."

노인은 믿지 않았다.

"내 말이 믿기지 않는 모양인데, 그럼 다른 사람들도 한번 만나보고 나서 나를 찾아오시오. 나보다 더 잘 사줄 수 있는 사람은 없소. 내 이름은 한송(韓宋), 이 뒤에 있는 풍호루(風湖樓)에 있소."

노인이 몇 번이나 자기 이름을 되뇌고 돌아간 후에 잇달아서 여덟 사람이 차례로 방문했다. 모두 벼슬을 사주겠다는 사람들이었다.

윤극사는 자꾸 그런 사람들이 찾아오자 성가셔서 물었다.

"황제도 이런 사실을 알고 있소?"

그러자 벼슬 장사꾼이 껄껄 웃고 말했다.

"황제 폐하께서 벼슬을 팔지 않고서야 어떻게 천하를 다스릴 수 있 겠소? 공자께서 황금으로 벼슬을 사면 우리 황제 폐하께서는 그 황금 으로 군량미와 무기를 사서 전쟁을 하는 거요."

대위국은 벼슬을 팔아서 받은 황금을 북쪽이나 서쪽의 이민족들에 게 주고 무기와 식량을 사 오고 있는 실정이었다. 그들 이민족은 전쟁 이 터지기 전까지만 해도 민소동과 국경을 맞대고 싸우던 자들이었다.

천지가 개벽하려는지 사람이 만든 것은 뭐든 혼란스럽지 않은 것이 없었다.

　윤극사는 벼슬을 사겠다는 목적으로 안강으로 오지 않았지만 상당
수의 사람들이 벼슬을 살 목적에 위험을 무릅쓰고 안강으로 오고 있
었다.

　윤극사와 이영이 안강으로 오는 도중 아무런 제재를 받지 않은 것도
대위국에서 벼슬을 사러 오는 사람들을 암중에 보호하기 때문이라 할
수 있었다.

　윤극사는 이름이 상주영(商駐英)인 아홉 번째 벼슬 장사꾼에게서 많
은 이야기를 들었다.

　상주영이 말했다.

　"한송 영감이 파는 벼슬이 싼 이유가 뭔지 아시오?"

　윤극사는 모른다고 말했다.

　상주영이 그럴 줄 알았다는 듯이 끄덕이고 말했다.

　"그 영감이 파는 것은 좀 하자가 있기 때문이오."

　이영이 가짜인가 하고 물었다.

　상주영이 말했다.

　"그렇지는 않소. 다만 황제가 마음을 바꾸면 어떻게 될지 모르는 벼
슬이란 게 문제일 뿐이오. 지금 대위국에 살고 있는 백성들 중에서 여
길 떠나고 싶어하는 자들도 있소. 그전에 지은 죄가 많거나 재물을 많
이 가졌던 자들인데, 그들은 황제 폐하께서 등극한 후로 앞 다투어 재
물을 바치고 벼슬을 샀소. 그들 중에서 여길 떠나려는 자들이 자기의
벼슬을 싸게 파는데, 황제 폐하께서도 묵인하고 계시는 중이오. 그들
은 벼슬이라도 팔아서 한몫 챙겨서 여길 뜨는 게 목표요. 즉, 한송 영
감이 파는 벼슬은 황제 폐하께서 직접 내리시는 벼슬이 아니라 사사로

이 매매하는 것이오.”

이영이 이해할 수 없다는 듯이 말했다.

“능력은 아무 상관 없이 벼슬을 사거나 팔 수 있단 말인가요? 윗사람의 재가도 받지 않고?”

상주영이 퉁명스럽게 말했다.

“다들 싸우기 바쁜데 누가 그런 걸 챙기겠소? 돈이 들어오면 다 된 거지. 벼슬을 산 자 중에서 똑똑한 사람은 제 노릇하면서 산 값의 몇 배를 뽑아내기도 하고 재주없는 자는 그냥 위에서 시키는 일이나 하면서 녹봉 나오길 기다리는 거지.”

이영은 상주영에게 물었다.

“당신도 벼슬이 있는가요?”

상주영은 슬머시 웃고 대답하지 않았다.

윤극사는 상주영에게 솔직하게 말했다.

“나는 의원입니다. 벼슬을 살 돈도 없고 사려는 마음도 없습니다. 서안까지 가는 도중에 잠시 들르게 된 것이지요.”

상주영이 펄쩍 뛰며 말했다.

“의원이라고?”

“그렇습니다.”

윤극사가 대답하자 상주영이 아주 기뻐하며 말했다.

“그것 잘됐군. 아주 잘됐소. 당신은 내가 시키는 대로만 하시오.”

윤극사가 손을 저으며 말했다.

“나는 내일 여길 떠날 것입니다.”

상주영이 아무 말 마라는 표정을 짓고는 밖으로 나갔다.

"다시 올 테니 꼼짝 말고 기다리시오."

윤극사는 자기도 모르게 '흐흥' 하고 코웃음이 나왔다. 전쟁 중에는 정신 바짝 차리고 있지 않으면 언제 어디로 휩쓸려 버릴지 모르겠구나 하는 생각이 들었다.

상주영이 나가고 잠시 후에 한송 노인이 들어와서 윤극사에게 벌컥 화를 냈다. 왜 자기에게 의원이라는 사실을 말하지 않았는가 하는 것이었다.

윤극사와 이영이 어처구니없어할 때 상주영이 다시 돌아왔다.

"가마가 준비됐소. 이제 함께 가기만 하면 되오."

상주영이 껄껄 웃으며 말했다.

한송 노인이 상주영을 노려보며 호통을 쳤다.

"노부를 무시하고 상가 네놈이 잘될 성싶으냐!"

상주영이 웃음을 터뜨렸다.

"하하하하! 한 노인! 죄송하게 됐소. 하지만 어쩌겠소? 일이 급하니 소인은 이만 가보겠소."

한송 노인이 분한 듯이 몸을 푸덜푸덜 떨었다.

윤극사와 이영은 두 사람 사이에 흐르는 미묘한 기운을 감지하며 상주영을 따라 나갔다.

한송 노인의 윽박지르는 듯한 태도가 싫었기 때문이다.

한송 노인이 무거운 음성으로 말했다.

"장담하지. 오늘 밤을 못 넘기고 두 사람 다 죽을 거야, 상가 놈을 따라갔으니."

이영은 섬뜩하면서도 울컥 화가 치밀었다.

상주영이 한송 노인에게 소리쳤다.

"흰소리 집어치우시오! 죽기는 누가 죽는단 말이오?"

상주영은 이어 윤극사와 이영에게 말했다.

"저 영감이 심통을 부리는 거니까 신경 쓸 것 없소."

한송은 상주영을 잡아먹을 듯이 노려보았다.

상주영은 찔끔하는 듯하더니 소매 속에서 뭔가를 꺼내서 한송에게 다가갔다.

한송이 싸늘하게 상주영을 노려보았다.

상주영이 작은 한숨을 쉬면서 말했다.

"한 노인, 우리도 먹고 살아야 하지 않겠소? 그동안 한 노인은 많이 벌어서 한몫 챙겼으니 이번만 눈감아주시오. 내가 이걸로 섭섭치 않게 대접하겠소."

"흥!"

한송이 코웃음을 쳤다.

"네가 아무리 그래도……."

순간 윤극사는 코를 찌르는 악취에 정신이 번쩍 들어 뒤를 돌아보며 소리쳤다.

"안 돼!"

동시에 한송 노인이 '컥' 하고 지르는 비명 소리가 들렸다.

상주영이 한송 노인의 왼쪽 갈비뼈 밑에서 비수를 뽑고 있었다.

"네, 네놈이……!"

상주영은 아무렇지도 않은 표정으로 한송 노인의 목에 비수를 다시 찔러 버렸다. 한송 노인은 아무 소리도 하지 못하고 눈만 부릅떴다. 두

손의 바닥을 벽에 붙인 채 미끄러진다.

상주영이 작은 소리로 말했다.

"내가 죽였소. 어디 복수하려면 한번 해보시오."

윤극사와 이영은 갑자기 벌어진 살인에 황당한 심정이었다.

상주영은 비수를 신발 바닥에 쓱쓱 문지른 후에 간직하며 말했다.

"자! 늦었소. 빨리 갑시다."

"당신은 저 노인을 죽였소!"

윤극사가 강한 음성으로 말했다.

상주영이 천연덕스럽게 말했다.

"그렇소. 내가 죽였다질 않소. 그게 뭐 어떻다는 거요? 따질 게 있으면 가면서 따지시오. 지금은 급하니까."

윤극사는 상주영의 어깨를 잡아서 뒤로 당겼다.

상주영이 가랑잎처럼 휘익 하고 날리더니 바닥에 쿵! 소리를 내며 떨어졌다.

상주영의 얼굴에 두려운 빛이 떠올랐다.

"나, 나는 다만 귀공을 위해……."

상주영이 더듬거리며 말했다.

윤극사는 그의 가슴팍 옷을 붙잡고 들어 올렸다. 윤극사보다 키가 작은 상주영은 빈 자루처럼 가볍게 들렸다.

"귀, 귀공은 무림인이오? 무, 무림인이 왜 이런 전쟁터에……!"

무림인들은 전쟁이 일어나면 귀찮아서라도 경신술을 펼쳐서 다른 곳으로 가버린다. 싸움이 흉흉한 곳일수록 무공을 익힌 사람들은 적다는 것을 상주영은 경험으로 알고 있었다.

윤극사는 화가 꼭지까지 치민 상태였다. 그를 벽으로 집어 던져 버리고 쓰러진 한송 노인을 살폈다.

상주영이 떨어지며 쿵! 하는 소리가 거듭나자 사람들이 와보고 '살인이다!' 하고 소리쳤다.

상주영이 덩달아서 소리쳤다.

"살인이다! 저자가 한 노인을 죽이고 나까지 죽이려고 한다!"

이영이 일어나서 달아나려고 하는 상주영의 발목을 밟았다.

"악!"

상주영은 개구리처럼 엎어졌다.

이영이 차갑게 말했다.

"다시 한 번 외쳐 보시지. 입은 비뚤어져도 말은 바로 해야지."

상주영은 몰려드는 사람들을 보며 한송을 죽인 자가 윤극사라고 한 번 더 외치고 싶었지만 그의 목 아래에 싸늘한 한기를 뿜어내는 칼날이 닿아 있어서 그럴 수가 없었다.

상주영은 한숨을 푹, 쉬고 말했다.

"내가 한송 노인을 죽였소. 이분들은 죄가 없소."

사람들 속에서 웅성거리는 소리가 들렸다. 상주영은 고개를 떨궜다. 이영의 발 아래서 달아날 가능성은 조금도 없다는 걸 알았다.

이영이 윤극사에게 물었다.

"소신의, 한 노인은 죽었어요?"

윤극사는 한 노인의 목과 왼쪽 가슴 아래의 상처를 지혈하며 말했다.

"금방 죽지는 않을 거예요."

상주영은 속으로 운이 지독하게 없구나 생각했다. 자기가 죽었다는 것이 알려진다고 해도 한송 노인이 죽어야 하는데 다시 살아난다면 자기가 살 길이 없어지고 말 것이었다.

보통 사람들은 눈앞에서 살인이 벌어지고 나면 살인자가 뭘 시키든 겁에 질려서 아무 생각 없이 따르고 보는데 오늘은 잘못되어도 아주 잘못되었다. 넝쿨째 굴러 들어온 박이 산산조각난 셈이다.

이영이 상주영의 혈도를 몇 군데 찍었다.

지혈을 마친 윤극사는 손바닥으로 한 노인의 가슴을 쳐서 허파 속에 고이던 피를 뿜어내게 했다. 세 번이나 시끄면 피를 토해내자 한 노인이 숨을 쉬기 시작했다.

"한 노인이 살았다!"

문밖에서 보고 있던 사람이 소리쳤다.

윤극사는 이불을 찢어서 한 노인의 목을 감았다. 새액새액 하는 숨소리가 객방을 숨 가쁘게 했다. 한송 노인은 눈을 뜨고 윤극사를 올려다보았다.

윤극사는 한송 노인의 시선을 피해 버렸다.

환자는 누구라도 피할 수 없는 윤극사지만 사람으로서 한송 노인이나 상주영 같은 사람은 더 이상 보고 싶지 않았다.

하루아침에서 시신이 줄지어 성문으로 들어오고 나가는 전쟁 중이다. 사람이 죽지 않았으니 상주영이 한송 노인을 죽이려 했던 것도 큰일은 아닌 것이 되어버리고 사람들은 흩어졌다.

관에서는 바빠서인지 귀찮아서인지, 아니면 소식을 듣지 못했기 때문인지 아무도 나오지 않았다.

윤극사는 한송 노인에게 약방문을 써주고 나와 버렸다. 상주영은 이영이 혈도를 풀어주자마자 달아났다. 이내 한송 노인의 소문을 듣고 달려온 같은 패거리들이 한송 노인도 데리고 갔다.

이영은 한 것 없이 피곤했다. 벼슬을 사고판다는 것에 대한 처음의 흥미도 완전히 사라졌다. 윤극사를 흘깃 보았다.

윤극사는 창가에 서 있었다. 그의 어깨 너머로 노을이 피어오르는 중이었다. 그때 바깥이 시끄러워지면서 사람들이 외치는 소리가 들렸다.

"비켜라!"

"비키지 않는 자는 군무(軍務)를 방해하는 자니 군율로 다스리겠다!"

제3장 승상(丞相)을 만나보다

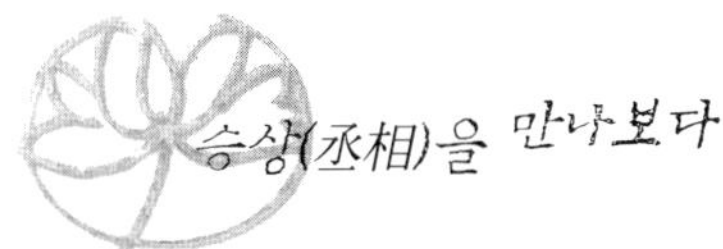

승상(丞相)을 만나보다

객점을 병사들이 에워쌌다.

살기 어린 그들의 모습에 백성들은 눈치를 보면서 빠져나갔다.

윤극사는 병사들이 객점을 포위한 이유가 자기에게 있음을 직감했다.

병사들의 숫자는 얼핏 보아도 수백 명은 족했고 철궁과 노(弩·쇠뇌)를 가진 병사들도 적지 않았다.

이영은 윤극사의 팔을 잡았다.

윤극사가 그녀의 손을 토닥거려 두려워할 필요가 없다는 뜻을 말없이 전달했다.

윤극사는 이영을 등 뒤에 세우고 방을 나가 아래층으로 내려갔다. 아래층에는 이미 병사들이 들어와서 사열하듯이 양쪽으로 벌려 서 있었다.

그들은 윤극사와 이영을 보고도 목석처럼 눈동자 하나 움직이지 않았다. 극도의 절제된 모습에서 이영은 그들이 모두 최고의 정병(精兵)들이란 사실을 알 수 있었다.

윤극사도 마치 그들이 목석이나 되는 것처럼 대했다. 그는 병사들을 보지 않고 그 사이를 걸어서 객점 밖으로 나갔다. 객점 바로 앞에는 병사들이 부챗살처럼 벌려 서 있었다.

어둠이 깔리기 시작하는 안강성은 침묵 속에 가라앉은 듯이 느껴졌다.

저녁 바람이 선선했다.

윤극사는 병사들과 마주 서서 그들의 침묵에 자기의 침묵을 더하여 하나가 되었다.

이영은 그들의 침묵이 코를 막아서 숨이 막혔다. 윤극사와 그녀를 겨누고 있는 철궁과 노의 예리한 기운에 살갗이 따끔거릴 지경이었다.

이윽고 어둠 속에서 따각따각 하는 말발굽 소리가 서쪽에서 들려왔다. 흰옷을 입은 한 사람이 흰말을 타고 오는 것이 보였다.

반백의 머리는 윤이 나고 이마가 넓은 인자한 인상의 남자였는데 쉰 살이 넘어 보였다. 허리에는 보검을 찼고 왼손에는 읽다 만 것 같은 책이 한 권 들려 있었다.

"그대가 의원인가?"

말을 탄 사람이 윤극사에게 물었다.

음성이 온화하고도 힘이 있었다. 말을 들은 사람이 뭐든 대답하지 않을 수 없게 만드는 음성이었다.

‘그렇습니다’ 하고 윤극사는 대답했다.

말을 탄 사람이 희미하게 웃으며 말했다.

“의술이 고명하여 죽은 사람도 살렸다고 들었다. 사실인가?”

윤극사는 머리를 저었다.

“그런 일은 없습니다.”

말을 탄 사람이 물었다.

“한송 노인을 구한 것은 그대가 아닌가?”

“살아 있는 한 노인을 편하게 해준 적은 있습니다.”

윤극사가 대답했다.

말을 탄 사람이 머리를 끄덕였다.

“한데 그대는 왜 밖에 나와 있는가?”

윤극사가 그 사람을 마주 응시하며 담담히 말했다.

“여기서 죄가 이루어지는 것을 하늘에 고하기 위해서입니다.”

말을 탄 사람이 윤극사의 말에 눈을 크게 뜨더니 껄껄 웃었다.

“의술은 모르겠으나 사람은 신뢰할 만하군. 내가 누군지 아는가?”

윤극사는 머리를 저었다.

말을 탄 사람은 그러면 그렇지 하는 식으로 머리를 끄덕이며 말에서 내려왔다.

“하하하. 그대가 나를 모르는데 내가 행세를 해서 무엇 하겠는가? 자네는 나를 송산(松山)이라고 부르게.”

“기유(奇儒) 우송산(禹松山)!”

이영이 놀라며 윤극사의 옷을 잡아당겼다.

송산이 껄껄 웃었다.

"젊은 부인께서는 미거한 나를 알고 계셨군."

이영은 윤극사를 보았지만 우송산을 아는 표정이 아니었다. 그를 대신해서 나서며 허리를 숙이고 나서 윤극사에게 작은 목소리로 말했다.

"당대의 대학자인 송산 선생이세요. 유학자라면 노소를 막론하고 존경하지 않는 사람이 없는 분이랍니다."

윤극사가 우송산을 향해 허리를 숙여 인사했다.

송산 선생이 머리를 가볍게 숙여 답례하며 말했다.

"헛된 이름이 망령되게 전해졌을 뿐이네."

이영이 또 작은 소리로 윤극사에게 말했다.

"송산 선생께서는 평생 벼슬길에 나가지 않고 학문에 전념하신다고 들었습니다. 한데 이곳에서 뵙게 될 줄은 꿈에도 생각지 못했습니다."

이영은 아녀자로서 함부로 나서면 윤극사의 체통을 깎을까 싶어서 그에게 말하듯이 했지만 조용한 저녁에 그녀의 말은 근처에 있는 사람들이 모두 들을 수 있었다.

이영의 의도를 아는 우송산은 그녀가 직접 한 말은 아니지만 그녀의 말에 대답했다.

"뜻을 펼 수 없으니 나아가지 않았네. 하나 지금 나는 주인을 섬기고 있네."

송산 선생이 껄껄 웃었다.

이영은 가볍게 한숨을 쉬고 또 윤극사에게 말했다.

"누가 과연 송산 선생 같은 분의 섬김을 받을지 궁금하군요."

송산 선생이 얼굴에 웃음을 거두지 않고 말했다.

"너무 질책하지 마시게. 내가 섬기는 분은 민천자(閔天子)일세."

민천자는 대위국을 세우고 황제가 된 민소동을 일컫는 말이었다.

이영은 놀라지 않았다. 그가 송산 선생이라는 사실을 알았을 때 이미 나머지는 다 짐작할 수 있었기 때문이다.

송산 선생이 윤극사에게 물었다.

"환자가 있네. 봐줄 수 있겠는가?"

윤극사는 머리를 끄덕였다.

송산 선생이 미소를 지었다. 그가 손을 들었다 내리자 윤극사와 이영을 겨누고 있던 활과 쇠뇌들이 모두 내려졌다.

송산 선생은 윤극사를 인도하듯이 앞서 걸었고 윤극사는 이영과 함께 따라 걸었다. 주위에서 병사들이 그들 모두를 에워싸고 걸었다. 방향은 알 수 있었지만 길가의 풍경은 볼 수 없었다.

아주 잘 꾸며진 정원 속에 있는 조그마한 누각에서 윤극사는 환자를 보았다.

환자는 서른 살 남짓 된 남자였는데 몸이 아주 건장하고 탄탄했다. 그러나 환자의 가슴에는 검은 반점들이 생겨나 목을 거쳐 머리까지 뻗치고 있었다.

환자는 혼수 상태에 빠져 있었다.

간호하던 시녀들과 먼저 와 있던 의원들을 물리친 후에 송산 선생이 물었다.

"무슨 병인지 아시겠는가?"

윤극사가 대답했다.

"예."

송산 선생의 눈이 놀람으로 크게 뜨여졌다. 많은 의원들이 보았지만 환자의 병명을 아는 사람이 없었기 때문이다.

"무슨 병인가?"

송산 선생이 급히 물었다.

윤극사가 말했다.

"서역(鼠疫:페스트, 흑사병)입니다."

"뭣?"

송산 선생이 놀라며 되물었다. 이영도 깜짝 놀라서 한 걸음 물러섰다.

윤극사가 다시 말했다.

"서역입니다."

송산 선생의 안색이 창백하게 변했다. 입이 굳게 다물렸다.

윤극사는 환자의 입을 벌려보고 귀에 새끼손가락을 넣어본 후에 이마를 손바닥으로 덮으며 말했다.

"서역은 열이 많은 병입니다. 환자가 두통을 심하게 느끼다가 현기증을 일으키고 혼수 상태에 빠졌을 것입니다."

송산 선생이 무거운 음성으로 물었다.

"서역이라면… 전염병이 아닌가?"

"그렇습니다."

윤극사가 대답했다.

송산 선생이 말했다.

"하지만 환자 외에 똑같은 병에 걸린 사람은 없네."

"서역입니다."

윤극사가 다시 차분한 음성으로 말했다.

"전염성이 없을 뿐이지요."

"허어!"

송산 선생이 기가 막히다는 듯이 말했다.

"살릴 수는 있겠는가?"

"먼저 술과 물을 가져다 주십시오. 각각 큰 독으로 한 독씩. 그리고 주위로 사람들의 접근을 막아야 합니다."

하고 윤극사가 말했다.

송산 선생은 묵묵히 고개를 끄덕이고는 밖으로 나갔다. 환자의 미약한 숨소리가 방 안을 울렸다. 윤극사는 팔의 소매를 걷어 올리고 장삼 자락을 접어서 몸을 움직이기 편하게 했다.

이영은 옆에서 망설이다가 윤극사에게 전음으로 물었다.

─소신의, 환자가 누군지 아세요?

윤극사가 말했다.

"몰라요."

이영이 조심스럽게 말했다.

"기유 우송산, 송산 선생은 보통 사람이 아니에요. 그가 민천자를 모신다면 아마… 그의 오른팔이라고 부르는 승상 우문태일 가능성이 많아요."

우문태라는 이름은 윤극사도 알고 있었다. 송산 선생의 거동에서 나오는 위엄이 예사롭지 않음을 생각해 보면 송산 선생이 바로 우문태일 것 같았다.

윤극사는 머리를 끄덕였다.

이영이 말했다.

"송산 선생은 일부러 우문태라는 이름을 사용하여 자기를 숨기는 것 같아요. 어쩌면 천하에 알려진 명성을 더럽히고 싶지 않다는 뜻일지도 모르지요."

기유 우송산에게는 많은 제자들이 있었다. 그들 중 상당수가 학문을 크게 떨치며 조정의 벼슬아치가 되었다. 이영의 말뜻은 송산 선생이 자기의 제자들을 보호하기 위해서 그렇게 했을 것이란 짐작이었다.

윤극사가 웃으며 말했다.

"그럼 송산 선생은 우리를 놓아주지 않겠군요."

이영이 미소를 지으며 고개를 끄덕였다.

"우리가 그의 이름을 들었을 때 이미 그는 우리를 살려서 보내주지 않을 작정을 했을 거예요."

윤극사가 말했다.

"우린 그냥 가면 돼요."

이영이 살포시 웃었다. 윤극사에게는 그럴 힘이 있다는 걸 그녀도 알고 있었다. 그러나 송산 선생은 천하 유자(儒者:유학자)의 우두머리라 할 수 있는 사람이었다. 그리고 윤극사는 사람이 사람을 알고 쓰는 온갖 수단에 대해서는 아직 생각이 미치지 못하고 있었다.

이영이 환자를 가리키며 말했다.

"송산 선생은 저 환자를 대할 때 아주 공손하더군요."

윤극사는 환자의 혈에 침을 꽂아서 열이 뇌로 침습하지 못하도록 막았다. 환자와 병을 돌보는 데 환자의 신분이 도움이 되는 경우는 전무하다.

윤극사는 송산 선생이 지켜보는 중에 그날 밤을 환자와 함께 지샜다. 술과 물을 반반씩 섞은 액체로 환자를의 얼굴과 머리부터 닦고 온몸을 씻어서 열을 내렸다. 환자의 몸에서 술과 물이 증발되며 김이 서렸다.

술을 더 묽게 타서 환자에게 먹이고 침을 혈 자리를 바꾸어가며 계속하여 꽂았다. 새벽녘에 환자는 지독한 냄새가 나는 시꺼먼 변을 보았다.

윤극사는 대야에 담긴 변에 술을 붓고 불을 붙여 태웠다. 변을 보고 난 후에 환자의 용태는 눈에 띄게 좋아졌다.

송산 선생은 윤극사에게 눈이라도 잠시 붙이라고 했다. 윤극사가 응낙하자 송산 선생은 직접 윤극사와 이영을 아주 화려한 처소로 안내했다. 그곳에는 윤극사와 이영이 객점에 놓아두었던 짐과 수레까지 옮겨져 있었다.

밖이 훤하게 밝아올 때 침대에 누웠지만 윤극사두 이영두 쉬이 잠들지 못했다. 겪고 있는 것들은 날마다 피가 땅에 뿌려지는 생활이었지만 그들은 무대 아래에서 연극을 보는 것처럼 멀게 느꼈다.

'내가 뭘 한 것인가?

윤극사는 자기가 정말 사람을 치료하려고 한 것이 맞는지를 의심했다. 속으로 의원이라는 말을 몇 번 되뇌어보았다. 밤을 새우면서까지 환자를 돌봤지만 자기의 행위가 항상 가슴속에 담아왔던 의원의 그것과는 미묘한 괴리가 있었다.

그 괴리만큼 마음이 찌부러들었다.

여러 번 몸을 뒤채다가 잠이 든 꿈에서는 성난 바다를 보았다. 아무 것도 보이지 않고 드높은 파도들만 보며 두려워 떨었다.

이영은 윤극사가 잠이 든 것을 확인한 후에 자리에서 일어났다. 잠을 이룰 수가 없었다. 윤극사의 손을 쥐고 볼로 안았다. 이상하게도 슬픈 감정이 들면서 눈물이 자꾸 났다. 생각은 말똥했다.
'이상도 하여라.'
이영은 속으로 중얼거렸다.
눈에서 눈물이 줄줄 흘렀지만 울어야 할 아무런 이유를 찾을 수가 없었다. 잠은 오지 않고 눈물이 자꾸 나와 소매를 적셨다. 마음이 불안했다. 그대로 가슴 졸이며 윤극사가 깨기를 기다렸다.
한낮이 지나서 윤극사는 일어났고, 송산 선생도 조심스러워하는 지체 높은 환자를 열사흘 동안 돌보았다.
그동안에 이영과 윤극사의 생활은 수레에서 분리되어 물 위에 떠 있는 바퀴처럼 맥없이 겉돌았다. 돌기는 돌아도 맞물리는 것도 닿는 것도 없는 것 같은 하루하루였다.
환자는 병에서 회복할 기미를 보이고 있었고 송산 선생은 기뻐했다.
윤극사는 묵묵히 환자를 치료했고 송산 선생은 구하기 힘든 맛난 과일과 온갖 기진(奇珍), 그리고 보물들을 선물했다. 수백 년이 넘은 화첩도 있었고 금석을 두부 자르듯 하는 보도(寶刀)도 보내온 물품 중에 있었다. 비단옷이 계절별로 열 벌씩 들어왔고 아름다운 패옥들은 바구니에 담을 만큼 많았다.
이영은 송산 선생의 선물들을 마다하지 않고 차곡차곡 정리해 놓았다. 그런 모습을 본 송산 선생은 그녀가 선물을 좋아한다고 생각했는지 날마다 사람을 시켜 여러 가지 보물을 가져다 주었다.

다시 육 일이 더 지나갔을 때, 환자의 용태는 아주 좋아졌고 이영이 윤극사를 따라서 환자의 방으로 들어갔을 때 환자가 불쑥 입을 열었다.

"낭자(娘子)는 누구시오?"

그때는 송산 선생도 함께 그 자리에 있었다. 이영이 놀라서 흠칫하는데 송산 선생이 점잖게 말했다.

"말씀을 하실 수 있게 됐구려. 하늘이 태자 전하(太子殿下)와 우리 대위국을 버리지 않으셨소이다."

'역시 민소동의 태자였구나.'

이영은 속으로 중얼거렸다. 송산 선생이 민소동의 오른팔인 우문태라면 승상인데 그가 굽신거리는 신분의 젊은 사람이라면 민소동의 아들일 수밖에 없을 거라는 생각은 했었다.

이영은 윤극사의 미간이 꿈틀거리는 것을 보았다. 민소동의 태자가 죽음에서 살아나 겨우 입을 떼자마자 내뱉은 말이 이영이 누구냐는 것을 보고 화가 난 듯했다.

이영은 윤극사에게로 몸을 가까이 기대며 민소동의 태자는 아주 경박한 사람이구나 하고 생각했다.

태자가 역정 섞인 음성으로 또 물었다.

"누구냐고 묻지 않았소?"

송산 선생이 급히 말했다.

"전하, 이분은 윤 부인이시외다. 전하를 구해주신 윤 의원의 아내지요."

태자가 입을 삐죽거렸다.

"의원의 처?"

태자의 음성에는 짙은 경멸이 깔려 있었다.

송산 선생은 윤극사와 이영을 잠시 보며 아주 민망한 표정을 지었다.

윤극사는 난생처음으로 참을 수 없는 모멸감을 느꼈다. 속마음을 숨기지 못하고 얼굴이 딱딱하게 굳어졌다.

송산 선생이 황급히 태자에게 말했다.

"그렇습니다. 신선 같은 의술을 지닌 윤 의원의 처올시다."

태자가 비릿하게 웃으며 말했다.

"신선 같은 의원이 지금 본 태자를 때려죽일 것 같은 표정이군. 감히 내 앞에서 무릎을 꿇지도 않고 말이야."

송산 선생이 식은땀을 흘리며 윤극사를 보았다.

말을 잘하지 못하는 윤극사는 분노로 얼굴이 새파랗게 변해 있었다.

그때 이영이 차가운 소리로 말했다.

"의원은 사람을 가리지 않고 구환했는데 환자는 신분을 내세워 사람을 핍박하는군요. 생명을 구해준 은인을 무릎 꿇게 한다면 그렇지 않은 천하의 백성들은 전하를 어떻게 뵈올지 모르겠습니다."

태자가 이영에게 씨익 웃고 난 다음에 송산 선생에게 말했다.

"승상께선 불충하고 불경한 자를 보고만 있을 것이오?"

송산 선생이 부드러운 음성으로 말했다.

"태자 전하, 아직 병이 완전히 나은 것이 아니니 그만 쉬시지요."

태자가 칼칼한 음성으로 웃으며 말했다.

"인명재천(人命在天), 목숨은 하늘에 달린 것이오. 승상께선 정말 저 의원이 나를 치료했다고 믿소? 저자가 나를 치료했다고 해도 대가를 받을 테고, 또한 보이지 않는 중에 하늘이 명하여 내 앞에 오게 된 것일 터인데 무슨 큰일을 했다고 하겠소?"

이영은 태자의 후안무치(厚顔無恥)한 말에 아연실색했다.

그때 송산 선생의 눈이 잠시 반짝 하고 빛이 났다. 그러자 태자는 갑자기 탈진한 듯이 툭, 고개를 떨구고 잠이 들어버렸다.

송산 선생이 나직하게 한숨을 쉬고 돌아서며 윤극사와 이영에게 말했다.

"방금 일은 다 잊어주시게. 이 늙은이가 진심으로 사과드리겠네."

송산 선생은 두 사람에게 깊숙이 허리를 숙였다. 윤극사와 이영은 급히 옆으로 비켜서서 그의 절을 받지 않았다.

송산 선생이 쓸쓸하게 웃었다.

"모두 내 덕이 부족한 탓일세. 하여간 태자 전하는 이제 걱정 안 해도 될 만큼 회복된 듯하네. 윤 의원 덕택이네."

이영이 싸늘한 표정으로 말했다.

"송산 선생께서 지니신 학문과 경륜을 세상에 펼치기기 쉽지 않을 것 같군요."

태자의 인물됨을 보고 꼬집는 말이었다.

송산 선생이 쓸쓸히 웃으며 말했다.

"이 자리에서 어울리는 이야기는 아닐세. 함께 술을 하는 것이 어떻겠는가?"

송산 선생은 사람을 불러서 술을 준비해 놓으라 이르고 윤극사와 이영을 데리고 이삼 리 걸어서 물가의 버드나무 사이에 있는 전각으로 갔다.

버드나무의 꽃이 바람을 타고 눈송이처럼 날고 있었다.

윤극사는 태자의 방을 나온 후 전각에 앉을 때까지 곤두선 눈썹을 내려놓지 못했다. 얼굴도 가면을 쓴 듯이 굳어서 입을 열 수가 없었다.

송산 선생이 술을 권했다.

윤극사는 잔을 받기만 하고 마시지는 않았다. 이영은 술잔을 아예 받지 않았다.

송산 선생이 씁쓸한 미소를 지었다.

"오늘 내일쯤 자리를 마련하여 천하의 경륜(經綸)을 담론할까 했거늘 그만 부끄러운 모습을 보이고 말았네."

이영이 말했다.

"저희가 어찌 송산 선생과 더불어 담론할 수 있겠습니까? 감정을 상치 않고 여길 떠날 수만 있으면 감지덕지하겠습니다."

송산 선생이 말했다.

"그건 어렵지 않은 일이지. 우송산이 우문태라는 사실만 두 사람이 잊어주면 언제라도 보낼 수 있네."

"우리가 본 사람은 송산 선생입니다. 대위국의 승상 우문태는 본 적도 없습니다."

하고 이영이 말하자 송산 선생이 껄껄 웃었다.

더 주고받을 말이 없다고 생각한 이영이 입을 다물어 버리자 누각에는 어색한 침묵이 흘렀다.

송산 선생은 노인이지만 이영이 술을 따라주지 않았고 그가 권해도 이영과 윤극사는 술을 마시지 않았다.

송산 선생은 스스로 자기의 잔을 채우고 비웠다.

이윽고 송산 선생이 윤극사를 보며 물었다.

"어디로 가려는가?"

윤극사가 대답했다.

"서안으로 갑니다."

"서안이라……."

송산 선생은 고개를 끄덕이며 말했다.

"사람을 시켜 데려다 주겠네."

윤극사는 단호하게 말했다.

"필요없습니다."

그 어조에 송산 선생이 놀란 듯이 눈을 크게 떴다.

윤극사는 입을 다물어 버렸다.

송산 선생이 허탈하게 웃었다.

"부끄럽구나, 부끄러워."

이영이 말했다.

"국사가 다망(多忙)하실 테니 저희들은 이만 떠나도록 하겠습니다."

윤극사와 이영은 일어나서 누각을 나왔다. 송산 선생은 먼 산을 보면서 고개만 끄덕거리고 있었다. 두 사람이 누각을 나오자 평복을 입은 세 사람이 검을 겨누고 다가들었다.

누각 안에서 송산 선생이 소리쳤다.

"보내 드려라!"

세 사람이 검을 거두고 물러서서 허리를 숙였다.

윤극사 부부는 그들을 지나서 걸어갔다. 뒤에서 송산 선생의 음성이 나직하게 들렸다.

"권력이 있는 곳은 어디나 복마전일세. 거름이 되어 백성을 키우지 못하는 권력은 누구를 썩힐거나."

윤극사는 침소로 돌아가 수레를 끌고 한동안 머물렀던 그곳을 나왔다. 나온 후에야 그곳이 안강성에 있는 오봉궁(梧鳳宮)이라는 사실을 알았다. 오봉궁은 민천자의 큰아들인 민융(閩隆)이 안강성을 다스리며 살고 있는 곳이었다.

윤극사는 성 북문 가까운 곳에 있는 객점에 짐을 풀었는데, 송산 선생이 사람을 시켜서 이영이 받았지만 두고 온 선물들을 보내왔다.

윤극사는 의술을 펼친 후 환자가 주는 치료비가 많고 적고 간에 주는 것은 모두 받아왔지만 이번만은 거절하고 받지 않았다.

선물을 가져온 사람들이 아주 난감하여 돌아가지도 못하고 객점 밖에서 우왕좌왕했지만 모른 척했다.

이영은 윤극사의 이런 행동이 송산 선생이나 그 측근들의 분노를 사지 않을까 싶어서 걱정이 되었다.

그러나 얼굴이 납덩이처럼 굳어 있는 윤극사에게 이러자 저러자 하고 말을 붙일 게재가 못 되었다. 윤극사는 마치 자기 자신에게 화를 내는 사람처럼 보였다.

이영은 사람들이 물러가기만을 다만 기다리고 있는데 마침내 조용해졌다. 지은 죄도 없이 그제야 마음이 놓였다.

윤극사에게 다가가 작은 목소리로 말했다.

"소신의, 전 괜찮아요. 화 푸세요."

윤극사가 빙긋 미소를 지었다. 이영도 덩달아 밝게 웃었다. 그러나 윤극사의 마음에서 긴장이 없어지진 않았다. 다만 이영을 향한 마음만이 언제나처럼 열려 있을 뿐이었다.

윤극사는 탁자에 앉은 채 검을 꺼내서 손으로 어루만졌다. 이영은 습관적으로 바늘과 옷감을 찾았다.

잠시 후에 누가 문을 두드려서 열어보니 벼슬 장사꾼 상주영이 서 있었다.

상주영이 어색한 표정으로 윤극사와 이영에게 인사했다.

"그동안 잘 지내셨소?"

윤극사는 그를 힐끔 본 후에 머리를 돌려 버렸다. 상주영은 윤극사의 손에 들려 있는 검을 보고는 아무 소리 못하고 슬며시 방으로 들어와 쭈뼛거렸다.

이영이 물었다.

"무슨 일인가요?"

상주영이 주저하며 말했다.

"지난번에 윤 공을 승상께 천거한 사람이 바로 나였소."

이영은 알고 있다는 듯이 무표정한 얼굴로 말했다.

"그래서요?"

상주영이 눈치를 살피며 말했다.

"승상께서 아주 서운해하시는 듯하여……."

이영은 문을 열었다. 축객령이었다.

상주영이 풀 죽은 음성으로 말했다.

"윤 공은 잘만하시면 전의(典醫)가 되고 어의(御醫)로 황제 폐하를 곁에서 모실 수도 있을 텐데……."

벼슬 장사꾼들 중에서는 그래도 남자답다고 보였던 사람이 상주영이었다. 그러나 이영과 윤극사가 무공을 가지고 있음을 알고서 대하는 모습에서는 전혀 그때 같은 모습이 없었다.

이영은 속으로 사람이란 고작 이런 것이던가 싶었다.

상주영이 고개를 떨구고 밖으로 나가며 나직하게 중얼거렸다.

"재물과 벼슬만 있으면 미인은 얼마든지 구할 수 있는데, 오히려…
미인을 바쳐 재물과 벼슬을 얻을 기회를 그냥 버리는 사람도 있구나."

나직한 소리였지만 윤극사도 그 말을 들었고 이영도 들었다. 상주영이 온 것은 그 말을 전하려 온 것에 다름 아니었다.

이영의 안색이 파랗게 질렸고 윤극사 검으로 탁자를 치면서 벌떡 일어섰다.

둥근 탁자가 윤극사의 검에 소리없이 베어졌다. 번쩍 하는 섬광이 방 안에 뿌려진 순간 윤극사의 검은 상주영의 상투를 뚫고 빙글 돌아서 그의 목에 날을 붙였다.

"헉!"

상주영이 놀라서 비명을 질렀다.

"거, 검, 검선(劍仙)……!"

윤극사의 청동검은 살아 있는 것처럼 저 혼자 공중에 떠서 상주영의 목을 제압하고 있었다. 상주영의 전신이 와들와들 떨렸다.

윤극사의 얼굴에서 핏줄이 꿈틀거렸다.

윤극사의 분노 앞에 이영은 자기의 분노는 잊어버리고 몸이 굳었다.

윤극사는 숨을 몇 번이나 몰아쉰 후에 스스로를 억제할 수 있었다.

검을 상주영의 목에서 돌아오게 했다.

긴장이 풀린 상주영이 오줌을 싸고 쓰러졌다. 두려움에 혼절해 버린 것이었다. 어디선가 달려온 두 사람이 상주영을 떠메고 달아났다.

밖에 저녁 소나기가 듣기 시작했다. 주룩주룩 쏟아지는 비를 보면서 윤극사는 눈물을 흘렸다. 이영이 등 뒤에서 그를 감싸 안았다.

윤극사는 제세원이 멸망하고 백초곡의 사숙들에 의해 잡혀가면서 느꼈던 세상을 또 한 번 느꼈다. 흰 것과 붉은 것이 뒤섞여 돌아가는 것이 세상인 것 같았다.

저녁과 함께 술을 가져오게 하여 취하도록 마신 후 빗속에서 우장(雨裝)을 하고 길을 떠났다. 안강성에 더 이상 머물고 싶지 않았다.

밤비는 그치고 구름이 엷어지며 별들이 새싹 돋듯이 하나, 둘, 셋 나타났다. 어디선가 풀벌레 소리가 나기 시작하더니 길가의 수풀 속에서는 온통 찌륵 쓰륵 소리였다.

우중에서는 들리지 않던 수레바퀴의 끼익끼익 하는 소리도 났다. 안강성 북문을 나와서 서안으로 향하는 관도는 사방이 탁 트였다.

적막하고 드넓은 평원을 수레 하나와 한 쌍이 부부가 점령했다.

수레를 멈추고 수레에 기대 누우니 이불을 뒤집어쓴 듯 별들이 세상을 씌웠다. 별똥별이 별 사이에서 떨어져 나왔다.

윤극사는 어느 동네 연못으로 별똥이 떨어졌을까 하고 생각했다.

어릴 적 아침마다 백초곡 골짜기 안에 있는 연못으로 달려가 보곤 하던 때가 있었다. 특히 전날 밤 하늘에서 별이 많이 떨어진 날이면 기대에 부풀어 달려갔다. 그 많이 떨어진 별 중에서 하나쯤은 우리 동네 연못에도 떨어지지 않았겠나 싶은 생각 때문이었다.

나이를 몇 살 더 먹고 난 후, 밤 연못에 비친 별들을 보고서야 연못은 하늘에 있는 별만 담지 떨어진 별은 담지 않는다는 것을 알았다. 그래도 윤극사의 머리 속에는 별이 떨어지면 연못으로 들어간다는 공식이 쉽게 지워지지 않았다.

술기운 때문인지 밤과 별이 아늑했다. 비가 식혀놓은 대지는 상쾌함을 더해주었다.

못 견딜 것 같았다.

처음으로 윤극사는 이청무 사숙과 제세원의 신의들이 의술만 바라보며 일생을 보낸 것이 그렇게 하고 싶어서가 아니라 다른 것을 바라보며 살 수 없었기 때문이 아닌가 하고 생각했다.

그들이라고 해서 윤극사 자신보다 혼탁한 세상을 살지 않았을 리가 없었다. 그들도 한 뿌리인 백초곡으로부터 항상 시기로 말미암은 독살(毒殺)의 위험 속에서 살았다.

윤극사는 들판 가운데로 난 관도 위에서 한밤을 고독과 회의 속에서 보냈다.

이후로도 이따금 윤극사는 혼자 고독 속에 젖어들곤 했다. 그리고 그런 후에 가슴에 남는 것은 고독만큼의 슬픔이었다.

하여간 윤극사는 황제의 아들도, 일국의 승상도 범인(凡人)을 벗어나지 못한 사람들이라는 사실을 알았다.

제4장 마음속의 꼭두각시

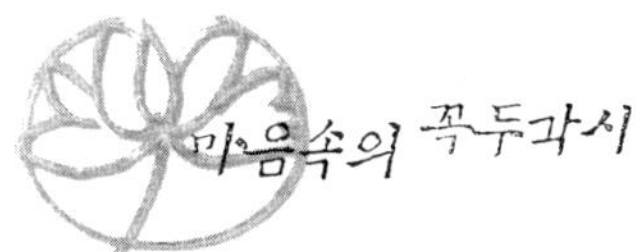

가는 길이 즐거웠다. 낮에는 너무 더워서 수레를 그늘 밑에 세워두고 낮잠을 자거나 함께 장난치고 놀았고, 해그름이 지기 시작하면 담장 아래 그늘로 뛰어다니기 놀이를 하는 아이들처럼 발길을 재촉했다.

실컷 걷다가 밤하늘 북두칠성의 자루가 홱 돌아섰을 때쯤 멈춰 서 숲이나 계곡에 찾아들어 잤다.

이따금 병마가 관도를 지나기 때문에 잘 때만이라도 길에서 떨어지는 것이 좋았다.

숲에는 하루살이, 날파리, 모기가 밤낮으로 구름처럼 몰려다녔지만 윤극사의 옆에 있으면 어떤 해충도 다가오지 않았다.

이영은 사람이 참 잘 잊어버리는구나 하고 생각했다.

며칠 지나지도 않았지만 사람을 만나거나 상황을 경험한 것은 아주 쉽게 잊혀졌다. 기억에서 사라진 것은 아니었으나 감정에서는 지워져 있었다.

윤극사도 철없는 어린아이들처럼 굴며 이영에게 장난을 걸곤 했다.

두 사람은 함께 꽃을 꺾어 가운데 놓고 서로 코끝에 대고 향기를 마셨다. 그럴 때면 서로의 살 냄새와 꽃향기가 함께 폐부 속으로 스며들었다.

물을 만나지 못했을 때는 씻지도 못해서 땀 냄새와 다른 냄새가 배인 살 냄새였지만 서로는 서로에 친숙했다.

풀밭을 뒹굴고 놀다가 여름에 성한 약초를 채집하고 물가에서는 더위로 뜨는 붕어를 잡아서 먹었다.

개구리를 잡아서 다리를 구워먹고 나면 노린내가 많이 났다. 그러나 붕어보다는 개구리가 쉽게 잡혔고, 물가에서 조금 떨어진 숲에서조차 잡을 수 있었다.

전쟁터만 아니면 전쟁 중에도 세상은 조용했다.

윤극사와 이영은 수병곡을 떠나 세상으로 나왔지만 세상의 사람들은 난(亂)을 피해서 깊숙한 곳으로 숨거나 끼리끼리 뭉쳤다.

가는 길이 순탄했다. 윤극사는 이영과 즐거운 시간을 보내는 외에는 마음속으로 검을 휘두르는 상상을 하면서 시간을 보내기 시작했다.

처음에는 눈을 지그시 감고 자기의 모습을 그린 후에 검을 기운의 흐름에 따라 휘두르고 찌르는 연습을 했다. 시작했을 즈음에는 모든 것이 흐릿했지만 며칠이 지났을 때는 눈을 감고 보면 제법 자신의 모습이 보였다. 점차 또렷해지는 그 모습이 신기했다. 다시 며칠이 지났을 때는 눈만 감으면 선명한 자기의 모습을 볼 수 있었다.

모습이 완전히 선명해졌을 때부터 윤극사는 자기 속에 보이는 자기 자신을 꼭두각시처럼 움직였다. 움직이는 것을 선명하게 하는 것은 모습을 선명하게 하는 것보다 훨씬 어려웠지만 조금씩 연습해 보니 그것도 점점 익숙해졌다.

이후에 눈을 조금씩 뜨고 해봐도 마음속의 자기 모습은 사라지지 않았다. 이영과 함께 시간을 보내면서 윤극사는 자기 속의 자기로 눈을 뜨고 사방을 살필 수 있게 되었다.

그런 자기 속의 자기 자신은 자기가 분명한데도 남처럼 느껴졌다. 마치 헝겊으로 기워서 만든 인형이 살아 있는 것 같았다.

그들이 서안으로 가는 길의 반쯤 되는 곳에 이르렀을 때는 이미 안강을 떠난 지 한 달이 지나 있었다. 그리고 윤극사는 눈을 떴을 때 문득 이영보다 먼저 자기를 볼 수 있음을 알게 되었다.

자기 속에 있는 자기가 바깥에서 보였다.

윤극사는 자기를 보면서 눈을 감았다 떴다 했다. 감아도 보였고 떠도 보였다.

윤극사는 이영을 불렀다.

"영, 이리 와봐요."

이영이 음식을 끓이다가 달려왔다.

윤극사는 바깥으로 나온 자기를 가리키며 말했다.

"영, 저게 보여요?"

"뭘요? 까만 돌요?"

이영이 반문했다.

윤극사가 머리를 저었다.

"아니, 그것 말고. 내가 안 보여요?"

이영이 풉, 하고 웃었다.

"당신은 보이죠. 제가 봉사인가요? 소신의 당신이 안 보이게요."

"아!"

윤극사는 이영의 눈에는 그것이 보이지 않는다는 것을 알았다. 그것을 팔짝팔짝 뛰게 해보았다. 마음먹은 대로 움직이는 데는 익숙해져 있었기 때문에 그것이 마음속에 있든 바깥에 보이든 상관이 없었다.

이영은 뭐가 있기는 있는 모양이구나 싶어서 눈을 동그랗게 뜨고 윤극사의 곁에 서 있었다. 그러나 보이지 않던 것이 갑자기 보이는 것은 없었다.

윤극사는 꼭 꿈을 꾸는 것같이 기분이 이상해서 머리를 긁적거렸다. 그가 보고 있는 자기의 분신 같은 모습은 기운이 눈에 보이는 것과는 또 다른 생생함이 있었다. 거울 속의 자신과는 달리 자기를 따라서 움직이는 것이 아니라 자기의 의지를 따라서 움직였다.

윤극사는 재미있기도 하고 어이없기도 해서 웃음을 터뜨렸다.

"뭐가 그렇게 재미있어요?"

이영이 그의 겨드랑이를 간지를 듯이 하면서 말했다.

윤극사는 물러서며 말했다.

"음…… 영, 이상한 일이 있어요."

"뭔 일이냐니까요?"

이영이 궁금해하며 물었다.

윤극사가 말했다.

"실은 얼마 전부터 마음속으로 검을 연습했어요."

이영은 대수롭지 않게 대답했다.

"그런 듯이 보였어요."

윤극사가 말했다.

"한데 자꾸 마음속으로 생각하니까 생생하게 검을 연습하는 내가 보였는데… 이제 그게 바깥에 보여요. 저기에."

윤극사는 손가락으로 그것을 가리켰다.

"예?"

이영은 말을 잘못 들었는가 싶어서 반문했다.

윤극사가 다시 말했다.

"그게… 생각 속에 있던 그게 밖으로 나와 버렸어요."

이영이 손으로 이마를 짚었다.

한동안 잠잠했는데 윤극사가 또 이상야릇한 말을 하는구나 싶었다.

"기운이 아닌가요?"

하고 물었다.

윤극사가 대답했다.

"기운은 기운일 테지만 조금 달라요. 아주 선명해요. 그래서 어쩌면 영도 볼 수 있지 않을까 싶었어요."

"어디에 있다구요?"

이영이 긴장한 상태로 말했다.

윤극사가 손가락으로 가리켰다.

이영은 안력을 최대한 돋우었다. 뚫어지게 검은 돌 근처를 쏘아보니 처음에는 보이지 않던 뭔가가 그곳에 있음이 느껴졌다.

이영은 놀라서 한 걸음 물러섰다.

윤극사가 손으로 이영을 잡았다. 이영의 이마에 식은땀이 송골송골 맺혔다.

"뭔가 보이는 것 같았어요."

윤극사가 머리를 끄덕였다.

"나예요."

이영은 놀란 마음을 진정시키며 다시 뚫어지게 보았다. 이영도 윤극사에게 삼득삼성공을 배운 후 매일 연습하고 있었다. 이영의 공력이 순수하지 못해서 삼득삼성공은 큰 진척을 보이지 못하고 있었지만 있는 힘을 다하자 아주 희미하고 키가 한 자 정도인 윤극사를 볼 수 있었다.

이마를 제일 먼저 보았는데 보이는 곳에 집중하자 보이지 않던 곳도 점차로 보였다. 완벽한 윤극사였다.

이영은 놀라서 가슴이 두근거렸다. 윤극사에게 이런 식으로 놀란 것이 한두 번이 아니었지만 여전히 이런 기이한 현상은 그녀를 놀라게 했다.

"정말 소신의 당신이군요!"

윤극사는 그것을 움직이게 하면서 말했다.

"마음대로 움직일 수도 있어요."

그것이 움직이는 모습이 이영에게도 보였다.

이영은 뭐라고 할 말이 떠오르지 않았다. 머리가 혼란스러웠다. 그녀가 읽었던 책들, 알고 있는 무공들, 그 모두를 생각해 봐도 이런 해괴한 것은 없었다. 요술 같았다.

이영은 윤극사 곁의 바위에 걸터앉으며 말했다.

"저… 것을…… 크게 해볼 수도 있어요?"

"한번 해볼게요."

윤극사가 대답했다. 그 순간 그것은 정말 윤극사만큼 커졌다. 선명한 정도도 흐려지지 않았다.

이영이 손목만큼 굵은 나뭇가지를 가리키며 말했다.

"저걸 한번 베어보세요."

윤극사는 그것을 움직여 나뭇가지를 벴다. 그러나 나뭇가지는 검이 지나갔음에도 아무렇지도 않았다. 작은 흔들림조차 없었다.

"베어도 베어지지 않아요."

윤극사가 말했다.

이영은 손을 뻗어서 그것을 만져 보았다. 생김새나 크기는 모두 윤극사와 똑같았다. 그러나 이영의 손은 그것을 지나쳐 버렸다. 손끝에 만져지지 않았다.

그날 윤극사가 만들어낸 그것에 대한 탐색은 끓고 있던 음식이 새까만 재로 변하면서 끝이 났다.

이영은 자기가 알 수 있는 영역이 아니라고 윤극사에게 말했다. 윤극사는 자기 혼(魂)이 빠진 깃은 아닌가 하고 걱정했다.

이영이 큭큭, 소리를 내며 웃었다.

며칠 후 달이 뜬 밤에 길을 가다가 쉴 때, 이영은 퉁소를 불고 윤극사는 자기 속에서 나온 자기를 춤추게 해보았다. 직접 춤을 추라면 쑥스러워서 못할 윤극사였지만 그것에게 시키니 우스꽝스럽고 재미있었다. 이영이 퉁소를 불다가 웃는 바람에 곡이 자꾸 끊어졌다가 이어지곤 했다. 결국 춤이고 퉁소고 다 그만두고 함께 어깨를 두르고 웃었다.

너무 웃어서 눈물이 찔끔찔끔 났다. 이영은 숨을 할딱거리며 말했다.

"아주 정교한 꼭두각시 같아요. 소신의, 우리 그것에 이름을 붙여주지 않을래요?"

윤극사는 무엇에 이름을 붙인다는 생각은 별로 하질 못했다. 이름은 쓸모에 따라서 붙이는 것이 의원인 윤극사가 할 수 있는 정도인데, 그것은 마음속으로 검술을 연습할 때 외에는 별로 쓸모가 있는 것 같지도 않았다. 뭐라고 해야 할지 몰라서 머리만 쓱쓱 긁다가 말했다.

"그냥 뢰(儡:꼭두각시)라고 부르면 안 되겠어요?"

이영이 웃었다.

"그 이름이 좋은걸요. 우리 그냥 꼭두라고 불러요."

그것의 이름은 '꼭두'로 결정되었다. 실제로 윤극사나 이영이 보기에도 꼭두는 꼭두각시 이상이 아니었다.

윤극사가 마음으로 움직여야만 움직이는 것이었고 이따금 윤극사가 생각지도 못한 곳에 나타나 있곤 하는 것이 다였다. 그것도 어릴 적 가지고 놀던 장난감이 문득 돌아보면 보여서 반가웠던 것이나 대차가 없었다.

꼭두는 윤극사의 눈에는 다른 물건이나 마찬가지로 선명하게 보이고 이영도 제법 또렷하게 볼 수 있었지만 여전히 다른 사람들의 눈에는 보이지 않는 것이었다.

늙은 부부가 살고 있는 농가에서 하룻밤을 보낼 때 그들은 꼭두를 놀리며 놀았지만 늙은 부부는 아무것도 없는 것을 가지고 아기 다루듯하면서 노는 젊은 부부를 측은해하면서도 두려워했다.

윤극사와 이영은 꼭두를 놀리는 데 아주 재미를 들였기 때문에 서안으로 가는 동안 매일 가지고 놀았다.

쉴 때면 아무 곳에나 꼭두를 놓고, 윤극사가 이렇게 저렇게 재주를 부리게 하고 나면 이영이 또 요렇게도 해보고 저렇게도 해보라고 자꾸 주문을 했다.

꼭두는 살아 있는 사람이나 다름없었고 윤극사가 마음먹는 대로 어떤 동작이든 따라 했다. 그게 재미있어서 이영은 자기가 알고 있는 동작들을 꼭두에게 시키고 싶어했다.

윤극사는 이영이 워낙 꼭두를 좋아하니까 그녀가 원하는 건 어떤 것이든 다 하게 만들었다. 이영이 말로 해주고도 알아들을 수 있는 동작은 즉시로 했고, 복잡한 것은 이영이 직접 시범을 보여준 후에 해보게 했다.

그럴 때면 윤극사는 이영이 한 번 보여준 것만으로도 몇 번 연습을 시켰다. 그러고 나면 꼭두로 똑같이 따라 할 수 있었다. 꼭두의 서툰 동작이 정교하게 변해가는 것을 보는 게 아주 재미있었다. 윤극사와 이영이 알고 있는 이 세상의 어떤 놀이보다도 꼭두로 하는 이 놀이가 재미있었다.

서안으로 가는 길은 점점 가까워지고 있었지만 꼭두각시놀음에 홀딱 빠져 버린 두 사람의 발은 점점 느려져서 심지어 같은 장소에서 이틀, 사흘을 보내는 경우도 있었다.

종남산이 눈에 들어오기 시작했을 때 종남산은 울긋불긋한 단풍으로 치장하고 있었다. 새로 선 나라의 수도가 된 서안으로 이어진 길들에는 사람들로 붐볐다.

전선(戰線)은 서안에서 멀었고, 사람들 사이에 들리는 소문으로는 전선이 점점 동쪽으로 이동하고 있다고 했다.

이영은 아주 평화로운 사람들의 모습에서 민천자의 나라가 점점 안정되어 가고 있음을 느꼈다. 많은 사람들이 전쟁 이야기를 하고는 있었지만 전쟁과는 무관한 듯 생업에 힘쓰고 있었다.

윤극사와 함께 걸으며 이영은 사람들이 하는 말을 많이 들었다.

민천자를 모시는 승상 우문태는 백성들의 세금을 낮춰줬으며 전쟁을 위해서 병사를 징집(徵集)하지 않는다고 했다. 그렇지만 민천자와 승상 우문태, 그리고 동정대원수(東征大元帥)가 된 오번백을 존경하는 많은 젊은이들이 스스로 군문(軍門)에 투신하고 있어서 원래 육만이던 민천자의 군사는 이미 십오만으로 불어났고 일설에는 삼십만이라는 말도 있었다.

일반 백성들 중에서도 전쟁을 피해 오히려 대위국으로 들어오는 사람들이 줄을 잇는다고도 했다. 천자의 땅에서는 열여섯 살이 넘은 장정은 무조건 잡아다가 전쟁터로 내보내기 때문이었다.

오번백은 윤극사가 안강에서 서안으로 오는 동안에 네 번의 큰 승리를 거뒀다고 한다. 승상 우문태는 대위국의 어느 곳이든 달려가서 그곳을 안정시키고 비적을 토벌하며 지방 호족들을 무마하여 대위국의 영토가 된 곳은 빠르게 대위국의 통치 체제에 흡수되게 했다.

처음에 전쟁 상황을 들었을 때와는 이미 전황이 크게 달라진 셈이었다.

이영은 서안으로 몰려가는 사람들의 무리 속에서 윤극사에게 작은 소리로 말했다.

"사람들이 민천자를 요순(堯舜)에 버금갈 만한 성군(聖君)이라고 칭송하는군요."

윤극사가 그냥 웃었다. 대위국의 승상인 우문태를 만나보고 민천자의 태자인 민융을 만나본 윤극사와 이영이었다.

윤극사는 사람들의 칭송이 잘못된 것인지 자기가 생각하는 것이 세상과 너무 다른 것인지를 판별하지 못하는 중이었다.

한편으로는 영웅이 되고 나라를 세우기 위해서는 수만 명의 피를 흘려야 한다는 말을 생각했다.

윤극사에게 있어서 사람이 죽는 것은 별일이 아니었다. 사람은 태어나고 또 죽는 것이 당연했다. 아무리 많은 사람이 죽었다 해도 그것이 명을 다한 죽음이면 별것 아니다.

나라를 위해서 전쟁을 하며 죽는 사람들의 목숨은 어떻게 생각해야 하는가? 그들의 목숨은 다른 사람들의 목숨과 어떻게 다른가?

윤극사는 자신에게 물어보았다. 그러나 답을 구하지 못했다.

곁을 지나는 사람이 이미 천명은 민천자께 닿았으면 지금은 천하의 주인이 바뀌는 시기라고 말했다. 어떤 사람은 민천자가 천하를 모두 얻을 때쯤이면 천지개벽이 일어나고 신천지가 열릴 것이라는 말도 했다.

밑도 끝도 없는 소문들이 무성했지만 윤극사와 이영은 한 가지를 확인할 수 있었다. 사람들은 어떤 희망에 들떠 있었다.

그런 희망이 젊은 사람들을 민천자의 군대로 몰아가고 있는 것 같았다.

종남산에서 일백 리 정도 떨어진 마을에 들어갔을 때, 왁자지껄한 시장 바닥에서 한 사람이 소리치고 있었고 많은 사람들이 에워싸고 있었다.

윤극사와 이영도 뭔가 싶어서 가까이 갔다.

스무 살 정도 된 청년이 기다란 두루마리를 읽는 중이었다. 대위국이 이번 전투에서도 대대적인 승리를 거두었으며 민천자의 은혜로 곡물은 풍작을 이룰 것이고, 서역과 북방의 상로(商路)를 다니는 상인들이 큰돈을 벌고 있으며, 군문에 뛰어든 사람들 중에서는 공을 많이 세워서 금은을 직접 민천자에게 하사받은 사람들도 수두룩하다는 등등의 내용이었다.

이영이 말했다.

"저보(邸報:중앙에서 지방으로 소식을 전달하기 위해 보내는 문서)를 베껴 와서 읽는군요."

저보를 읽는 청년은 민천자가 여러 지방마다 돌아가면서 세금을 면제해 주기로 했다는 말과 함께 제일 먼저 서안 일대가 그 첫 번째 지역으로 선정되었다는 말을 했다.

"와아아!"

사람들이 환호성을 질렀다.

이영은 서안으로 사람들이 몰려들 수밖에 없겠구나 하고 생각했다. 민천자의 조정에서는 일부러 저보를 시장 바닥에서 여러 사람들에게 날마다 읽어주게 하고 있었다.

그것이 사람들에게 희망을 주고 민천자의 조정에 협조하게 하는 역할을 하는 것이 분명했다. 저보를 읽어주는 청년은 예상대로 지방 관아에서 나온 사람으로 매일 시장에 나와서 하루에 몇 번씩 저보를 읽는 것이 일이었다.

새로운 저보가 도착할 때까지 그 청년은 사흘이고 열흘이고 간에 똑같은 저보를 반복해서 읽는다. 자연히 읽을수록 말이 유창하고 매끈하게 나오는 것이었다.

이러한 일들은 대위국의 어느 곳에서나 벌어지고 있는 일들의 하나에 지나지 않았다.

객점에 들었을 때 이영이 윤극사에게 물었다.

"정말 민천자의 천하가 될까요?"

윤극사는 고개를 저었다.

"모르겠어요."

이영이 말했다.

"그저께 들은 말로는 이제 전선 부근의 백성들을 무조건 대위국 내로 이주하게 해주고 전선이 멀어지면 다시 가서 살게 한다더군요. 민천자의 군대에 협조한 백성들에게는 새로 토지를 더 나눠주기도 한답니다."

윤극사가 웃으며 말했다.

"영은 정치에 관심이 많군요."

이영이 얼굴을 붉히며 말했다.

"여자인 제가 무슨 그런 생각이 있겠어요? 전 다만 소문을 듣다 보니 납득되지 않는 점이 있을 뿐이에요."

"어떤 점이?"

하고 윤극사가 물었다.

이영은 그에게 몸을 반쯤 기대고 말했다.

"한번 생각해 보세요. 저는 처음에 민천자가 반란을 일으킨 원인이 조정에서 그를 소환하려 했기 때문이라 들었어요. 그런데 이제 보니 마치 오래전부터 나라를 일으킬 준비를 하고 있었던 것처럼 보이니까요. 아마 제갈량(諸葛亮)이라고 해도 전쟁을 하면서 채 일 년도 되기 전에 나라를 공고히 다져 나가진 못할 거예요."

윤극사가 웃었다.

"우 승상이 제갈량보다 더 뛰어난지도 모르잖아요."

이영이 입을 삐죽했다.

"이제 종남산에 거의 다 왔으니 저를 놀리는군요."

"내일이면 종남산으로 들어갈 수 있어요."

윤극사가 약간 들뜬 음성으로 말했다.

이영이 나직하게 말했다.

"향촉(香燭)을 준비할까요?"

윤극사가 머리를 끄덕였다.

다시 객점 밖으로 나온 두 사람은 제세원에서 무고하게 죽어간 사람들의 혼을 위로할 제수(祭需)를 준비했다. 제수품의 값이 예상했던 것보다 훨씬 비쌌다.

"너무 비싸요."

이영이 어물전의 점원에게 찌푸리면서 말하고 윤극사는 못마땅한 표정으로 점원을 보았다.

점원은 들어오는 가격이 비싸기 때문에 어쩔 수 없다고 말했다. 대위국에는 바다가 없고 생선은 민물에서 건져 올렸거나 상인들이 목숨을 걸고 전선(戰線)을 넘어서 가져온 것들이었다.

물건 값은 비싸도 소홀하게 장만할 수 있는 제수는 아니었다. 이영은 조금이라도 모자란 점이 있으면 윤극사가 서운해할 것 같아서 마음껏 깎을 수도 없었다.

그대로 값을 치르려고 하는데 갑자기 점원이 진땀을 흘리며 작은 소리로 말했다.

"반값만 주시고 어서 물건을 가져가십시오."

"예?"

이영이 반문했다.

점원은 식은땀을 흘리며 이영과 윤극사에게 빨리 가라는 손짓을 했다.

"안녕히 가십시오."

"돈은……?"

하고 이영이 묻자 점원은 황급히 손을 저었다.

"그냥 가십시오."

이상한 일이라고 여기면서도 이영과 윤극사가 점원이 극구 그냥 가라고 하니 그냥 돌아섰다.

열 걸음 정도 걸었을 때 갑자기 한 사람이 윤극사의 앞을 막으며 말했다.

"실례하오."

몸이 건장한 삼십 대 장한이었다.

"무슨 일입니까?"

하고 윤극사가 묻자 그 장한이 말했다.

"얼마에 물건을 사셨소?"

윤극사는 쓴웃음을 지으며 말했다.

"돈을 받지 않고 그냥 가라더군요."

장한이 미간을 찌푸리며 어물전을 노려보았다.

"주인이신가요?"

이영은 그에게 물으며 물건 값을 주려고 하였다.

그러자 장한이 손을 저으며 급히 말했다.

"아니오. 난 주인이 아니오. 나는 물건 값을 감시하는 관리(官吏)요. 아마도 저 점원 놈이 두 분께 바가지를 씌우려다가 나를 보고 놀라서 그냥 가라고 한 모양이오."

윤극사와 이영은 서로 얼굴을 마주 보았다. 사람도 땅도 보물도 아닌 물건 값을 감시하는 관리라니 금시초문이었다.

그 관리가 눈치를 알아채고 말했다.

"지금은 전시라 물건 값이 폭등하기 쉽소이다. 그래서 황제 폐하께서는 상평원(常平院)을 창설하시어 상인들이 폭리를 취하지 못하게 하고 물가가 치솟는 것을 막게 하셨소. 영명하신 폐하의 이런 조치가 없었다면 어떻게 지금처럼 살기 좋을 수가 있겠소?"

관리가 말하는 황제 폐하는 두말할 것도 없이 민천자다.

윤극사와 이영은 상평원에 속해 있는 관리가 지금처럼 살기 좋을 수 있겠느냐고 하는 말을 듣고 찬바람을 삼킨 기분이었다.

그 말은 그가 관리기 때문에 한 말인 것만은 아닌 것이 확실했다.

전쟁 중인데도 살기 좋다고 말하니 전쟁이 끝났을 때는 얼마나 살기 좋을 것인가 하는 마음이 저절로 들었다.

윤극사와 이영은 관리의 말을 듣고 난 후에야 대위국의 상평원에서는 여러 가지 생필품과 중요한 것들에 대해서 전매(專賣)를 하고 있다는 사실과 그중에 제수용품도 포함되어 있음을 알았다.

민천자는 전쟁은 있어도 백성들이 조상에 대한 제사는 지내야 한다면서 대대적으로 제수용품을 사들이고 공급하는 중이었다.

점원이 폭리를 취하는 것이 확인되면 관리는 그 어물전에 상품을 공급하지 않을 수 있을 뿐 아니라 벌을 줄 수도 있었다. 점원의 입장에서는 물건을 그저 주어버릴 만큼 아주 다급했던 것이었다.

관리는 윤극사와 이영에게 말한 후에 점원에게 다가갔고 점원은 사시나무 떨듯 떨고 있었다. 윤극사와 이영은 관리의 호통 소리를 들으며 객점으로 돌아왔다.

세상이, 시대가 변하고 있다는 느낌을 온몸으로 받았다.

그날 밤은 꼭두각시놀이를 하지 않았다. 불을 끄고 이불 속에 들어가 누워서 윤극사는 민천자가 정말 천명을 받은 사람일지도 모른다고 생각했다.

다음날은 아침 일찍 길을 나섰다.

종남산은 백 리 길. 부지런히 간다면 저녁 무렵이면 종남산 중에 들고, 별이 총총할 때쯤이면 제세원의 옛터에 이를 수 있을 것이었다.

윤극사는 제세원에 도착하면 억울하게 죽은 사람들의 원혼을 제사 지내서 달래고 그 다음날부터 사람을 불러서 조그맣게라도 다시 제세원을 세울 작정이었다.

서안으로 가는 사람들이 기대에 부풀고 희망에 넘친 것처럼 윤극사도 들떠 있었다. 길에서 우육면(牛肉麵)으로 배를 채운 외에는 쉬지 않고 걸었다.

해가 있을 때 종남산 남쪽 기슭에 도착할 수 있었다.

멀리서부터 보였던 종남산이었지만 그 자락을 밟고 서니 윤극사는 가슴이 조여들며 목이 꽉 막혔다.

바람은 종남산을 감돌아서 불어왔다. 단풍나무 숲으로 난 길을 지나서 제세원이 있던 곳으로 향했다. 해가 지고 있었다.

제5장 단풍나무 숲 속 작은 집을 도는 세상

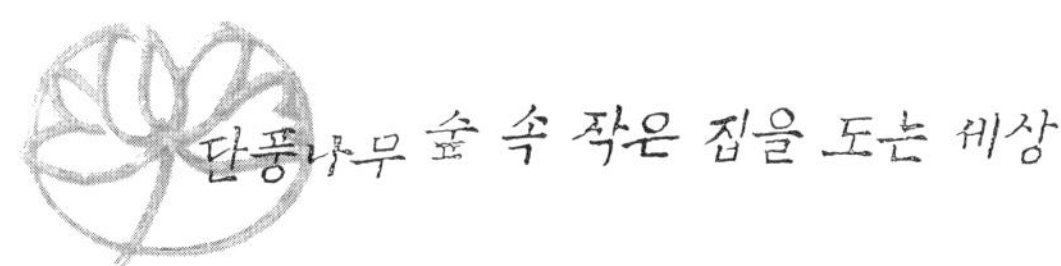

밤바람이 싸늘했다. 말로만 들었지 한 번도 가보지 않았던 단풍나무 숲길을 가는 동안 바람이 조금씩 불더니 별도 사라졌다.

윤극사는 어둠 속에서도 행동에 아무런 제약을 받지 않으니 길을 가는 데는 문제가 없었다. 늦은 밤일망정 제세원을 볼 생각으로 묵묵히 걸었다.

그러나 얼마 지나지 않아서 비가 추적추적 내리기 시작했다. 커다란 단풍나무 아래로 들어가 비를 피했다. 우장(雨裝)을 꺼내 썼지만 옷 속으로 빗물이 스며들었다.

이영이 하늘을 보며 근심스런 표정으로 말했다.

"비가 많이 오려는가 봐요."

북쪽에서 은은한 뇌성이 비바람에 묻어왔다. 근처에 마땅히 비를 피할 만한 장소도 보이지 않았다.

윤극사는 자기의 우장을 벗어서 이영에게 둘러주며 말했다.

“조금 더 가보도록 해요.”

이영이 고개를 끄덕였다. 순간 번쩍 하며 사방이 푸른 빛에 휩싸였다.

꽝! 꽈릉! 꽈다당!

단풍나무 숲에 벼락이 떨어졌다. 윤극사와 이영은 정신이 아찔하고 손발이 저릿저릿했다. 이영의 안색이 파랗게 질렸다.

윤극사가 이영의 손을 꽉 잡았다. 윤극사는 결연한 음성으로 이영에게 속삭였다.

“영, 내 곁에 딱 붙어 있어요.”

이영은 ‘네’ 하고 말하려 했지만 혀가 굳어서 말이 나오질 않았다. 휘이이잉! 하고 비바람이 세차게 몰아쳤다.

걸치고 있던 도롱의가 뒤집어져서 이영의 얼굴을 덮었다. 윤극사와 이영이 동시에 손바닥을 내밀어 도롱의를 걷어냈다.

알지 못할 두려움에 휩싸이며 이영은 몸을 떨었다. 근처에서 뭔가가 윤극사와 자기를 에워싸고 있는 것처럼 느껴졌다.

그리고 이상한 두려움은 이영을 무기력하게 만들고 있었다. 걷지도 못하는 어린아이처럼 되어서 이영은 윤극사만 바라보았다.

윤극사는 검을 오른손에 들고 왼팔로는 이제 자기를 안고 있었다. 이영은 윤극사의 턱을 올려다볼 수 있었다.

윤극사가 속삭이듯 말했다.

“두려워하지 말아요.”

이영은 설핏 미소를 지었다. 대답도 할 수 없고 움직일 수도 없는 상태에서 그녀가 할 수 있는 최대의 행동이었다.

윤극사는 한쪽을 응시하며 버럭 호통 쳤다.

"나오시오!"

비바람에 단풍잎이 비산한다. 윤극사는 자기가 바라보고 있는 한 점에서 시선을 떼지 않았다. 짧은 순간에 뇌성이 두 번이나 터졌다.

단풍잎 사이에서 나이를 짐작할 수 없을 정도로 늙은 꼽추노인이 사두괴장(蛇頭魁杖)을 짚고 서 있는 것이 보였다. 꼽추노인의 눈이 불을 담은 듯 번쩍거렸다.

윤극사는 그 노인의 몸에서 흐르는 기운을 보고 속으로 놀랐다. 마교의 대장로를 위시하여 윤극사가 만난 절대고수들은 적지 않았지만 그 누구도 꼽추노인처럼 이상한 기운을 내뿜지는 않았다.

꼽추노인의 몸에서는 알록달록한 색깔의 기운이 뿜어지는데, 요사스러울 만큼 현란했다. 처음 그를 보고 윤극사는 여자가 아닌가 착각할 정도였다.

윤극사는 검을 몸 앞에 세우고 꼽추노인의 이상한 기운이 자기에게로 다가오지 못하도록 막았다. 그의 품에서 이영이 후, 하고 긴 한숨을 내쉬었다.

어느 틈에 이영은 꼽추노인의 기운에 억압당하고 있었던 것이다.

꼽추노인이 지팡이를 짚고 세 발 짐승처럼 다가오며 말했다.

"계집을 다오."

"하하하하하!"

윤극사는 속에서 불끈하는 마음과 함께 호기가 치밀어서 큰 소리로 웃었다. 원래 목소리가 크기로 유명했던 윤극사인만큼 웃음소리는 놀랄 만큼 크고 높았다.

꼽추노인이 또 중얼거리듯이 말했다.

"계집을 다오."

목소리는 비바람 소리에 묻힐 법한데도 귓전에 속삭이는 듯이 선명하게 들렸다.

'계집을 다오' 하는 말이 귀에 들어올 때마다 이영은 전신에서 소름이 돋았다.

이영이 겨우 입을 떼고 말했다.

"소신의, 저 음성에 이상한 힘이 있어요."

윤극사는 검으로 다른 쪽을 가리키며 준엄하게 말했다.

"가시오."

꼽추노인은 다가오는 걸음을 멈추지 않고 말했다.

"계집을 다오."

윤극사의 눈썹이 분노로 꿈틀거렸다. 호흡은 의도한 것도 아닌데 저절로 멈췄다.

꼽추노인이 걸음을 멈추고 윤극사를 보았다. 윤극사의 모습이 어딘지 모르게 변한 것 같았다. 꼽추노인과 윤극사는 빗속에서 서로 쏘아보았다.

윤극사가 누군가를 잡아먹을 듯이 쏘아보는 것은 이번이 처음이었다. 윤극사의 마음속에서는 분노와 이영을 지켜야 한다는 마음이 불길처럼 활활 타올랐다.

꼽추노인이 입을 다물고 한 걸음 물러섰다. 의아한 표정이었다.

윤극사는 미동도 하지 않고 계속 꼽추노인을 노려보았다. 꼽추노인이 다시 한 걸음 물러섰다. 이번에는 당혹한 기색이 역력했다.

한 걸음 더 물러섰던 노인은 연거푸 두 걸음을 뒷걸음질쳤다. 사두괴장이 돌을 짚었으나 돌은 소리없이 진흙처럼 부서졌다.

꼽추노인의 입이 미미하게 꿈틀거렸다.

"너는……."

꼽추노인은 말을 하다가 입을 다물어 버리고 다시 몇 걸음 물러섰다. 그의 얼굴이 경악하고 있었다.

그때 윤극사가 한 걸음 불쑥 나아갔다. 꼽추노인은 물러서려다가 흙탕물 속에 털퍼덕 주저앉고 말았다.

윤극사는 이영을 안은 채 성큼성큼 다가갔지만 꼽추노인은 더 물러서지도 못했다. 안색이 거무스름하게 변했다.

윤극사는 노인의 코앞에 검을 겨누었다. 꼽추노인이 이영을 빼앗아 가려 했던 때문인지 윤극사의 마음속에서는 살심이 솟구쳤다.

이영이 윤극사의 손을 잡으며 말했다

"소신의, 그는… 그는 죽었어요."

윤극사는 화들짝 놀라서 정신을 차렸다.

꼽추노인은 그의 검 앞에서 죽어 있었다. 주저앉아서 사두괴장을 짚은 상태 그대로였다.

윤극사는 손끝에서 힘이 빠져 검을 놓아버렸다. 이영이 손을 뻗어 떨어지는 검을 잡았다. 밤비가 주룩주룩 쏟아지고 있었다.

직접 부딪치며 싸워보았던 것은 아니지만 절대고수라고 생각했던 꼽추노인이 어처구니없이 죽었다. 윤극사가 한 것이라고는 분노하고 노려보고 다가갔고 죽이고 싶은 마음을 잠깐 품은 것이 다였다. 그렇게 했을 뿐인데 이영을 공포에 사로잡히게 만들었던 노인이 죽었다.

빗속에서 윤극사와 이영은 화석처럼 굳어버린 꼽추노인의 시체를 우두커니 바라보며 한동안 서 있었다.

차가운 가을비가 사체의 체온을 급격히 식혀서 꼽추노인은 죽은 그 모습을 유지하고 있었다.

꼽추노인이 누군지, 왜 이영을 데려가려고 했는지도 윤극사와 이영은 알지 못했다. 시체의 품을 뒤져서 누군지 알고 싶은 마음도 생기지 않았다. 시신에 손을 대고 싶지 않았다.

윤극사는 수레에서 삽을 꺼내서 근처의 흙을 모아 시신을 그대로 덮어 무덤을 만들었다. 비에 무덤이 씻기지 않도록 단풍나무 가지로 위를 덮으면서도 윤극사는 자기가 꼽추노인을 죽였는지 아니면 꼽추노인이 스스로 죽었는지 알지 못했다.

자기가 죽였다면 두 번째 살인인 셈이었다. 입 안의 침이 말라서 버석거리는 것 같았다. 진땅을 밟고 걸었지만 구름을 밟은 것처럼 몸이 기우뚱거렸다. 이영의 손을 꽉 잡았다. 속에서 뭔가가 부글부글 끓어올라 견딜 수가 없었다.

'으아!' 하고 소리쳤다.

고함 소리가 목구멍을 울렸다.

한기가 엄습하며 전신이 오싹해졌다.

눈을 번쩍 뜨고 보니 꿈이었다. 불을 지핀 방 안은 훈기가 감돌고 있었고 바깥에는 비 오는 소리와 계곡물 흐르는 소리가 함께 콸콸, 쏴쏴

하며 윤극사의 미진한 꿈도 씻어가고 있었다.

윤극사는 잠시 현실과 꿈을 분간하지 못했다. 손을 더듬어보니 이영의 팔이 잡혔다. 속으로 안도의 한숨을 쉬고 나서 어디까지가 현실이고 어디까지가 꿈이었는지를 마음으로 더듬었다.

단풍나무 숲으로 걷던 중에 비가 온 것은 사실이었지만 그 이상한 노인은 만나지 않았다. 빗속을 계속 가기가 힘들어서 단풍나무 숲 속으로 난 길가의 버려진 오두막을 발견했을 때 들어와 불을 피우고 잠을 잤던 것이다.

마음이 뒤숭숭했다.

'제세원이 가까워서일까?'

윤극사는 여러 해 전에 떠난 제세원으로 이제 돌아가려 하니 심사가 복잡해서 그런 꿈을 꾸었나 하고 생각해 봤다. 답이 있고 확정적 결론이 있는 생각이나 물음은 아니었다. 심사만 더할 뿐이었다.

제세원의 사형제들과 사숙들의 면면이 눈앞에 떠올랐다.

그들과 함께했을 때는 소년이었지만 지금 유극사는 그때보다 훨씬 자랐다. 아이로 떠났다가 어른이 되어 종남산으로 돌아왔다.

그때는 제세원의 말의(末醫)였지만 이제는 아무도 남지 않은 제세원을 다시 일으켜야 할 막중한 책임을 가진 사람이었다.

윤극사는 사숙들의 이름을 순서대로 불러보았다.

이청무, 평일측, 위한, 진국보, 조창, 맹안국, 전대욱, 최찬, 이융대. 그리고 사형들의 이름도 소리 낮춰서 불러보았다.

가슴속이 찌르르 하며 울렸다.

더 이상 누워 있을 수가 없었다. 윤극사는 자리에서 일어나 제세원을 새로 세울 계획에 대해서 다시 생각했다.

제세원을 세울 만한 황금은 사천 땅에서 안진오가 준 것을 고스란히 가지고 있었다. 전처럼 잘 지을 수는 없겠지만 의원도 윤극사 혼자뿐인만큼 자그맣게 지어서 운영하는 데 어려움은 없을 것이었다.

윤극사는 전쟁 중에 부모를 잃은 아이들을 데려와서 제자로 삼아 의술도 가르치고 심부름도 시킬 생각이었다.

낮에는 찾아오는 환자를 받고 저녁에는 의술을 가르치고 밤에는 혼돈석유를 연구하는 한편 사람을 구할 수 있으면 아미산에서 사놓기만 하고 가져오지 못했던 약재들도 가져오고 싶었다.

똑, 똑, 비가 스며든 천장에서 물방울이 바닥으로 떨어진다. 그리고 어디선지 이상한 새소리가 들렸다.

윤극사는 고개를 갸웃하며 귀를 기울였다. 새소리는 간간이 들리며 서로 부르고 답하는 듯이 들렸는데, 아무런 뜻도 느낄 수 없었다.

윤극사는 속으로 생각했다.

'이상하구나. 나는 아미산에 갔을 때부터 새의 소리를 알아들을 수 있었는데 저 새소리는 알아들을 수가 없다. 배고파서 우는 새도 아니고 짝을 부르는 소리도 아닌데 서로 답을 하니 정말 이상한 노릇이구나.'

새소리, 물소리, 어떨 때는 바람 소리가 알려주는 것을 듣던 윤극사였다. 그런 소리들은 마치 사람처럼 그에게 여러 가지를 말해 주고 속삭이곤 했었다.

그러나 지금 들려오는 이상한 새소리는 윤극사가 전혀 알아들을 수가 없었다. 새소리는 화답하면서 가까워지고 있었다.

윤극사는 그 소리들이 물레방앗간의 물레가 돌아가며 끽끽거리는 소리처럼 무의미하게 느껴져 당황스러웠다.

새소리는 가까워지다가 다시 북쪽으로 조금 멀어지더니 그쳤다. 빗소리만 부서지며 귓속으로 스며들었다.

윤극사는 새소리가 사라진 곳을 향해 더욱 귀를 기울였다. 한데 그렇게 하고 있는 중에 갑자기 눈앞이 확 밝아지고 막혔던 귀에 구멍이 뚫린 것처럼 말소리가 들려왔다.

"껄껄껄, 우중에 시간을 맞추어 달려오느라 다들 수고하셨소."

윤극사는 자기의 눈을 비볐다.

단풍나무 숲 속의 작은 오두막 삐꺽이는 침대에 상체만 일으키고 앉아 있는데 눈앞에는 폐허가 되어 있는 장원의 모습이 보였다.

윤극사는 황당했다.

'내가 지금 꿈을 꾸고 있는 중인가? 오늘 밤은 이상한 꿈만 꾸는구나. 전에 풍혼노인과 함께 가본 그 장원이 지금 눈앞에 보이니 참으로 이상하구나.'

윤극사가 제세원에 있을 때 풍혼노인은 윤극사의 운명을 시험한다면서 그를 데리고 지금 보이는 이 작은 장원으로 와서 용영노인을 만나게 했다.

윤극사는 자기 가슴에 붙어 있는 채미충을 만졌다. 그 채미충을 용영노인과 풍혼노인은 살마신전(殺魔神箭:마귀를 죽이는 신의 화살)이라고 불렀다. 윤극사의 운명을 시험하다가 살마신전은 윤극사의 몸에 붙어서 공생체가 되었다.

폐허가 된 장원의 모습은 그때나 지금이나 달라 보이지 않았다. 무성한 인동초 덩굴과 파란 이끼로 덮인 담장을 허무는 비단삼나무가 빗속에서 보였다.

윤극사는 풍혼과 함께 들어가 용영을 만났던, 한때는 화려했을 전각을 보면서 이상한 감회에 사로잡혔다.

용영을 만났을 그때에 제세원은 최고의 성세를 구가하고 있었는데 이제는 그 장원과 마찬가지 처지가 되고 말았다는 생각이 들었다.

"꼬락서니가 말이 아니오. 하하하. 보기가 아주 좋소."

말소리는 전각 안에서 나오고 있었다.

윤극사는 가슴이 두근거렸다.

'여기는 풍혼, 용영, 운심노야와 같은 천심회(天心會) 사람들의 비밀 장원이다. 용영노인께서 계신 곳에 들어간 저 사람들도 모두 천심회 사람들일까?'

아는 사람을 만날 수 있다는 기대감이 윤극사를 흥분하게 만들었다. 어떤 간절한 마음마저 생겼다.

윤극사는 주저하면서도 용영이 있는 전각으로 다가갔다. 용영노인의 불을 뿜는 눈이 눈앞에 선했다.

전각 안에서 또 음성이 들려왔다.

"말도 마시오. 이 구석진 곳을 찾기가 어찌나 어려웠는지 원……."

"껄껄껄! 그래서 우리가 마음 놓고 만날 수 있는 것 아니겠소? 처음에 우연히 이곳을 찾고 나서 아주 기뻤소."

윤극사는 체온이 싸악 소리를 내며 식는 것 같았다.

'아니구나.'

천심회 사람들이 아니었다.

윤극사는 다리를 쓰지 못하는 용영은 그럼 어디로 갔을까 하고 생각했다. 어쩌면 민천자가 서안으로 진격해 올 때 이곳을 떠나 동쪽으로 옮겨갔거나 나이가 많아서 운명했을 수도 있었다.

윤극사는 흥분이 가라앉고 나서야 다시 오두막에 앉아 있는 자기가 어떻게 천심회의 옛 장원을 보고 있는지를 생각해 보았다.

전부터 자기 주위에 흐르는 기운을 읽어보고 근처에 무엇이 있는지를 알 수는 있었지만 이처럼 눈으로 볼 수는 없었다.

'내게 천리안이 생겼을까?'

하고 속으로 중얼거렸다가 윤극사는 머리를 저었다. 천리안일 리는 없었다. 잘 알지 못하지만 막연히 그것은 아니라는 생각이 들었다. 그러다가 문득 '꼭두'를 생각해 내고 꼭두가 그곳에 가 있다는 사실을 알았다.

윤극사는 마음이 황당해졌다. 지금 그가 보고 있는 것이 바로 꼭두를 통해서 보는 것이라는 사실 때문이었다.

꼭두의 눈을 통해서 볼 수 있고 꼭두를 먼 곳으로 보낼 수 있다면 그것이 바로 천리안이나 다름없다는 생각이 들었다.

윤극사는 이것 역시 기운의 어떤 오묘한 조화라는 것을 알았지만 여태까지 알았던 것처럼 상세하게 그 이치를 알지는 못했다.

살아 있는 것들의 일에는 알기 전에 먼저 이루어지는 것이 많은데 이것이 그런 것들 중에 하나라고 할 수 있었다.

전각 속에 와 있는 사람들의 숫자는 네 명쯤이었으나 윤극사는 더 이상 관심을 갖지 않았다. 그들이 운심이나 풍혼노인과 상관있는 천심회의 사람들도 아니고 용영이 그 안에 있지도 않은 이상 남들의 비밀을 몰래 엿보는 것도 바람직하지 않은 일이다.

그만두자는 마음을 먹었을 때 전각 안에서 누가 말했다.

"흉수는 일남일녀요. 용모파기를 가지고 왔으니 있다가 보여 드리겠소."

"이상한 독을 사용한다면서?"

'우리 이야기다!'

윤극사는 누가 목을 매달아 당기는 듯한 기분을 느꼈다. 심장이 빠르게 뛰었다.

"말을 조심해 주시오."

누가 낮은 음성으로 말했다.

"바깥을 지키는 아이들이 넷뿐이오."

갑자기 전각 안이 조용해졌다. 윤극사는 그들의 말을 들은 후에 전각을 둘러싸고 네 방향에 각기 청년들이 한 명씩 잠복하고 있다는 것을 알았다.

그들의 몸에 흐르고 있는 기운은 기찰포교(譏察捕校)들에게서 볼 수 있는 기운이었다. 안강으로 가는 도중 절에서 만났던 사람들도 그들과 비슷했다. 그들 역시 기찰포교들이었다.

윤극사는 꼭두를 움직여서 전각 안으로 들어갔다. 네 사람이 바닥에 서로 마주 보고 앉아 있는데 세 개의 촛불을 가운데 켜놓고 있었다.

누가 움직이면 촛불이 따라 움직였다. 윤극사의 꼭두가 방으로 들어 갔지만 촛불은 흔들리지 않았다. 네 사람의 기찰포교도 꼭두의 존재를 알지 못했다.

윤극사는 그들의 입술이 달싹거리는 것을 보았다. 무림인들이 사용하는 전음인가 했지만 전음이 아니었다. 입술을 읽어서 말하는 바를 안다는 독순술(讀脣術)이었다.

네 사람은 동시에 모든 사람의 입술을 읽을 수 없기 때문인지 반드시 한 사람씩 돌아가며 입술을 움직였다.

윤극사는 독순술을 특별하게 배운 적은 없지만 보고만 있어도 그 뜻을 이해할 수 있었다. 마치 그들의 음성이 귀에 들리는 듯했다.

전각 안에 있는 네 사람은 대체로 사십 대로 보였으며, 이름은 각각 임대곤(林大棍), 부국개(復菊塏), 강영(姜映), 그리고 우송금(禹淞琴)이었다.

그들 중에서 임대곤이라는 사람이 그 자리를 주재하는 듯했다.

임대곤이 독순술로 말했다.

"매천사(梅天寺)에서 벌어진 일은 우리 소관은 아니니 천천히 이야기합시다. 일단 여러분은 여기까지 오는 동안 보고 들은 바를 말해 보시오."

"내가 먼저 말하겠소."

강영이 말했다.

"혼란스럽기 짝이 없소. 산간에는 피난 온 백성들과 그들을 뒤쫓아 온 도적들이 함께 벅적거리고 있었소. 무엇보다도 나는 오는 도중에 칠십여 명의 강도들을 만나 모두 벴소이다. 그들은 섬서에서 하남의 경계 지대에서 피난하는 백성들에게 재물과 목숨을 빼앗고 있었소. 한데 지방관은 그들을 방치하는 듯했소. 어떻게 이런 일이 일어날 수 있단 말이오?"

우송금도 머리를 끄덕이며 동조했다.

“나도 강도 마흔다섯 명을 벴소.”

임대곤이 어두운 표정으로 말했다.

“조정에서 밀명을 내렸다고 하오. 피난민 속에 섞여 있는 간세들을 잡아내기 위해서라도 강도들을 방치하라는…….”

“개 같은 소리!”

강영이 분개하며 외쳤다. 소리는 나지 않았지만 목의 혈관이 툭툭 불거질 정도로 분개한 모습이었다.

임대곤이 씁쓸한 표정으로 웃었다.

“전쟁이 빨리 끝나야만 하오.”

강영이 씩씩거리며 말했다.

“조정의 그 개 같은 것들을 몽땅 쳐 죽여야 하는데…… 흡.”

부국개가 강영의 입을 막으며 말했다.

“말을 삼가하시오.”

강영이 그제야 화를 삭이고 입을 다물었다.

윤극사는 강영이라는 사람이 협기(俠氣)가 있는 사람이군 하고 생각했다.

우송금이 자조적으로 웃으며 말했다.

“우리야 그저 시킨 일이나 잘하면 되는 거요. 우리야말로 개요.”

잠시 전각 안에 어색한 공기가 감돌았다. 임대곤이 헛기침을 하고 말했다.

“하여간 지난번 조사하던 사람들이 모두 죽은 후부터 내가 조사해 본 바로 지난번 군량미 탈취 사건은 적이 아닌 내부자가 얽혀 있다는 느낌을 받았소.”

“내부자라면?”

하고 부국개가 반문했다.

임대곤이 말했다.

“죽었다고 보고된 참장(參將) 고원술(高原述)의 흔적을 발견했소.”

“고원술!”

강영이 소리쳤다.

“그자는 총책임자가 아니었소?”

“그렇소.”

임대곤이 대답했다.

부국개가 허를 찼다.

“고원술이 죽지 않고 살아 있었다니. 쯧쯧, 어째서 이십만 대군으로도 반란군을 제압하지 못하고 밀리기만 하는지 알 만하군.”

우송금이 투덜거렸다.

“대장군 이궁은 민소동의 왼팔인 오번백한테 쩔쩔매는 꼴이니…….”

강영이 물었다.

“고원술! 그놈은 어디에 숨어 있소?”

임대곤이 말했다.

“부하들을 데리고 비적들 속에 숨은 듯하오.”

강영이 이를 뿌드득 갈았다.

“비겁한 놈! 대장군의 총애를 가장 많이 받은 장수라고 알려져 있었건만.”

부국개가 강영을 진정시켰다.

임대곤이 한숨을 쉰 후에 말했다.

"우리가 출발 전에 예상했던 대로 이 군량미 탈취 사건에는 깊은 흑막이 있는 듯하오. 본관이 오는 동안 조사했지만 아직도 미흡하오. 그러나 이 사건은 내가 맡은 만큼 추호도 소홀함이 없게 조사하겠소."

오는 도중에 보고 들은 것을 말하자던 처음의 의도와는 달리 바로 본론으로 들어가 버렸다.

임대곤의 말이 대충 끝나자 우송금이 근심 가득한 얼굴로 말했다.

"역적 민소동의 군사는 우리 군사들 같지가 않소."

다른 사람들도 대체로 느끼고 있던 터라 무거운 표정으로 고개를 끄덕였다. 그들도 민소동의 군사가 강할 뿐 아니라 많은 사람들이 민소동을 칭송하는 것을 들어 알고 있었다.

우송금이 말을 이었다.

"오번백, 이자의 용병술은 귀신같았소. 또한 군령이 엄해서 부하들이 민간을 수탈하게 하지도 않으니 그들의 점령지에서는 백성들이 오히려 환영하는 편이오."

부국개가 말했다.

"아무리 포악한 자라도 처음엔 다들 민심을 얻기 위해서 그러는 법이오."

우송금이 머리를 저었다.

"그런 것 같지는 않소. 나는 그동안 쭉 오번백의 군사들 틈에 섞여서 따라다녔소. 기회가 있으면 그자를 척살할 생각도 있었소이다."

"으음!"

임대곤이 침음성을 냈다.

우송금이 좌중을 둘러보며 말했다.

"이런 말을 하면 여러 형들은 나를 오번백의 간세로 볼지도 모르겠소만 하지 않을 수가 없소."

"뭔 말이오?"

하고 임대곤이 물었다.

우송금은 약간 머뭇거리다가 작심한 듯이 말했다.

"나는 오번백에게 진정으로 감탄했소이다."

강영이 눈을 날카롭게 빛내며 툭 하고 한마디를 던졌다.

"그는 역적이오!"

우송금이 말했다.

"알고 있소. 하나 감탄하지 않을 수 없었소. 강 형이 이 임무를 맡았더라면 강 형도 나와 마찬가지였을 것이오."

강영이 짙은 눈썹을 꿈틀거렸다. 검을 뽑을 듯이 보였지만 자신을 억제했다.

우송금이 말했다.

"나는 오번백이 이궁 대장군의 군사를 맞아서 어떻게 깨뜨리는지를 봤소. 그는 겨우 일만으로 사만의 대병을 오합지솔로 만늘어 버렸소."

강영이 입을 실룩거리며 말했다.

"민소동의 왼팔이니 그럴 만도 하겠지, 용병술에서야."

민소동은 졸병에서 장수가 되었던 인물로 그 용병술의 신출귀몰이 타의 추종을 불허한다는 평을 들었던 사람이다. 오번백은 민소동에게 배운 사람이라 용병술이 뛰어난 것이 그다지 놀랄 일이라 할 수만은 없다는 것이 강영의 말뜻이었다.

우송금이 무거운 음성으로 말했다.

"오번백…… 그의 부하들은 그를 아버지라 부르고 있소."

임대곤 등이 놀라서 입을 벌렸다.

우송금이 말했다.

"일반 병졸까지 그렇게 하는 것은 아니오. 장교들이 오번백을 그렇게 부르오. 그리고 일반 병졸들은 그를 아버지라 부를 수 있기를 갈망하고 있소."

부국개가 중얼거렸다.

"아버지라… 아버지……. 전쟁터에서 장군을 아버지라고 부른단 말이지. 아버지도 장군이라고 불러야 할 전쟁터에서."

임대곤이 말했다.

"그 말이 사실이라면 이궁 대장군이 오번백을 이기기는 어렵겠군. 군사가 아무리 많아도 어려워."

말이 무섭다. 장수를 일단 아버지라고 부르고 싶은 마음이 생겼다면 아버지를 모시듯 성심을 다하지 않을 리가 없다.

이런 경우에는 혈연으로 맺어진 친부자 관계보다도 서로가 갈구해서 맺은 양부자 관계가 더 강렬하고 무섭다.

강영이 굳은 얼굴로 내뱉었다.

"빌어먹을 작자들……."

우송금이 고개를 떨구고 말했다.

"나는 오번백이 전쟁을 치르는 걸 가까이에서 지켜보며 감동을 받았소."

"두 번이나 적장을 칭송할 셈이오?"

강영이 우송금을 노려보며 말했다.

우송금이 말했다.

"본 대로 말하겠소. 여러 형들도 한번 생각해 보시오."

부국개가 말했다.

"강 형은 우리를 역적의 무리로 끌어들이려는 거요?"

우송금이 쓸쓸히 웃으며 머리를 저었다.

"나 우송금은 부모와 동료를 저버리고 내 뜻을 세울 만큼 대단한 위인은 되지 못하오. 오번백이 존경스러우나 그가 우리의 적이라는 사실은 변함이 없소."

강영이 물었다.

"그럼 왜 그런 이야기를 하려는 거요?"

우송금이 말했다.

"이것이 우리가 직면해야 할 현실이기 때문이오. 오번백과 그의 군사, 또 그 위의 민소동이 진실로 어떤 인물인지를 모르고서야 백전백패할 수밖에 없을 것이오."

부국개가 머리를 크게 끄덕였다.

"우 형의 깊은 속을 우리가 이해하지 못한 듯하오. 용서하시오."

우송금이 쓸쓸히 웃고 말했다.

"오번백에 맞서서 이궁 대장군이 이만큼이라도 버틸 수 있는 것은 그가 오번백을 알기 때문일 것이오. 그러나 조정에서는 오번백을 알지 못하오. 내가 형들께 오번백을 말하는데도 죽을 용기가 필요하니……."

임대곤이 이마를 손으로 문질렀다.

우송금의 말이 옳은 것 같았다. 이궁은 오번백이 어떤 자인지를 조정에 알릴 수가 없었을 것이다. 그가 장계(狀啓)를 올렸더라면 아마도 적장을 두려워한다 등등의 죄목을 뒤집어쓰고 소환당하거나 벌을 받았을 것이다.

전장에서 이궁이 사라지고 조정에서 설치는 일부 간신들의 말처럼 강영해가 이궁을 대신하게 되면 떠도는 말 그대로 천하는 민소동의 것이 될 가능성도 있었다.

윤극사는 그들의 이야기를 들으면서 오번백이라는 인물에 대해서 놀라지 않을 수 없었다. 실제로 만나보더라도 사람들의 말처럼 존경스러운 인물일까 하는 의심도 갔다. 오번백은 삼인자지만 윤극사는 이인자인 송산 선생과 민천자의 아들이라는 사람을 만나보기도 했기 때문에 막연한 거부감이 있었다. 그 거부감에 따르면 대위국은 나라 꼴이 말이 아니어야 했지만 직접 경험한 대위국은 오히려 전시에도 태평성대를 일컬을 정도로 변하고 있었다.

이런 것들이 윤극사를 혼란스럽게 했다.

우송금이 말했다.

"처음엔 몰랐소만, 나는 우리가 이(李) 대장군의 특별 수단이라는 것을 점차 깨닫게 되었소. 대장군도 내가 방금 말씀드린 그 점을 알기에 전전긍긍하다가 우리 같은 사람들을 쓰려고 한 것이오."

임대곤이 입을 실룩거렸다.

"우리가 이 대장군의 특별 수단이라……."

누구도 아닐 것이란 말은 하지 않았다. 임대곤과 강영, 우송금, 그리고 부국개는 이궁의 요청에 따라서 그들 네 사람의 상관이 파견한 것이었다. 파견된 사람들의 정확한 규모와 면면은 그들도 모르고 있었다.

강영이 불쑥 물었다.

"오번백이 어떻게 하길래 부하들이 아버지라고 부른단 말이오?"

우송금은 눈을 지그시 감으며 말했다.

"오번백은 군사(軍師)가 없소. 그 스스로 전략을 모두 짜고 부하들에게 지시하오. 한데 그의 전략에 자기의 역할은 없소. 모든 작전은 부하들로 하여금 수행하게 하오."

강영이 찌푸렸다.

"장수가 앞장서지 않는데도 부하들이 따른단 말이오?"

"그렇소."

우송금이 말했다.

"오번백은 부하들이 책임지고 싸우게 하면서 싸움이 벌어졌을 때는 두 명의 호위만 거느리고 전장을 누비오. 전장을 누비면서 부하들을 도와주기만 한단 말이오. 그의 도움을 받는 부하들은 죽음도 두려워하지 않고 싸우게 되고, 오번백은 그들이 거둔 승리와 공은 모두 그들의 것으로 인정을 해주오."

부국개가 말했다.

"강병(强兵)을…… 장수(將帥)를 전장에서 길러내는군."

우송금이 말했다.

"오번백의 뛰어난 전략에 죽음을 두려워하지 않는 군사들이니 숫자만 많은 이궁 대장군이 어떻게 이길 수 있겠소? 민소동은 강제로 징병을 하지도 않지만 많은 젊은이들이 오번백을 따르기 위해서 군문에 뛰어들고 있는 중이오."

임대곤이 곤혹스런 표정으로 말했다.

"곤란하군."

우송금이 말했다.

"사실이 그렇소. 오번백의 군사는 갈수록 더 강해지고 있소. 힘과 용기를 끝까지 써본 군사들은 싸울 때마다 강해지는 법이오. 더구나 군사들의 숫자도 점점 불어나서 어쩌면 곧 이 대장군의 군사보다 더 많아질 것이오."

강영이 물었다.

"오번백을 왜 죽이지 않았소? 정말 기회가 없었소?"

우송금이 웃었다.

"그를 죽이면 다 끝날 것 같으시오?"

"아니란 말이오?"

강영이 쏘아붙이듯이 말했다.

우송금이 말했다.

"오번백이 죽으면 민소동이 직접 나서게 될 것이오. 그의 오른팔인 우문태 역시 모든 힘을 모아서 바로 진군을 개시할 것이오."

강영이 미간을 찌푸리며 말했다.

"우 형의 말은 그들이 힘을 가지고 있으면서도 진군하지 않고 있다는 것처럼 들리는구려."

우송금이 말했다.

"그렇소. 그들은 천하를 초토화시킬 만한 힘을 가지고 있소."

강영이 냉소했다.

“무슨 말도 아닌……!”

우송금이 노려보며 말했다.

“단! 그들은 아직 천하를 경략할 만한 힘을 갖지 못했을 뿐이오.”

임대곤이 물었다.

“아직 그들이 전력을 다해 공격하지 않는 것이 시간을 벌기 위해서란 말이오?”

우송금이 말했다.

“내가 보기엔 그렇소.”

임대곤이 말했다.

“그럼 우 형은 어떤 고견을 가지고 있소?”

우송금이 말했다.

“아무런 고견도 없소.”

“그 말은 우리가 결정하면 그대로 따르겠다는 뜻이오?”

“그렇소.”

우송금은 한 말을 다 했다는 듯이 입을 다물었다.

강영이 우송금을 몇 번이나 노려보았다.

임대곤이 강영을 응시했다.

강영이 분을 삭이며 툭 내뱉었다.

“부 형이 먼저 말하시오. 나는 입에서 뿔이 돋아 말이 잘 나오지 않을 것 같소.”

부국개가 깊이 생각하는 듯하다가 우송금에게 불쑥 말했다.

“오번백의 무공은 어느 정도였소?”

우송금이 대답했다.

"서른 근짜리 낭아곤(狼牙棍)을 사용하오. 그가 일격에 가마솥만한 바위를 깨뜨리는 것을 보았소."

부국개가 머리를 끄덕이고 말했다.

"그럼 싸움이 있었던 날 밤에는 그를 죽일 수도 있었겠군."

우송금이 멈칫했다.

"무슨 뜻이오?"

부국개가 웃으며 말했다.

"오번백 문제는 조금 있다가 다시 의논합시다. 먼저 내가 조사한 것을 말하겠소."

임대곤이 말했다.

"부 형에게 기대가 되는구려."

부국개가 껄껄 웃었다.

"나는 본 것도 적고 들은 것도 적소. 민소동의 점령지를 조금 돌아다니다가 왔을 뿐이니."

강영이 퉁명스럽게 말했다.

"어서 말이나 하시오."

부국개가 말했다.

"적게 본 탓인지 내가 본 바로는 아직 멀었소."

"멀었다니?"

강영이 되물었다.

부국개가 대답했다.

"우 형은 오번백을 살폈지만 나는 승상 우문태를 쫓아다녔소. 우문태는 하늘에서 뚝 떨어진 도깨비 같은 자요. 더구나 늘 승상 친위대(丞

相親衛隊)에 둘러싸여 있는지라 가까이 접근하기가 쉽지 않았소.”

강영이 물었다.

“나는 뭐가 멀었는지 물었소.”

부국개가 말했다.

“우문태는 모든 화근을 품에 끌어안고 있다는 말이오.”

다들 어리둥절한 표정을 지었다.

부국개가 말했다.

“민소동의 땅의 아주 태평한 것처럼 보이오. 놀라울 정도로 모든 것
이 수습되고 있고 힘이 비축되는 중이오. 이렇게 짧은 시간에 말이오.”

임대곤이 고개를 끄덕였다.

부국개가 말했다.

“그게 모두 화근을 끌어안는 우문태의 능력인데, 내가 보기에 민소
동과 이 전쟁의 운명은 우문태가 자기 속에 품은 화근을 얼마나 녹여
내느냐에 달렸소.”

강영이 물었다.

“그가 어떤 화근을 안고 있소?”

부국개가 단정적으로 말했다.

“그는 벼슬을 팔고 있소.”

임대곤이 말했다.

“매관매직은 어느 곳이나 암암리에 있는 일이오.”

부국개가 껄껄 웃었다.

“상황이 다르오. 우문태 그자는 꼬리가 아홉 달린 여우 같은 자요.
벼슬을 팔아서 돈을 벌 뿐만 아니라 동시에 인재도 얻고 있소.”

"인재를?"

우송금마저 놀라며 반문했다.

부국개가 말했다.

"나는 벼슬 장사꾼들이 공공연히 판을 치는 것을 보고 곧 민소동이 죽을 날이 다가왔다고 생각했소. 그러나 가까이서 보고 있으면서 점점 놀라지 않을 수 없었소."

강영이 긴장으로 침을 꿀꺽 삼켰다. 엿보고 있던 윤극사도 부국개가 우송금과 비슷한 소리를 하려는구나 하고 생각했다.

부국개가 말했다.

"벼슬 장사꾼들이 팔고 있는 벼슬에는 크게 보면 두 종류가 있소. 족보에 금칠하기 좋은 벼슬과 실제로 권력을 행사할 만한 벼슬이오. 벼슬 값은 사람마다 다르고 제멋대로라서 혼란스럽지만 대체로 전자가 후자보다 훨씬 비싼 편이오. 양쪽을 겸한 것도 있기는 하오만 그것도 사람 봐가면서 값이 정해지는 것이었소."

강영이 머리를 설레설레 저었다.

"민소동이 황금 때문이라면 군이 그럴 이유가 없을 텐데……."

부국개가 말했다.

"문제는 벼슬을 헐값에 사는 사람들 중에 비범한 자가 적지 않다는 사실이오."

우송금이 말했다.

"그래 봤자 쓸모없는 문관(文官)들이 아니오?"

부국개가 웃으며 말했다.

"무관(武官)의 일은 다른 나라와 싸움을 하며 나라를 지키는 것이고,

문관의 일은 자기들끼리 싸우고 다투는 것이지만 그 일이 나라를 만들고 경영하는 일이니 어쩌겠소.”

윤극사는 부국개가 참으로 심계(心計)가 깊은 사람이겠구나 싶었다. 말을 많이 하지는 않았지만 한 번씩 내뱉는 말들이 심상치 않았다.

부국개가 말했다.

“지금의 조정에는 세도를 부리는 자들이 있어서 황제 폐하를 에워싸고 국정을 좌우하는 중이오. 과거(科擧)에 급제를 하더라도 그들과 줄이 닿지 않으면 뇌물을 바쳐야만 벼슬을 할 수 있소. 능력있는 깨끗한 사람들은 학문과 경륜이 높아도 과거조차 보지 않으니 참된 인물들은 모두 초야에 숨었다고 해도 과언이 아닐 것이오.”

강영이 불만스럽게 말했다.

“이러다간 여기서 정변을 일으키자는 소리까지 나오겠소.”

임대곤이 얼굴을 찌푸렸다.

부국개가 한숨을 쉬고 말했다.

“학문을 하면서 큰 뜻을 품지 않았던 사람이 어디 있겠소? 그러나 세상에 실망하고 붓을 꺾어 던졌거나 던질 마음을 먹지 않은 선비는 또 어디 있겠소? 그런 사람이 있다면 이미 탐오(貪汚)의 맛에 길들여진 자가 아니라 할 수 없을 것이오.”

우송금이 말했다.

“부 형은 젊어서 글을 많이 읽었다더니 역시 견식이 우리보다 뛰어난 듯하오.”

부국개가 손을 내젓고 무거운 음성으로 말했다.

“우문태의 밑으로 뜻이 꺾였던 선비들과 야심을 가진 인물들이 모여들고 있소. 벼슬을 사고파는 얼토당토않은 짓에 그들이 참여하고 있는 것이오."

임대곤이 물었다.

"그렇다면 아주 큰일이 아니오?"

부국개가 말했다.

"우문태가 모였던 선비들보다 뛰어난 사람이고 민소동이 정말 덕이 있는 사람이라면 이 전쟁의 끝은 예측할 필요조차 없을 것이오. 우리는 재빨리 산속에 숨어서 화를 피하는 게 나을 거요. 하나 나는 민소동은 몰라도 우문태가 정말 대단한 인물이라고는 믿지 않소."

윤극사는 머리를 끄덕였다. 부국개의 생각과 동감이었다.

강영이 물었다.

"왜 그렇소? 아니, 왜 그렇게 생각하시오?"

"학문이 뛰어날 뿐 아니라 시기심이 없고 교만하지 않아야 인재들을 거둘 수 있을 텐데, 하늘에서 뚝 떨어진 우문태 같은 자가 그런 덕목을 고루 갖췄다고는 생각할 수가 없소."

부국개가 말했다.

"만약 우문태가 그런 덕을 모두 갖췄다면, 그때는 민소동이 그를 용납할 수 없는 지경이 될 테니 민소동의 나라는 언제 깨어질지 모르는 큰 화로(火爐)와 마찬가지가 아니겠소?"

임대곤이 물었다.

"우문태를 죽일 수는 없었소?"

부국개가 머리를 저었다.

"우문태는 허술한 자가 아니오. 승상 친위대가 호위하기 때문에 함께 죽을 작정을 해도 성공하기가 어렵소. 내가 알고 있기로는 오직 두 사람만이 우문태와 아주 가깝게 만났소.”

우송금이 물었다.

“그들을 이용할 수는 없소?”

부국개가 말했다.

“불가하오. 그들은 이미 우문태 곁을 떠났소. 부하들을 시켜서 뒤쫓게 했지만 애꿎은 부하들만 잃었소.”

임대곤이 문득 말했다.

“혹시 그들이 일남일녀가 아니오?”

“맞소.”

하고 부국개가 대답했다.

윤극사는 괜히 가슴이 뜨끔했다. 남의 입에서 자기의 이야기가 말해지는 걸 듣는 기분이 아주 어색했다.

부국개가 물었다.

“임 형도 알고 있었소?”

임대곤이 심각한 얼굴로 턱을 쓸면서 말했다.

“공교롭군, 공교로워.”

강영이 물었다.

“뭐가 말이오? 설마 그 일남일녀가 매천사의 흉적과 동일 인물들이라도 된단 말이오?”

임대곤이 고개를 끄덕였다. 강영과 우송금 등이 모두 놀랐다.

임대곤이 말했다.

“나는 매천사의 살겁이 있을 때쯤 이미 안강에 있었소. 부 형도 그곳에 있었던 거구려. 그곳에서 나는 군량미 탈취를 조사하던 그들과 만나기로 되어 있었는데, 뜻밖에도 그 일남일녀의 용모파기만을 받게 되었소. 조사는 원점에서 다시 시작할 수밖에 없었소. 부하들을 시켜서 그들을 쫓게 했는데……."

"다 사라졌구려."

부국개가 알겠다는 투로 머리를 끄덕이며 말했다.

임대곤이 말했다.

"그렇소. 죽더라도 단서를 남겨놓았을 텐데, 그들은 감쪽같이 사라져 버렸소."

우송금이 중얼거렸다.

"그렇다면 그 두 사람을 호위하는 자들이라도 있단 말인가?"

윤극사는 자기를 쫓던 사람들이 사라졌다는 말에 고개를 갸웃했다. 안강성을 나와서 종남산까지 오는 도중에 딱히 쫓긴다는 기분이 들었던 적은 없었다.

임대곤이 묵묵히 천장을 노려보다가 말했다.

"더 이상한 일이 있소."

다른 사람들은 그의 입이 떨어지기를 기다렸다.

임대곤이 말했다.

"그저께 비합전서를 받았소. 그 일남일녀를 쫓지 말라는 명령이었소."

강영이 물었다.

"누가 그런 명령을 내렸단 말이오?"

임대곤이 짧게 말했다.

"대영반(大營班)."

강영이 입을 다물었다.

대영반이라는 말 한마디는 성미가 불 같은 강영마저 입 다물게 했다. 전각 안에 어색하고도 미묘한 분위기가 흘렀다.

이윽고 강영이 입을 열었다.

"나는 섬서로 들어온 후에 사천으로 내려갔다가 청해(靑海)를 돌아서 다시 이곳으로 왔소."

"고생이 심하셨겠소."

하고 임대곤이 말했다.

강영이 슬며시 웃은 후에 말했다.

"대영반께서 내게 맡긴 임무는 딱 한 가지였소."

"가장 막중한 임무였을 거요."

부국개가 말했다.

강영이 조금 겸손한 표정을 지으며 말했다.

"대영반께서 우리들 중 누구도 소홀히 대하지 않는데 꼭 나한테 그럴 리가 있겠소. 다만 나는 성미가 급하고 단순하니 발로 뛰는 일을 맡기신 것이지."

우송금이 껄껄 웃었다.

강영도 웃고 나서 말했다.

"대영반께서는 민소동이 막대한 군비를 어떻게 감당하는지 궁금해하셨소. 갑작스럽게 군사를 일으킨 민소동에게는 기껏해야 서너 달 버틸 정도의 힘밖에 없었는데 갈수록 막강해졌으니 말이오."

"어떤 단서를 찾았소?"

임대곤이 물었다.

강영이 고개를 끄덕였다.

"황금(黃金)이오."

강영은 다른 사람들을 둘러보며 천천히 말했다.

"사천의 황금이 은밀하게 청해성으로 넘어갔소. 최종 종착지는 민소동이었소. 그리고 다른 곳에서도 황금이 어떤 특별한 경로를 통해서 민소동에게 전해지고 있다는 소문을 들었소."

우송금이 다급히 물었다.

"누가 막대한 황금을 내어서 민소동을 돕고 있다는 거요?"

강영이 말했다.

"그렇소. 내가 확인한 것은 배가장이었소. 배가장주는 비밀 통로까지 개설해 놓고 황금을 배가장 밖으로 빼낸 후에 민소동에게 보내고 있소."

쐐아아아! 하는 바람 소리가 귓속을 후려치는 것 같았다.

윤극사는 자기의 꼭두만 이야기가 되어지는 그 전각 안에 있는 것이 아니라 모든 이야기 속에 자기가 들어 있음을 알았다.

세상이 자기를 중심으로 돌아가고 있는 것을 그 순간에야 알아챈 것 같은 기분이었다. 보이지 않는 거대한 힘이 자기를 옭아매고 있는 것 같았다.

머리가 어지러워지면서 토할 것처럼 속이 메슥거렸다. 윤극사는 잠시 눈을 감았다. 임대곤 등의 이야기는 그 순간에도 계속되고 있었지만 하던 이야기의 연장에 지나지 않았다.

눈을 감은 윤극사는 단풍나무 숲 속 오두막 침대에서 자기를 중심으로 빙빙 돌고 있는 커다란 흐름을 느꼈다.

운명? 또는 아직 이름이 붙여지지 않은 그 무엇?

어지러웠다.

검은 하늘에 하얀 띠들이 골뱅이처럼 뱅뱅 돌았다. 헤아릴 수조차 없이 그 숫자가 많았다. 감았던 눈에서 눈알이 골속으로 파고들거나 눈꺼풀 밖으로 빠져나오거나 하려고 했다.

윤극사는 왁! 하고 피를 토했다.

옆에서 자고 있던 이영이 비명을 지르며 일어나 윤극사를 잡았다.

윤극사는 이영을 목에 매단 채 허공으로 솟구쳐 지붕을 뚫고 올라갔다. 오른손에는 검을 잡았다. 주체할 수 없고 알 수도 없는 감정과 힘이 함께 윤극사의 속에서 격발되고 있었다.

"아아아아아!"

윤극사는 왼손으로 가슴을 쥐어뜯으며 부르짖었다. 검은 하늘에는 빗방울이 간헐적으로 듣고 있었다.

이영이 '소신의!' 하고 울음 섞인 음성으로 불렀다.

공중으로 높이 솟구쳤다. 얼마나 많이 솟구쳤는지는 윤극사도 몰랐다. 다만 예전에 풍운노인의 품에 안겨서 까마득한 허공을 날았을 때와 비슷했다.

물기 젖은 바람, 얼굴에 부딪치며 툭툭 깨어지는 빗방울.

윤극사는 빗물을 받아먹는 병아리처럼 하늘을 향해 입을 벌렸다.

전신에 힘을 뺐다. 하늘에 하소연하듯 운명에 저항하듯이 하늘 한가운데를 응시했다.

이영은 윤극사의 목을 안았던 팔로 그의 허리를 안고 내외운룡대구식을 펼치려 하였다. 한데 바로 그 순간이었다.

검은 하늘이 벼락치듯 갈라지며 한줄기 빛이 천공에서 곧장 윤극사를 향해 내리 꽂혔다. 이영은 전율하며 윤극사의 몸을 꽉 안았다.

사방은 아직 캄캄한 어둠인데 오직 허공에 떠 있는 윤극사와 이영이 있는 곳에만 빛이 내려오고 있었다.

윤극사는 눈을 부릅뜨고 그 빛의 근원을 응시하고 있었다. 목이 뒤로 꺾인 것처럼 젖혀져 있었다. 윤극사는 황금색으로 빛났다. 입가와 턱, 소매에 묻은 피조차 황금색으로 보였다.

이영은 그 장엄한 광경에 어찌할 바를 몰랐다.

금방이라도 두 팔을 벌린 윤극사의 겨드랑이에서 날개가 돋고 열려진 하늘로 그가 올라가 버릴 것만 같은 생각이 들었다.

우화등선(羽化登仙)이란 말이 입 안에서 맴돌았다.

제6장 산 자와 죽은 자를 이어주는 꽃

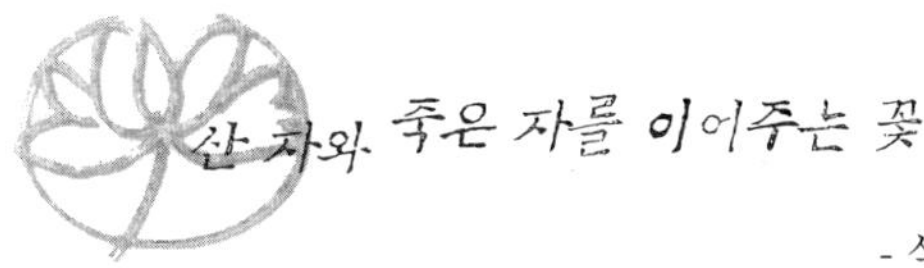

- 석남화(石楠花)

　가슴속에 벌레가 들어 있는 듯한 가려움으로 쿨럭 하고 잔기침을 하며 윤극사는 정신을 차렸다.

　훌쩍훌쩍 울고 있던 이영이 황급히 눈물 자국을 지웠다.

　"깨셨어요?"

　하는 이영의 음성이 반쯤은 죽어 있었다.

　윤극사는 온몸이 나른하여 말을 할 수가 없었다. 조금 움직여서 머리를 끄덕였다.

　이영이 수건으로 윤극사의 얼굴을 닦아주었다.

　수건보다 이영의 손이 얼굴에 닿는 것이 좋았다. 이영이 빙긋 미소를 지었다.

　'괜찮아요.'

하고 말했지만 윤극사는 입술만 움직였다. 몹시 지치고 피곤했다. 구멍 뚫린 천장으로 하늘이 보였다. 비는 그친 후였다. 날이 새려면 아직도 먼 시각이었다.

윤극사는 손을 움직였다. 이영이 윤극사의 손을 꼭 잡았다. 이영의 어깨에 팔을 두르고 윤극사는 다시 잠에 빠져들었다.

이영은 그가 잠을 깰까 싶어서 해가 뜰 때까지 그대로 엎드려 있었다.

밤사이 온 비에 세상이 씻겼다.

바람은 더욱 쌀쌀해졌지만 단풍잎은 말 그대로 꽃보다 붉고 아름다웠다. 불타는 듯한 단풍나무 숲에 햇살이 들고 세상은 빛이 춤추는 곳으로 변했다.

파란 가을 하늘은 까마득하게 높았다.

이영은 윤극사의 팔에서 빠져나와 미음을 끓였다. 나뭇가지가 타면서 내놓는 연기가 매워서 자꾸 눈물이 났다.

뭔지 모르게 막막했다. 화재로 집을 태워 버려서 살아갈 길이 막막해진 사람 같은 심정이었다. 소매로 눈을 문지르고 나니 더욱 눈이 따가웠다.

울지 말아야지. 울지 말아야지. 울지 말아야지. 울지 말아야지. 울지 말아야지 하고 속으로 주문처럼 외웠다.

처음 윤극사를 따라서 백초곡을 나설 때도 지금 같지는 않았다. 그때는 어려서였는지도 모른다. 힘들 것이라는 어머니들의 말씀을 머리로만 이해하고 건성건성 받아들였던 듯싶었다.

큰 남자들에게는 눈에 보이지 않는 날개가 달려 있어서 자꾸만 둥지를 떠나려 하는 것이 아닌가 하는 터무니없는 생각조차 들었다.

잔기침 소리가 들렸다. 윤극사가 깼다. 이영은 얼굴을 두어 번 만지고 이상이 없다는 것을 확인한 후에 윤극사에게 달려갔다.

윤극사는 자리에서 일어나고 있었다. 웃는 얼굴이 밝았다.

"영."

이영은 그가 부르는 소리에 미소를 짓고 버티다가 어린아이처럼 울음을 터뜨렸다. 윤극사는 울고 있는 이영에게 입을 맞추고 말했다.

"울지 말아요."

그의 말에 바보처럼 울음을 그친 후에 아침을 먹고 오두막을 나섰다. 제세원을 향해 가면서 이영은 투정도 부리지 못하고 울음을 그쳐 버렸던 것을 후회했다.

그런 마음을 알기라도 하는 듯이 윤극사가 이영을 수레에 올리고 끌면서 휘파람을 불어주었다. 그가 아는 곡이라고는 도주가 불었던 이화금봉을 부리는 곡과 이영이 퉁소로 불었던 것들이 전부였다.

이화금봉을 춤추게 하는 곡을 불었는데 이영이 이화금봉의 집인 책을 펼쳐 놓자 이화금봉이 호위하듯 근처를 날면서 단풍나무 숲을 아름답게 했다.

윤극사의 휘파람은 제세원 지하에서 피를 토하며 연습했던 것이라 만들어지는 음이 천의무봉(天衣無縫)하다고 할 수 있을 정도였다.

이화금봉은 줄을 지어 춤을 추었고 음률은 물레에서 풀어져 나오는 명주실처럼 이어졌다.

이영은 술에 취하듯 음률에 취하고 남편의 사랑에 취하여 몽롱했다. 길가 바위틈에 줄기만 앙상한 석남화(石楠花)가 눈에 들어왔다.

이영은 '소신의' 하고 윤극사를 불렀다. 윤극사가 휘파람을 멈추지 않고 돌아본다. 이영은 응석 부리는 것이 부끄러워 얼굴을 붉히면서 석남화 줄기를 손으로 가리켰다.

윤극사가 수레를 세우고 다가가서 석남화 줄기 중 모양이 예쁜 것을 골라서 꺾어 이영에게 건네줬다.

이영이 두 손으로 감싸듯이 꽃나무 줄기를 잡는 순간에 불현듯 꽃눈이 터지면서 진달래를 닮은 석남화가 피기 시작했다.

이영의 얼굴도 함께 활짝 피었다.

윤극사는 사천에서 매화꽃을 피운 후에 다른 꽃을 계절에 맞지 않게 피게 한 적이 없었다. 이영은 자기를 위하여 가을에 피어난 노란 봄꽃을 어깨와 뺨으로 안았다. 석남화 짙은 향기가 꽃보다 더 좋다.

어렸을 적 읽었던 책 중에 '대동운부군옥(大同韻府群玉)'이란 제목의 책이 있었다. 조선의 옛일을 기록한 듯했는데 신기하고 황당했다. 그러나 이영이 가장 좋아하는 이야기 중의 하나였다.

윤극사는 이영을 등에 엎고 뒤로 돌린 손으로 수레를 끌었다. 여윈 편이었지만 윤극사는 키가 컸고 어깨도 넓었다.

단풍잎 사이로 스며드는 햇살과 가을바람이 두 사람을 지켜볼 뿐 보는 사람은 없었다. 이영은 두 팔로 윤극사의 목을 감고 윤극사의 귀에 속삭였다.

"조선의 옛 나라인 신라(新羅)에 최 모(崔某)라는 사람이 있었대요. 그에겐 사랑하는 아가씨가 있었는데 부모님이 반대하여 사랑을 이루지 못하고 애태우다가 그만 죽고 말았어요."

윤극사의 휘파람은 잦아들다가 사라졌다. 이영의 이야기에 귀가 솔

깃해진 것이다. 윤극사는 유달리 옛날이야기를 좋아한다.

'그래서요?' 하는 윤극사의 채근을 받으면서 이영은 다시 살살 이야기를 풀었다.

"최 모의 사랑하는 아가씨는 그가 죽은 줄도 모르고 날마다 기다렸답니다. 한 밤, 두 밤, 세 밤, 네 밤… 그렇게 일곱 밤이 지나갔지만 기다리는 최 모는 오지 않았어요. 그러다가 여덟째 날 밤에 최 모가 그 아가씨 앞에 나타났어요. 머리에는 석남화를 꽂고요."

윤극사가 놀라며 '죽었다면서요?' 하고 묻는다. 의원에게는 이야기 속에서조차 죽었던 사람이 다시 나타나는 것이 놀라운가 보다 하고 이영은 속으로 웃었다.

"그냥 들어보세요. 최 모가 죽은 줄 모르는 그 아가씨는 기뻐하며 그를 맞았어요. 최 모는 반기는 그녀에게 머리에 꽂았던 석남화를 나눠 주며 말했죠. '우리 아버지와 어머니가 당신과 함께 살아도 좋다고 허락했소'."

윤극사는 죽은 사람이 나타났으니 이야기가 어찌 될까 싶어서 숨을 죽인다. 이영은 그의 귀를 코로 간지럽히며 말했다.

"최 모는 기뻐하는 그녀를 자기 집으로 데려갔답니다. 바로 그 밤에요."

'저런!' 하고 윤극사가 걱정한다. 죽은 사람이 산 사람을 홀려서 죽게 하는 이야기가 아닌가 한다.

이영은 음성을 더 낮추어서 그가 더욱 귀를 기울이게 했다.

"집까지 갔는데, 문이 잠겨 있지 뭐예요. 밤이니 대문을 잠그는 것은 당연하겠지만. 그래서 최 모는 금방 나오겠다고 하며 담장을 넘어 집으로 들어갔어요. 최 모를 사랑하는 아가씨는 대문 밖에서 기다렸답니다. 한데 가슴을 졸이며 밤이 새도록 기다렸지만 금방 나오겠다던 최 모는 나오지 않았어요."

윤극사가 '그래서요?' 하고 이야기를 재촉한다. 속으로는 부모가 마음을 바꿨나 생각도 하다가 죽은 사람인데 그럴 리가 있나 하고 이야기로 이야기를 만든다.

이영은 고갯마루를 넘어가듯 한숨을 쉬고 호흡을 조절하며 말한다.

"날이 다 새고 사방이 훤하게 밝았어요. 아가씨는 초췌한 모습으로 대문 앞에 있다가 그 집 하인이 나오는 것을 봤어요."

"그 하인이 그녀를 데리러 나왔어요?"

윤극사의 물음을 은근히 무시하고 이영은 속삭였다.

"하인은 어떻게 왔느냐고 그녀에게 물었어요. 그 아가씨는 최 모와 함께 온 이야기를 했어요. 그를 기다리고 있는 중이라고. 하인은 죽은 지 여덟 날이 지났는데 그럴 수가 있느냐고 그녀에게 말했어요. 말도 되지 않는다고. 그 아가씨는 화가 났답니다. 자기를 받아들이지 않으려면 그냥 받아들이지 않을 것이지 멀쩡히 산 사람을 죽었다고 할 것까지 없진 않느냐 싶었던 거죠. 그래서 자기 머리에 꽂은 석남화를 가리키며 최 모가 나눠 줬으며 그도 머리에 꽂고 있을 것이라고 했어요. 부모는 반대를 하더라도 최 모는 자기를 사랑한다는 것을 그녀는 알고 있었으니까요. 하인은 말이 통하지 않으니 그녀를 데리고 들어갔어요. 관을 봐야 눈물을 흘리는 사람이니 어쩌니 하면서요. 그 아가씨는 관을 보고도 믿지 않았어요. 그녀가 하도 우기니까 어쩔 수 없이 관 뚜껑을 열어보게 되었어요. 그런데 아닌 게 아니라 죽은 사람의 머리에 석남화가 꽂혀 있고 옷은 새벽 풀숲 길을 걸은 사람처럼 이슬에 촉촉이 젖어 있는 데다가 신발도 흙이 묻고 망가져 있는 것이었어요.”

윤극사가 신기하다는 듯이 ‘아’ 하고 탄성을 지른다.

이영이 한숨을 쉬며 말했다.

“그게 무슨 소용 있겠어요. 사랑하던 사람은 죽어서 관 속에 누워 있는데. 그 아가씨는 슬퍼서 울다가 금세 숨이 막혀 버렸어요. 그녀도 따라 죽게 되는 상황이었어요.”

윤극사의 눈치를 살폈지만 윤극사는 잠자코 뒷이야기를 기다린다. 숨은 윤극사가 막혔는지 숨 쉬는 기척도 없다.

이야기가 이어졌다.

“여기서 놀라운 일이 일어났어요. 그녀가 죽으려니까 누워 있던 시체가 깜짝 놀라서 벌떡 일어난 것이 아니겠어요? 최 모가 되살아난 거예요. 그래서 두 사람은 행복하게 살았대요.”

윤극사는 이야기를 다 듣고도 잠잠히 있었다.

이영이 윤극사의 눈치를 살피며 말했다.

“석남화는 만리향(萬里香)이라고도 부르니까 향기가 저승까지 가서 혼을 불러왔을지도 모르죠.”

윤극사가 말했다.

“만리향…… 석남화를 노란 만병초(萬病草)라고 부르기도 해요. 잎을 주로 써요. 음, 석남화 잎을 다려 먹으면 몸에서 부기가 빠져요. 하지만 여자들이 많이 먹으면 남자가 곤란해요.”

이영이 은근하게 물었다.

“왜요?”

윤극사가 덤덤하게 말했다.

"정욕을 돋워서 남자를 생각나게 해요."

이영이 킥! 하고 웃었다. 손에 든 석남화로 윤극사의 코를 간지럽혔다.

윤극사가 신중한 어조로 말했다.

"석남화가 혼백이 흩어지는 것을 막는 힘이 있다고 하더라도 죽은 지 팔 일이 지나서 이미 내장이 부패한 시체를 다시 살릴 수는 없어요."

"그냥 이야기일 뿐인걸요."

이영이 말했다.

"전 놀라서 죽는다는 말은 들었어도 시체가 놀라서 벌떡 일어났다는 건 이 이야기에서만 들어봤어요."

이영이 또 터지려는 웃음을 입술을 오므려 참는다.

이윽고 단풍나무 숲 길이 끝나고 눈앞이 확 트였다.

이영은 손에 든 석남화의 반을 윤극사의 머리에 꽂아주고 반은 자기의 머리에 꽂았다. 죽은 사람과 사랑을 가능하게 해주는 석남화가 살아 있는 그들 두 사람을 영원히 함께할 수 있게 해달라고 속으로 기원했다.

숲을 나온 윤극사는 익숙한 산 모양과 들판을 보았다. 제세원에서 보던 모습에서 연장된 부분들이었다. 바꾸어 생각하면 이제 제세원이 지척이다.

가슴속으로 숨을 크게 들이쉬었다. 앞쪽에 있는 작은 둔덕만 넘으면 제세원이 보일 것 같았다. 보폭을 크게 해서 성큼성큼 걸었다.

윤극사는 속으로 말했다.

'돌아왔다.'

돌아왔다는 말이 소리없는 함성이 되어서 종남산을 메아리치며 그의 골을 울리는 것 같았다.

이영은 윤극사의 등에서 그의 흥분과 떨림을 느낄 수 있었다.

종남산 제세원은 긴 여행의 종착점이라고 그녀는 알고 있었다.

제세원 자리에 다시 제세원을 지으면, 윤극사를 도우면서 한편으로는 아이를 낳고 기르고 가르치게 될 것이었다.

황산에 있는 친정으로 편지를 보내면 아버지와 어머니들도 한 번쯤은 들러주실 것이고, 고모와 고모부, 사촌 언니와 오빠들, 형부들도 지나는 길에 찾아줄 것이다.

남편과의 행복한 모습을 그들에게 보여주고 자랑하고 싶었다. 남편 윤극사가 얼마나 훌륭한 사람인지를 보여주고도 싶었다.

윤극사가 마침내 둔덕 위에 올라섰다. 바람이 선선하고 하늘의 구름은 북에서 남으로 달리며 종남산 산머리를 휘돌고 있었다.

윤극사는 걸음을 멈추었다. 윤극사의 몸이 전율했다.

이영은 얼굴이 딱딱하게 굳은 윤극사의 어깨 너머로 둔덕 아래쪽 멀찍이 보이는 거대한 건물들을 보았다.

거대한 규모의 제세원이 있다가 파괴된 폐허의 모습은 찾을 수 없었다. 반듯한 산자락에 무덤처럼 보이는 이상한 건물들과 숯이나 도자기 굽는 곳을 연상시키는 커다란 굴뚝들, 거대한 침통처럼 보이는 둥그런 건물들, 건물과 건물을 잇는 옆으로 누운 거대한 토관들, 그렇게 모든 것이 이상한 건물이 두터운 돌벽 속에 서 있는 것이 보였다.

하늘을 찌를 듯이 높은 굴뚝 몇 개에서는 시꺼먼 연기가 치솟고, 어떤 곳에서는 파란 불길이 넘실거렸다.

담장이 둘러쳐져 있는 넓이로만 봐도 삼만 평은 족할 정도로 거대한 규모였다.

윤극사는 망연자실한 표정으로 그 건물들을 보고 있었다. 이영은 그의 표정에서 그곳에 제세원이 있었던 것임을 알 수 있었다.

윤극사가 몸을 떨면서 걸어갔다. 이영은 그에게 아무 말도 할 수 없었다. 내려달라는 말조차 못했다.

수레가 덜컹거리며 끌려갔다.

다섯 길도 넘는 높은 담장 앞에서 걸음을 멈출 때까지 윤극사는 아무 의식도 없는 사람처럼 걸었다.

때론 눈으로 분노가 지나가고 때론 의혹과 절망이 지나가기도 했다. 생각은 없고 감정만 들끓다 식었다.

윤극사는 담을 밀어버릴 듯이 손바닥을 담장에 붙였다. 싸늘한 감촉은 현실이었다. 담장 아래에 우거진 풀들은 끝이 마르고 있었다. 담장 안에서 개들이 컹컹대는 소리가 들렸다.

윤극사는 담장을 따라 걸었다. 개 짖는 소리가 담장 안에서 그가 가는 만큼 따라오며 들렸다.

이게 뭐란 말인가?

윤극사는 미끼없는 낚시를 드리우듯이 가슴속에 물음을 드리웠다.

제세원은 흔적도 없었다. 흔적도 없이 사라진 제세원의 자리로 돌아온 윤극사는 자기 마음속에 간직하고 있던 제세원의 폐허를 지워야 했다.

서안은 나라의 주인도 바뀐 곳이니 무엇이 바뀐다 해도 이상할 것은 없지만, 제세원이 폐허조차 남기지 못하고 사라졌다는 것은 윤극사의 오장육부를 퍼석퍼석하게 만들고도 남았다.

남으로 북으로 다니면서 돌아갈 곳은 오직 한 곳, 제세원이라 생각하며 살았다. 마침내 돌아왔건만 돌아온 곳은 제세원이 아니었다.

개 짖는 소리가 생각들과 함께 흐르고, 윤극사는 옛날 제세원의 정문이 있었던 곳까지 돌아 나왔다.

한 개의 커다란 대문 양쪽으로 두 개의 좁은 문이 달려 있어 사람이 들고 나는 것은 그때나 지금이나 비슷했다.

아니, 큰 집들은 모두 대문을 이렇게 만드니 모든 큰 집들의 대문이 비슷하다.

대문 위에 얹혀 있는 누각에는 신생조화문(新生造化門)이라는 다섯 글자가 적혀 있다. 금박(金箔)이다.

개 짖는 소리가 굳게 닫힌 문 안쪽에서 들렸다. 개가 발로 문을 긁는 소리두 들린다.

윤극사는 말없이 신생조화문을 바라보다가 발길을 돌렸다.

열 내 정도의 마차가 달려와 그를 지나쳐 신생조화문 안으로 사라졌다.

윤극사는 불을 머금었다 토하듯이 '후아' 하며 숨을 뱉었다. 발에 힘을 주어 수레를 끌었다.

이영이 그의 등에서 내려왔다.

윤극사는 무거운 표정이었지만 평정을 되찾은 듯이 보였다.

이영이 조심스럽게 물었다.

"어떡하지요?"

"음, 음… 다른 곳을 찾아봐야죠."

하고 윤극사가 대답했다.

이영은 마음이 놓였다.

서안으로 들어와서 객점을 잡고 행장을 풀었다.

서안은 옛날 장안(長安)으로 불렸으며 여러 왕조의 수도였다. 당 현종과 양귀비의 고사가 고스란히 남아 있는 곳이기도 했다. 서역과의 교역이 빈번하여 온갖 이국 문물이 서안에서는 흔하게 볼 수 있었다.

윤극사와 이영이 들어간 객점은 청진사(淸眞寺) 근처에 있었는데, 청진사는 당나라 때 세워진 회회교(回回敎)의 절이었다.

회회교 신자(信者)들은 항상 긴 수건으로 머리를 두르고 남자들도 치마를 입는 경우가 많았다. 이영도 심심찮게 그들을 볼 수 있었다.

윤극사는 이따금 이영과 눈을 마주치며 웃었지만 그다지 말을 하진 않았다. 객점에는 오래 머물 것이라고 점원에게 말해 놓고 수레의 짐을 모두 방 안으로 옮긴 후였다.

이영은 그가 의술을 연구하거나 심오한 이치를 생각하며 말하지 않는 것이 아니라는 걸 알았기 때문에 자꾸 말을 걸었다.

요리를 하고 술을 가져와서 권하며 나직하게 노래도 불러 그의 흥을 돋우었다.

윤극사는 처음에 두세 잔을 마실 때까지는 표정이 풀리지 않았지만 잔이 거듭되자 이영과 함께 웃고 떠들었다. 술이 거나하게 되자 호기(豪氣)도 부리기 시작했다.

이영은 혹시 그가 또 호기에 벼락이라도 근처에 때리지 않을까 걱정스러웠지만 차라리 그렇게 해서라도 그의 기분이 좋아지는 게 더 낫다고 마음을 고쳐 먹었다.

윤극사는 술잔을 탁자에 내려놓고 일어서서 창가를 향해 돌아선 다음에 아무 곳이나 손으로 가리키며 말했다.

"네가 나를 벽으로 막으려 하면 나는 충차(衝車)로 너를 뚫을 것이고, 네가 내 것을 빼앗으려 하면 나는 너를 죽여 내 것을 지키겠다. 아무도 나를 막지 못할 것이다. 너는……."

음성이 분노한 듯하고 위엄이 가득했다. 그러나 술이 세지 않은 윤극사는 점점 혀가 꼬부라져서 마지막 말을 입 안에서 웅얼거렸다.

휘청이며 쓰러지는 것을 이영이 안아서 침대에 눕혔다.

윤극사의 얼굴은 붉었고 눈은 부릅뜬 채 잠이 들어 있었다.

이영은 그의 옷을 벗기고 아직 해가 있는 낮이었지만 자기의 옷도 벗어서 접어놓고 그의 곁에 누웠다.

혀로 그의 눈을 핥아서 감겨주고 손바닥과 몸으로 그의 몸을 쓰다듬었다. 곧게 누운 그의 몸 위에 엎드려서 가슴으로 그의 얼굴을 안고 아기처럼 품었다.

이영은 자기가 그를 지켜야 한다고 생각했다. 그를 지키고 그가 자기에게 기대고 쉴 수 있게 해야 한다고 생각했다.

어머니들이 말했던, 여자가 큰 남자를 지키는 방법은 무공이나 지혜를 동원하는 것만은 아니라는 걸 이영은 점차로 느끼고 있었다.

남자는 변함없는 사랑과 신뢰로 안아주기만 해도 힘을 차리고 어떤 것에도 침해받지 않을 수 있는 존재라는 걸 알게 된 것이었다.

윤극사의 입술에 입술을 대고 혀끝으로 입술을 적셨다.

그날 밤에 이영이 윤극사를 한 번 안았고 윤극사는 이영을 세 번 안았다. 잠결에 눈을 떠서 그녀가 느껴지면 안고 다시 잠들었다가 의식이 어슴푸레하게 돌아오면 또 그녀를 안곤 했다. 술에 취한 후에는 방사(房事)를 하지 않는다는 금기(禁忌)가 있었지만 그 따위는 생각나지도 않았다.

함께 침대에서 꼭 껴안은 채 아침을 맞았다.

방은 지난밤 술자리로 어수선했지만 방 안으로 드는 햇살이 세상을 평온하게 느껴지도록 했다.

일어나서 윤극사가 찬물을 뒤집어쓰고 수염을 깎는 동안 침대 위의 흔적을 지우고 옷을 갈아입었다.

아침은 어제 먹다 남았던 음식으로 대신했다.

이영의 치장이 다 끝난 후에 두 사람은 제세원을 세울 만한 곳을 찾아 나섰다.

연호로(蓮湖路)를 걸어보고 북대가(北大街), 서대가, 동대가를 거닐다 보니 유람 아닌 유람이었다. 이영이 길목 좋은 곳을 찾아 '저곳이 어때요?' 하고 물으면 윤극사는 그때마다 웃으면서 고개를 저었다. 그러다가 이영이 새침한 표정을 지으니 그제야 그녀의 귀에 대고 작은 소리로 말했다.

"영, 난 사람이 지나는 길목을 찾는 게 아니에요."

이영이 의아한 표정으로 보았다.

윤극사가 말했다.

"혼돈석유가 있는 곳을 찾아요."

이영이 얼떨떨하여 물었다.

"그게…… 아무 곳에나 있는 것인가요?"

윤극사는 머리를 저었다. 이영은 혼돈석유가 무림의 영약인 전설상의 공청석유보다 더 대단한 것이라는 이야기를 윤극사에게 여러 번 들은 바 있었다.

"제세원에 있었어요."

하고 윤극사가 말했다.

"백초곡에서도 혼돈석유를 연구하기 위해서 제세원에 가 있는 제자들에게 매달 조금씩 보내게 했어요."

이영은 안색이 변해서 말했다.

"그럼 혼돈석유는 지금 신생조화문이라는 곳에서 독차지한 셈이군요."

혼돈석유를 구하여 연구하지 못하면 백초곡에서 혼돈석유로 만드는 이상한 독약들에 대항하기가 어렵다.

윤극사가 말했다.

"반드시 그렇지는 않을 기라고 봐요. 닌 혼돈석유가 이곳에도 어딘가에 있을 거라고 생각했어요. 내가 봤을 때 혼돈석유는 우물에서 나는 물처럼 많은 것 같았으니, 아마 근처의 다른 곳에도 있을 거예요. 우물처럼."

이영이 불안스럽게 물었다.

"그것도 물처럼 땅 밑으로 흐르는 물길이 있을까요? 만약 물길이 있다면 어느 곳에선가는 땅 위로 흐를 수도 있을 텐데…… 그런 말은 들어본 적이 없어요."

윤극사가 그녀를 장락문(長樂門) 쪽으로 끌면서 소리 낮춰 말했다.

"나는 들어봤어요."

"그런 곳이 있어요?"

이영은 놀라며 물었다.

윤극사가 말했다.

"전에 사숙들께서 이야기하실 때 들었어요. 만약 여기서 혼돈석유를 구할 수 없다면 그곳으로 가볼 생각을 갖고 있어요."

"어딘가요?"

이영이 물었다.

윤극사가 대답했다.

"동북(東北)과 서역(西域)이라고 했어요."

이영이 안도의 한숨을 내쉬었다. 얼마나 먼 곳에 있든지 간에 있기만 하다면 없는 것보다는 낫다.

윤극사가 말했다.

"나는 여기서 혼돈석유를 찾아보려고 해요. 성안에서 찾을 수 있으면 좋겠지만 성안에는 없는 것 같았어요."

두 사람은 장락문을 나와서 흥경궁(興慶宮) 쪽으로 가는 길에 있는 노점(露店)에서 소면(素麪)으로 점심 요기를 했다. 그들이 든 노점과 같은 노점들이 길을 따라 즐비했다.

점심을 거의 다 먹었을 때였다. 갑자기 주위가 소란해지는 듯하더니 말발굽 소리가 들리고 전차(戰車) 달리는 소리가 땅을 흔들었다.

윤극사가 놀란 표정으로 말했다.

"전쟁인가?"

전쟁은 아직도 진행 중이니 전쟁은 전쟁이다. 그러나 전선은 서안에서 아득히 멀다. 노점의 주인도 허둥지둥하며 길로 나서는 것이 보였다.

장락문 쪽에서 나팔 소리가 뚜뚜 하고 들려왔다.

이내 날쌘 흑마가 먼지를 일으키며 달려와 잠깐 멈추더니 말 위의 갑옷 입은 무사가 깃발을 휘두르며 소리쳤다.

"황제 폐하께서 납셨다! 황제 폐하께서 납셨다!"

두 번 소리치고 다시 말을 달려 앞으로 갔다.

그가 소리치기도 전에 이미 알 만한 사람들은 길가에 엎드린 후였다.

윤극사와 이영은 철갑을 두른 전차들이 달려오는 것을 보면서 사람들 틈에 엎드렸다.

전차들이 두 대씩 나란히 열두 번 지나갔다. 모두 스물네 대의 전차가 금빛 은빛을 번쩍이며 지나간 것이다.

그 뒤로는 완전무장하고 창을 든 군인들 삼백여 명이 요란한 소리를 내면서 지나갔고, 그들 뒤로 커다란 도끼를 든 네 명의 장사를 태운 수레가 따라갔다.

그 뒤로 덮개에 붉은 칠을 하고 황금으로 장식했으며 네 개의 둥근 기둥으로 집을 지어 올려놓은 듯하며 사방에는 붉은빛 난간을 단 황제의 난가(鑾駕)가 보였다.

난가를 에워싼 금의를 입은 호위들은 깃발들 속에서 위맹한 얼굴로 사방을 노려보고 있었다.

황제의 난가를 따르는 궁녀(宮女)들의 숫자가 이백여 명, 그 뒤로는 또한 이천여 명의 정병이 뒤따르고 있었다.

윤극사와 이영은 신하들과 내시(內侍)들은 어디에 묻혀서 가고 있는지도 몰랐다.

난가가 그들을 지나갈 때였다.

어디선가 '황제 폐하 만세 만세 만만세(皇帝陛下萬歲萬歲萬萬歲), 만세 만세 만만세(萬歲萬歲萬萬歲)' 하고 외치는 소리가 들렸다.

그러자 엎드려 있던 사람들이 일제히 '만세 만세 만만세'를 외쳤다.

윤극사와 이영도 덩달아 외쳤다. 이상한 분위기여서 함께 외치지 않으면 안 될 상황이었다.

황제라는 신분에는 다른 사람을 복종하게 만드는 보이지 않는 이상한 힘이라도 있는 것 같았다.

윤극사는 황제 민소동이 대체 어떻게 생긴 사람인지 한번 보려고 고개를 들었다. 순간 이영이 기절할 듯 놀라며 전음으로 외쳤다.

―머릴 숙여요!

윤극사는 들던 머리를 일단 낮추고 이영 쪽을 보았다.

이영이 전음으로 급하게 말했다.

―함부로 머릴 들면 호위들은 묻지도 않고 목을 내려쳐 버려요. 자객(刺客)이라고 생각해 버리는 거죠.

윤극사는 칼이 목에 떨어져도 자기 목은 잘리지 않는다는 걸 알고 있었지만 섬뜩했다. 꼭두를 움직여서 난가 위에 앉아 있는 사람을 보았다.

난가에는 면류관(冕旒冠)을 쓰고 곤룡포를 입은 노인이 앉아 있고,

그 양쪽에는 나이 어린 궁녀 두 명이 부복하고 있었다.

윤극사가 보기에 노인은 기운이 아주 강했지만 무공이 높은 사람은 아니었다. 그러나 그가 바로 황제 민소동이었다.

노인의 몸이지만 민천자는 탄탄한 이십 대 청년의 몸과 다름없어 보였고 눈에는 강렬한 정기가 뿜어져 사람을 움츠러들게 하는 힘이 있었다.

윤극사는 민천자를 보면서 민천자보다 그의 주위를 맴돌고 있는 다른 기운들에 눈을 두었다. 거대한 소용돌이 같은 힘이 민천자 주위에 있었다. 윤극사에게는 없는 것이었다.

그의 행차가 멀어진 후에 사람들은 조심스럽게 머리를 들었다. 윤극사는 다른 사람들을 따라서 일어나며 자기 손바닥에 땀이 쥐어 있다는 것을 알았다.

노점 주인은 국수가 눋고 있는 솥을 저으면서 말했다.

"황제 폐하께서 또 화청궁(華淸宮)에 가시는군."

옆의 노점 주인이 말했다.

"양귀비 같은 미녀라도 화청궁에 숨겨두고 계시는 건 아니신지 원……."

화청궁은 양귀비가 목욕했다는 온천인 화청지가 있는 곳이다. 서안에서 동북쪽에 있으니 황제는 동문으로 나와서 북으로 올라가는 길인 모양이었다.

전선이 멀다고는 하지만 아직 전쟁 중인데 황제가 궁궐을 나와서 상당히 먼 거리인 화청지까지는 가는 건 아주 위험한 일이라고 할 수 있었다. 화청지가 가깝지 않은 만큼 행차하는 데도 시간이 걸린다. 한번

갔다면 적어도 며칠은 쉬어서 오게 될 텐데, 전시(戰時)에 황제가 궁궐을 그렇게 비우고 휴양지로 간다는 건 그만큼 자신감이 있다는 이야기인지 아니면 이미 환락에 젖어들고 있는 것인지 둘 중 하나일 것 같았다.

상인들의 말을 들어보니 화청궁 행차는 아주 빈번한 듯했다. 상인들은 황제가 미녀를 화청지에 숨겨놨을 것이라는 낭만적인 추측에서 난치의 피부병이 있어서 온천에 자주 갈 것이라는 위험스런 추측까지 작은 소리로 내놓았다.

황제의 행차를 얼떨결에 구경했던 윤극사와 이영은 홍경궁까지 갔다가 다시 발길을 돌렸다. 일부러 남쪽을 돌아서 영녕문(永寧門)으로 들어와 청진사 근처에 있는 객점으로 돌아왔다. 왠지 그다지 내키지 않아서였다. 제세원을 세울 자리는 다음날 또 찾아보기로 했다.

객점으로 돌아온 후에는 점원에게 신생조화문이 어떤 곳인가를 물어보았다. 점원은 그런 것이 있었던가 하고 머리를 긁적이다가 나중에 다른 사람을 한 명 데리고 왔다.

점원은 그가 서안의 일은 뭐든지 다 잘 알고 있으니 그에게 물으라고 했다. 한데 윤극사와 이영이 보니 그 사람은 눈먼 봉사였다.

봉사가 두 사람의 눈치를 알고 화난 음성으로 말했다.

"알고 싶은 게 뭐요? 일단 물어보고 시원찮으면 무시해도 늦지 않잖소?"

윤극사는 미안한 생각이 들어 사과하고 그를 탁자에 앉게 했다.

"에헴."

봉사는 그제야 자기가 받을 대우를 받는다고 생각하는지 헛기침을 하면서 점잔을 떨었다.

"나 오동설(吳董卨)은 별명이 좌안천리(坐眼千里)요. 서안 근처의 일은 웬만하면 내가 모르는 일이 없을 거요. 한번 물어보시오."

이영은 빙그레 미소를 지었다.

점원이 좌안천리라는 그를 데려올 때 뭘 묻는지 말하지 않았을 리가 없는데 짐짓 아무것도 모른 척하는 오동설이 재미있어 보였던 것이다.

점원에게 술과 요리를 가져오도록 시키고 약속하지도 않았던 수고비를 주었다. 술과 음식을 주문하는 소리를 듣고 오동설의 입이 좋아서 어쩔 줄 몰라서 벌어졌다.

윤극사가 말했다.

"오는 길에 종남산 아래에서 신생조화문을 보았습니다."

"대지의 면적은 이만 일천칠백 평이고 지상 건물은 육천육백 평이며 가장 높은 건물은 팔십아홉 자에 칠층 건물이지요."

좌안천리 오동설이 즉시 윤극사의 말을 끊으며 자기의 견식을 자랑했다.

"주인이 누군지는 아무도 모르지만 소문에는 승상이라는 말도 있고 또 다른 고관대작이라는 말도 있소이다. 그러나 이 좌안천리 오동설이 보기에는 다 틀린 말이오."

이영이 물었다.

"오 선생께선 주인을 알고 계시겠군요."

좌안천리 오동설이 웃으며 말했다.

"부인께서도 눈치가 빠르십니다. 이 사실은 저 혼자만 알고 입을 꾹 다물려고 했는데 이미 짐작하시니 말하지 않을 수가 없구려."

"누구입니까?"

하고 윤극사가 물었다.

오동설은 잠시 입을 다물고 주위를 살피는 듯하다가 윤극사에게 손짓하여 귀를 가져오게 했다.

윤극사가 귀를 입가로 가져가자 오동설은 작은 소리로 말했다.

"이태자(二太子)요."

윤극사와 이영은 어리둥절했다.

"이태자 민성(閔盛)이 신생조화문의 주인이란 말이오."

오동설은 그들이 예측한 반응을 보이지 않자 다시 조금 전보다 약간 큰 음성으로 말했다. 그러나 여전히 누가 들을까 싶어서 염려하는 듯 보이지 않는 눈으로 사방을 살폈다.

"그렇군."

윤극사는 고개를 끄덕이며 중얼거렸다.

오동설은 그가 크게 놀라지 않아서 약간 실망했지만 계속 말했다.

"이태자는 머리가 영민하오. 학문이 높고 지혜가 많아서 따르는 사람이 아주 많소. 첫째 태자는 거칠고 전쟁을 좋아하는 편이지만……."

이영은 오동설의 입에서 보기에도 징그러운 민웅의 이야기가 나오는 것을 보고 즉시 화제를 돌렸다.

"신생조화문에서 어떤 일을 하는가요?"

묻고 나서 이영은 아차 했다. 원숭이도 나무에서 떨어질 때가 있는 것처럼 이영은 평상시라면 절대로 하지 않을 실수를 했다.

좌안천리 오동석이 보이지 않는 눈을 희번덕하며 경계하는 표정을 지었다. 겁을 먹은 듯이도 보였다.

이영은 순간적으로 머리가 굳어버려 어떻게 해야 할지 몰랐다.

그때 윤극사가 침통을 그의 손에 쥐어 주며 말했다.

"나는 떠돌이 의원입니다. 그곳을 지나면서 약 냄새를 맡았지요. 부끄럽지만 혹시 그곳에서 일할 수 있지 않을까 하는 마음에 알아보는 중입니다. 오 선생께서 신생조화문에 대해 잘 아시니 그곳에도 아는 분이 있지 않을까 싶군요."

오동석의 얼굴이 확 밝아졌다.

"하하하하. 의원이라 그랬군요. 휘유……. 나는 오늘로 좌안천리 오동석의 모가지가 적국의 첩자들 손에 날아가는구나 생각했지요."

오동석은 손으로 자기의 목을 쓰윽 긋는 시늉을 하며 말했다. 그때 혀를 쏙 빼물었기 때문에 까뒤집어진 그의 눈과 더불어 아주 무섭게 보였다.

이영은 윤극사가 그의 의심을 풀어놓는 것은 보고 속으로 안도의 한숨을 내쉬었다. 자칫했으면 오해를 받고 곤란한 지경에 처할 뻔했다. 그렇지 않아도 살인범으로 몰려 있는 판국인데……. 이마에 식은땀이 났다.

윤극사가 가볍게 '하하' 하고 웃었다.

이영은 윤극사가 그런 기지와 임기응변을 발휘하는 것이 너무 뜻밖이라 놀랍고 기뻤다.

좌안천리 오동석이 은근하게 웃으며 말했다.

"이미 알 만한 건 다 아시고 불렀구려. 내가 신생조화문에 아는 사람이 있긴 하오만……."

윤극사가 이영을 보았다. 이영은 재빨리 주머니를 풀어서 작은 금 한 조각을 윤극사에게 건네주었다.

윤극사는 침통을 밀어놓는 오동석의 손에 금을 쥐어 주었다. 손가락 한 마디만큼이나 되는 금이었다.

오동석은 말을 멈추고 금을 입으로 가져가 깨물더니 얼굴에 희색이 만면했다. 얼굴이 '순금(純金)이다' 하고 말하는 듯이 보였다.

윤극사와 이영이 가만히 있으려니 오동석이 큰 소리로 웃고 말했다.

"아무 걱정 마시오! 거기에는 믿을 만한 친구가 있소. 사람을 필요로 하는 것 같았으니 내가 한번 다리를 놔드리겠소."

윤극사와 이영이 그에게 고맙다고 인사하자 오동석은 신생조화문에 대해 자기가 알고 있는 것은 모두 털어놓았다. 앞으로 들어가게 되면 쓸모가 있을 거라는 말이었다.

술과 음식을 먹고 그가 돌아갔을 때는 저녁 무렵이었다.

오동석은 말이 많은 사람이라 그가 가고 난 후에도 귀가 따가울 정도였다. 그러나 오동석이 한 말은 대부분 그가 흥에 겨워 주절거린 신생조화문에 대한 것이었고 불타 버린 지 몇 년밖에 지나지 않은 제세원에 대한 말은 전혀 없었다.

세상이 급하게 바뀌다 보니 몇 년이 몇십 년처럼 느껴질지도 모른다는 생각이 들었다.

이영이 윤극사에게 물었다.

"그곳에 가보실 생각이세요?"

윤극사가 고개를 끄덕였다.

"혼돈석유 냄새가 심하게 났어요. 그곳에서 시작하여 찾아보면 혼돈석유가 나오는 다른 곳을 쉽게 찾을 수도 있을 거예요."

이영이 물었다.

"이태자라는 사람은 아주 이상하군요. 혼돈석유를 퍼 올려서 뭘 하려는 걸까요?"

윤극사가 곰곰이 생각하다가 말했다.

"우리가 우물 속에서 건져 냈던 열일곱 구의 시체들은 모두 혼돈석유로 만든 독약에 중독되어 죽었어요. 죽은 사람들은 모두 조정에서 군량미 탈취 사건을 조사하기 위해 파견한 기찰포교들이었죠. 난 그때 백초곡에서 만든 독을 누군가 썼을 거라고 생각했는데, 지금 생각해 보니 꼭 그렇지 않을 수도 있을 것 같아요."

이영이 작은 소리로 물었다.

"백초곡이 아닌데도 혼돈석유를 다룰 수 있는 곳이 또 있단 말인가요?"

윤극사가 대답했다.

"확실하진 않아요. 신생조화문을 백초곡에서 세웠는지 아니면 다른 곳에서 세웠는지는 직접 확인해 보는 수밖에 없어요."

"정말 그곳에 들어가 볼 생각이시군요."

이영이 걱정스럽게 말했다.

천천히 윤극사가 머리를 끄덕였다.

"혼돈석유가 제세원이나 백초곡만이 다뤄야 하는 것은 아니라고 생각해요. 앞으로 혼돈석유를 연구하는 사람들이 점점 많이 나오게 될 것이라고도 생각하고…… 그들 중에는 혼돈석유를 좋게 쓰는 사람도 있고 나쁘게 쓰는 사람들도 있겠지요. 내가 염려하는 건 나쁘게 쓰는 사람들이에요."

윤극사의 얼굴에 근심이 가득했다.

윤극사는 백초곡 하나를 상대하기도 버거운 판인데 또 다른 세력이 혼돈석유를 다루는 것을 두려워하는 듯했다. 다른 세력의 존재를 확인하지 않는다면 백초곡을 상대하는 것이 무의미하게 되어버릴 수도 있었다.

앞문의 도둑을 쫓다 보니 뒷문으로 들어온 도둑을 방치해서 재물을 잃어버리는 것과 마찬가지의 결과가 되지 않도록 해야 했다.

이영이 작은 소리로 말했다.

"몰래 들어가 보는 것은 어떨까요?"

윤극사가 얼굴에 웃음을 머금었다.

제7장 아! 제세원(濟世院)

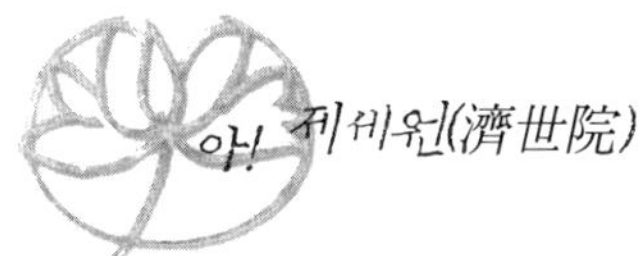

아! 제세원(濟世院)

"오늘 밤에 한번 가보고 나서 부족한 건 좌안천리가 소개해 준 사람을 따라가서 보는 게 좋을 것 같아요."

이영이 또 은근한 목소리로 권유했다.

윤극사가 이영의 손을 잡으며 말했다.

"영, 나는 그곳을 편하게 걸어보고 싶어요."

이영은 온몸에서 힘이 사르르 빠졌다. 윤극사는 미소를 짓고 있었지만 제세원에 대한 간절한 마음으로 가슴을 꽉 채우고 있었다. 이영은 그가 신생조화문을 조사해 보는 만큼이나 그곳을 걸어보며 사숙들과 동료들의 추억을 회상해 보고 싶어한다는 것을 알았다. 생각이 짧았다. 바보 같은 계집, 하고 하고 스스로 욕했다.

"미안해요."

이영이 고개를 숙이며 말했다.

윤극사는 웃으며 머리를 젓는데 이영은 울음을 터뜨려 버릴 것만 같
았다.

윤극사가 말했다.

"내가 이상한 거지 영이 잘못한 게 아니에요."

윤극사와 이영은 함께 있은 지 오래였지만 서로 다툰 적이 없었다.
이영은 빙긋 웃었다.

"역시 여자가 일을 생각하는 건 전부 이런가 봐요. 제가 생각해도
소견이 좁아요."

윤극사가 웃으며 말했다.

"어릴 적에 들으니 여자들이 나서지 않으면 아무 일도 되지 않는다
고 하더군요."

이영이 킥킥 웃었다.

"저도 그런 말을 들었어요. 여자들한테서요."

이영은 윤극사에게 은근히 제의했다.

"소신의, 우리 함께 술 마실까요?"

윤극사가 또, 하는 표정이었다.

"이제 우리 둘만."

하며 이영이 배시시 웃었다. 윤극사는 이영을 말릴 수가 없었다.

이영은 점원을 불러서 술을 시켰다. 그런데 점원은 술을 가져오면서
또 한 사람을 달고 왔다. 이영은 좌안천리 오동석이 간 지 얼마 되지도
않아서 점원이 또 사람을 데려왔기 때문에 한마디 하려고 생각했다.

그러다가 그 사람을 확인하고 깜짝 놀랐다. 근래 들어 이영은 깜짝

깜짝 놀라는 경우가 많아진 것 같았다. 그다지 놀랄 만한 일은 아닌데도 그렇게 놀랐다.

"한 노인!"

윤극사가 그 사람을 보고 뜻밖이라는 듯이 말했다.

점원의 뒤에는 안강에 있어야 할 벼슬 장사꾼 한송 노인이 서 있었다.

이영은 옆으로 비켜서며 말했다.

"여긴 어쩐 일로?"

한송 노인이 머리를 조아리며 말했다.

"은인을 모셔가려고 왔소이다."

안강에서 윤극사는 한송 노인이 그의 적수인 상주영에게 찔려 죽을 뻔한 것을 구해준 일이 있었다. 그러나 윤극사는 목숨을 구해줘서 은인 대접을 받는 것은 다른 사람들 이야기일 뿐 의원들의 일은 아니라고 생각하고 있었다.

사람을 구하니 의원인데 의원을 은인이라고 다르게 말하는 것은 우스운 일이었다. 더구나 윤극사는 한송 노인의 독기 서린 것 같은 태도기 내키지 않았다.

점원은 눈치를 보더니 가져온 술과 안주만 넣어두고 달아나듯 가버렸다.

윤극사는 얼굴을 찌푸리며 말했다.

"나는 한 노인을 따라갈 일이 없어요."

한송 노인이 다시 머리를 조아리며 말했다.

"소인이 아니라 존귀하신 분께서 은인을 뵙고자 하십니다."

윤극사가 물었다.

"환자인가요?"

"아니올시다."

하고 한송 노인이 대답했다.

윤극사가 부드럽게 말했다.

"돌아가세요."

한송 노인은 완강하게 허리를 조아렸다.

이영이 한송 노인이게 말했다.

"가세요. 소신의는 환자가 부르면 가겠지만 환자가 아니라면 황제가 불러도 가지 않을 거예요."

한송 노인은 어쩔 수 없다는 듯이 한숨을 쉬고 품에서 서찰(書札)을 하나 꺼내서 윤극사에게 전했다.

"그분께서 은인께 보낸 서찰입니다."

한송 노인은 편지를 건네주고도 가지 않았다.

윤극사는 편지를 펴서 읽을 수밖에 없었다. 그러나 그 편지에서 윤극사가 읽을 수 있는 글은 거의 없었다. 난해하고도 화려한 초서(草書)로 씌어진 편지였다. 이영에게 편지를 건네주었다.

이영이 편지를 보며 말했다.

"승상께서 보냈군요."

한송 노인이 대답했다.

"그렇소이다."

편지는 송산 선생이 직접 쓴 것이었다. 이영은 편지를 한번 훑어본 후에 윤극사를 보며 머뭇거리며 말했다.

"청하는 마음이 간곡하군요."

윤극사는 송산 선생을 만난 후 일태자 융을 치료했던 그 불쾌한 기억을 잊지 않았다. 머리를 흔들었다.

"난 가지 않겠어요."

이영이 입술을 지그시 깨물며 말했다.

"우리가 그동안 조용히 지낼 수 있었던 것이 다 승상의 은혜라는군요."

윤극사가 의아한 표정으로 이영을 보았다.

이영이 편지를 탁자에 내려놓으며 약간 잠긴 음성으로 말했다.

"우리에게 해를 끼치려 하는 자들이 적지 않았나 봐요. 그들을 모두 승상께서 보낸 사람들이 제거했다고 하는군요."

윤극사는 머리 속에 번갯불처럼 떠오르는 기억이 있었다. 천심회의 폐허에서 네 사람이 했던 말이었다. 이영과 자기를 뒤쫓은 기찰포교들이 두 무리나 감쪽같이 사라졌다고 하던 그 말이 윤극사의 머리를 울렸다.

그들이 사라진 이유가 송산 선생에게 있었던 것이다. 속에서 화가 났다. 그런 호의(好意)를 부탁한 적도 없고 그런 호의가 달갑지도 않았다.

언젠가 도주(島主)도 윤극사를 위해 뒤쫓는 살수들을 죽였고 윤극사는 그에게 화를 냈던 적이 있었다.

똑같았다.

머리 속에서 대체 몇 명이나 죽었을까 하는 생각이 빙빙 돌았다.

이영이 한송 노인에게 말했다.

“얼마나 많은 사람들이 우리를 따라다닌 거지요?”

이영은 이영대로 화가 나 있었다. 송산 선생이 보낸 사람들이 자기가 모르는 틈에 항상 따라다니며 감시했다는 사실을 참을 수가 없었다.

한송 노인이 주저하다가 말했다.

“한 명이었소.”

“한 명?”

윤극사가 반문했다. 겨우 한 명이 따라오면서 다른 추적자들을 모두 없앴다는 사실에 놀란 것이다.

한송 노인이 말했다.

“승상께선 은인을 보호하기 위해서 자신을 가장 가까이서 호위하던 고수를 보내셨소.”

“그는 지금 어디 있나요?”

이영이 물었다.

한송 노인이 대답했다.

“모르오. 종남산 근처에서 갑자기 연락이 끊어졌소이다.”

“그럼 우리가 여기 있다는 걸 어떻게 아셨죠?”

하고 이영이 물었다.

한송 노인이 대답했다.

“낮에 황제 폐하께서 행차하실 때 두 분은 길에 계시지 않았소? 그때 승상께서 보시고 은밀히 모셔 오라고 하셨소이다.”

이영은 속으로 놀랐다. 길가에 엎드려 있던 백성들의 숫자가 적지 않았을 뿐 아니라 얼굴도 들지 않았는데도 송산 선생은 지나가면서 두 사람을 알아보고 데려오라는 명령을 부하에게 내렸다.

이영은 윤극사를 보았다.

어떤 결정을 내리든지 그가 내려야 한다.

윤극사는 묵묵히 있다가 한송 노인에게 물었다.

"저를 청한 이유가 무엇입니까?"

한송 노인이 말했다.

"승상께서 꼭 보여 드리고 싶은 것이 있다고 하셨소이다. 은인께서 보기 싫은 것은 사람이든 물건이든 눈에 띄지 않게 하겠다고도 하셨소."

윤극사는 다시 입을 다물었다. 보기 싫은 것, 송산 선생이 그런 표현을 한 것은 두말할 것도 없이 일태자 민융을 염두에 두었기 때문일 것이다.

이윽고 윤극사가 머리를 끄덕였다.

"가겠습니다."

한송 노인이 큰절을 하면서 감사해했다.

바깥에 나오니 객점 앞에 마차가 준비되어 있었다. 한송 노인은 마부석 옆으로 갔고 마차 안에는 윤극사와 이영만 탔다.

마차 안은 겉보기와는 달리 휘황찬란할 정도로 화려했다. 진주 구슬과 황금, 주옥으로 장식된 마차 안은 황실의 공주(公主)나 왕후(王后)가 탈 만한 것이 아닌가 싶었다.

마차가 한참을 달렸다. 이영과 윤극사는 달리는 마차 안에서 서로 몸을 기대고 잠깐잠깐 눈을 붙이기도 했다.

승상 우문태가 기다리고 있다는 곳은 아주 멀었다. 행선지를 한송 노인이 미리 말해 주지 않았지만 윤극사와 이영은 황제가 화청궁으로 갔다는 것을 알고 있었다.

화청궁까지 하루에 갈 리는 없고 중간 어디쯤의 행궁(行宮)에 황제와 승상은 함께 머물고 있을 것 같았다.

밤이 쌀쌀했지만 마차 안에는 거위 털을 넣은 비단 이불까지 준비되어 있어서 춥지 않았다.

한밤이 되었지만 마차는 계속 달렸다. 마차를 끄는 네 마리의 말은 천리마는 아니어도 천리마란 말을 들을 만한 준마들인 듯했다.

마차가 달리는 연도 주변에는 일정한 간격으로 불이 밝혀져 있고 검문(檢問)하는 군사들이 있었지만 윤극사와 이영이 탄 마차는 한 번 멈추지도 않고 지나쳤다.

윤극사와 이영은 마차 속에서 잠이 들었다 깨기를 반복했다. 그리고 마침내 마차는 안개가 희뿌옇게 끼어 있는 곳에서 멈췄다.

다 왔다는 한송 노인의 말을 듣고 내렸을 때 말들의 거친 숨소리와 몸에서 치솟는 증기를 볼 수 있었다.

그 옆에서 궁장을 입은 두 여인이 허리를 숙이며 인사를 했다.

얼떨결에 윤극사와 이영도 마주 인사했다. 궁녀들이었다.

"따라오시지요."

궁녀는 그렇게 말하곤 허리를 꼿꼿이 펴고 마치 미끄러져 가는 것처럼 조용히 앞서 갔다.

윤극사는 한송 노인을 돌아보았지만 한송 노인은 두 사람에게 손을 모아 인사를 할 뿐 더 따라오려 하지 않았다.

이영은 궁녀들을 따라가면서 이상하게 생각했다.

'민천자는 이런 궁녀들을 어디서 구했을까? 저 여자들은 몸에 배인 기품과 예절로 봐서 평생 궁녀로 살아온 사람들이다. 한데 황제가 된 지 일 년밖에 안 된 민천자가 어떻게 이런 사람들을 궁녀로 거느릴 수 있을까?

낮에 민천자의 행차에도 궁녀들이 적지 않았다. 그들의 면면을 이영이 확인할 수는 없지만 그들의 나이와 용모, 차림새 등은 대충 보았었다.

민천자가 황제가 된 후에 데려다가 궁녀로 삼은 사람들이 아닌 것은 분명했다. 북경의 황제한테서 궁녀를 빌려오거나 뺏어왔을 리도 없었다.

두 명의 궁녀는 안개 자욱한 연못가 버드나무 곁을 지나서 어느 전각으로 윤극사와 이영을 안내했다. 그리곤 편히 쉬란 말을 한 후에 나가 버렸다.

사방은 조용하고 창문을 열어도 안개들만 구름덩어리처럼 몰려다녔다. 안개가 유난히 많은 것 같았다.

마차에서 선잠을 잔 때문인지 그곳에 도착하고는 잠이 다 사라져 버렸다. 붉은 기둥과 수를 놓은 휘장들의 아름다움, 그리고 구석구석까지 정교한 가구들의 아름다움을 보면서 윤극사와 이영은 황제가 대단하긴 대단하구나 했다.

일개 행궁에 지나지 않는 곳의 손님을 재우는 곳까지 이렇게 아름답고 값진 것으로 채웠으니 황궁은 또 얼마나 대단하랴 싶기도 했다.

숯이 든 화로에 물을 올려 차를 다려 마셨다. 찻잎은 구슬처럼 말려 있는 용주차(龍珠茶)였다.

이윽고 날이 밝았다. 그러나 두 사람이 깨어 있는 줄 안 궁녀들이 아침 상을 차려왔을 뿐 승상에게서는 아무런 기별이 없었다.

아침을 먹고 황제가 행차를 시작하기 전에 승상이 잠깐이라도 찾아와 보겠거니 하고 생각했지만 역시 마찬가지였다.

방에서 가만히 기다리고 있는 중에 정오가 되었다. 궁녀들은 점심 상을 차려서 내다 주었다.

이영은 속으로 화가 많이 났다. 송산 선생이 만날 것도 아니라면 뭣 하러 자기들을 청해서 밤을 새워 오게 만들었는가 싶었다.

점심 상을 가져가려 온 궁녀에게 물었다.

"황제 폐하께선 출발하셨나요?"

궁녀가 머리를 조아리며 말했다.

"감히 저희는 그런 말에 답하지 못합니다. 용서해 주세요."

용서하고 말고 할 것이 없다. 이영은 맥이 쫙 빠졌다. 궁녀들은 황제가 갔느니 마느니 하는 말도 함부로 했을 경우 처벌을 받게 되어 있는 모양이었다. 당연히 그럴 것 같았다.

궁녀들이 나간 후에 이영이 윤극사에게 말했다.

"소신의, 여긴 근처에 다른 사람도 없는 것 같아요. 점심을 먹었으니 산책이라도 해요."

윤극사가 동의했다. 그도 이런 생각 저런 생각으로 머리가 갑갑하던 차였다.

방을 나와 조금 걸으니 사람은 하나도 보이지 않고 크고 아름다운 연못이 보였다.

지난밤 궁녀들을 따라올 때 지나쳤던 연못이었다. 밤에는 안개 때문에 잘 보이지 않았던 연못이 오후의 가을 햇살을 받아서 가운데는 하늘을 담고 있고 주변에는 녹음과 울긋불긋한 색이었다. 여러 가지 색깔의 물감을 풀어놓은 것 같았다.

아름답고 그윽하여 송산 선생에 대한 미움이 한순간에 눈 녹듯이 사라졌다. 이영은 윤극사의 가슴에 기대어 연못과 버드나무와 그 옆에 있는 전각들이며 정자며 정원을 보았다. 연못을 따라걷는데 문득 나팔 소리가 들렸다.

이영이 기뻐하며 말했다.

"소신의, 황제가 이제 출발하는가 봐요. 그가 가고 난 후에 우린 그냥 여기서 구경이나 잘 하다가 가요. 전 이곳처럼 아름다운 곳은 거의 본 적이 없는 것 같아요."

황제가 가면 승상인 송산 선생도 떠나지 않을 수 없을 것이고 그럼 만나지도 않을 것이다. 대신 경치만 잘 구경하고 돌아가니 온 보람이 없다고는 할 수 없었다.

윤극사가 하하, 소리를 내며 웃었다.

이영이 부끄러워하며 볼을 붉혔다.

나팔 소리는 이내 그쳤다. 이영은 윤극사의 손을 잡아끌면서 그곳이 마치 자기 집 뜰이라도 되는 듯이 다녔다.

한데, 멋지게 꾸며진 가을 정원의 쓸쓸한 아름다움에 감탄하며 걷는데 갑자기 귀청을 울리는 듯 요란한 소리가 들렸다.

"황제 폐하 만세 만세 만만세(皇帝陛下萬歲萬歲萬萬歲), 만세 만세 만만세(萬歲萬歲萬萬歲)!"

이영과 윤극사는 정신이 아찔했다. 황제는 떠난 지 제법 되었는데 이게 무슨 소린가 싶었다. 이영은 급히 공력을 끌어올렸다.

소리가 난 쪽에서 무수한 발소리가 들려왔다. 윤극사도 아주 많은 사람들이 오고 있는 것을 느꼈다.

이영이 가슴을 쓸어 내리며 말했다.

"황제가 돌아온 모양이군요. 그냥 떠나지 않고……. 결국 송산 선생을 보고 말겠어요."

휙휙! 하고 경신술을 펼쳐서 달려오는 사람들의 소리가 들려왔다.

이영은 윤극사를 안으며 말했다.

"소신의, 우리 처소로 돌아가요."

그러나 이미 늦어버렸다.

그들의 처소가 있는 쪽에서 사람들이 나타나며 소리쳤다.

"황제 폐하 납시오!"

윤극사와 이영은 버드나무 뒤에 몸을 숨겼다. 이내 한 무리의 사람들이 연못가로 몰려들어 왔다. 황제의 난가가 바로 눈에 들어왔다.

'낭패다!'

이영은 속으로 부르짖었다. 나가서 땅에 엎드리기에도 이미 늦었다.

이영은 주위를 둘러보다가 정원에 한쪽에 있는 자그마한 돌문을 발견하고 윤극사를 안은 채 몸을 날렸다.

돌문은 굳게 닫혀 있었지만 윤극사가 손을 한 번 갖다 대자 소리없이 열렸다. 이영은 굳게 닫혀 있는 것이 오히려 다행이구나 싶었다. 꼭 닫혔던 문이니 누구도 들어오지 않을 것 같았다.

들어가자마자 문을 닫은 후 다시 열리는가 시험해 봤지만 요지부동이었다. 윤극사가 특별한 수법으로 문을 열었기 때문에 가능한 일이었던 것이다.

"휴……. 큰일 날 뻔했어요."

이영이 숨을 내쉬며 윤극사의 귀에 대고 속삭였다. 두 사람이 들어선 곳은 빛 한줄기 들지 않는 장소였다.

이영은 안력을 돋우었지만 겨우 서너 자 앞을 희미하게 볼 수 있을 뿐이었다.

윤극사에게 물었다.

"소신의, 보여요?"

윤극사가 나직하게 이영에게 말했다.

"보여요. 여긴 사당(祠堂) 비슷해요."

이영도 향 냄새를 맡을 수 있었다.

윤극사가 말했다.

"혹시 민천자의 조상들을 모신 사당이 아닐까요?"

이영은 그럴 리가 없다고 생각했지만 단정할 순 없었다. 천자가 된 민소동이 사당을 이런 굴 같은 장소에 둘 리가 없었지만 황제의 행궁 속에 다른 사람의 사당이 있다는 것도 말이 되지 않았다.

"아닌 것 같아요."

하고 윤극사가 말했다.

윤극사는 이영의 손을 끌어서 안으로 걸어갔다. 익숙한 무엇인가가 윤극사의 마음을 끌어당기고 있었다.

이영이 물었다.

"뭐가 있어요?"

윤극사가 이영의 귀에 대고 속삭였다.

"내가 아는 게 있는 것 같아요."

말을 한 윤극사는 손가락을 퉁기며 앞으로 내밀었다. 순간 윤극사의 오른손 검지에서 밝은 빛이 뿜어져 나왔다. 눈이 부셨다. 윤극사가 빛을 약하게 하자 석실 내부가 점차로 뚜렷하게 보이기 시작했다.

석실은 장방형이었다. 이영은 윤극사가 넋을 잃고 굳어져 있는 모습을 보았다. 윤극사의 몸이 떨리고 있었다.

"소신의……."

이영이 어쩔 바를 모르고 그를 작은 소리로 불렀다.

"영……."

윤극사는 무릎을 털썩 꿇고 주저앉았다. 손으로 앞을 가리키며 입술을 달짝이는데 말이 잘 나오지 않았다. 그제야 이영은 윤극사가 가리키는 곳을 보았다.

커다란 향로가 놓여 있는 뒤에 아홉 개의 석상이 놓여 있는데, 높이는 세 자 남짓했다. 그리고 그 뒤에는 눈에 익은 듯한 산을 배경으로 여러 채의 건물이 보였다.

"제세원?"

이영이 아연실색하며 내뱉었다.

윤극사가 온몸을 기울이며 끄덕거렸다. 그의 앞에 제세원을 그린 그림과 구신의(九神醫)의 상(像)이 있었다.

제세원, 제세원… 바로 제세원이었다.

윤극사는 구신의를 조각한 석상 앞에 엎드려 몇 번이고 절을 했다. 어떻게 해서 황제 민소동의 행궁에 제세원과 구신의를 기리는 제단(祭壇)이 마련되어 있는지는 알 길이 없었지만 그 제단에 절할 수 있는 것을 하늘에 감사했다.

손가락에 밝혔던 불은 사라졌고 어둠 속에서 윤극사는 오열했다. 먼 곳을 떠돌다가 어머니 품으로 돌아온 탕아(蕩兒) 같은 심정이었다.

울음은 기관이 작동하며 석실의 문이 열리는 순간까지 계속되었다.

'하필이면…….'

우는 윤극사를 안고 있던 이영은 기관이 움직이는 소리가 들리는 즉시 윤극사를 안은 채 앞으로 몸을 날려 향로 뒤에 숨었다.

문이 열리고 빛이 들어왔다. 그리고 다른 종류의 빛이 석실을 채우면서 문이 닫혔다.

이영은 윤극사가 엎드렸던 자리에 어떤 흔적이라도 남지 않았을까 싶어서 노심초사했다. 윤극사의 눈을 보니 토끼눈처럼 빨갛게 변해 있었다.

석실에 들어온 사람은 한 명이었다. 그러나 벽면에 비친 그림자는 수십 명이 들어와 있는 것처럼 보였다. 그림자의 개수는 불빛의 개수와 일치하지 실체의 개수와는 일치하지 않기 때문이다. 하나의 실체가 만들어낸 수십 개의 그림자는 모두 머리에 커다란 관(冠)을 쓰고 있었다.

그런 관을 쓰는 사람은 황제뿐이었다.

—민천자예요!

하고 이영이 전음으로 윤극사에게 말했다.

이영이 소리를 죽여서 침을 삼켰다.

'숨느라고 숨은 장소에 황제가 들어오다니…….'

들키지 않기를 바랐다. 황제가 빨리 나갔으면 싶었다. 향로가 크다

곤 하지만 이영과 윤극사가 뒷면에 붙으니 꽉 찼다. 황제가 옆으로 돌아서 오기만 해도 들통나고 말 것 같았다.

윤극사는 한바탕 울고 난 후에 마음이 차분하게 가라앉은 상태였다. 황제가 들어왔다는 이영의 말을 듣고 생각했다.

'여기는 사숙들의 조상(彫像)이 있는 제단이다. 민천자가 우리 제세원을 기리기 위해서 만들어놓았을까? 그가 황제가 되기 전에 우리 제세원과 인연을 맺은 적이라도 있는 것일까? 아니다. 그럴 리가 없다. 황제가 된 사람이 누구의 눈이 무서워서 멀리 떨어진 행궁의 땅 밑에 제단을 만든단 말인가.'

황제는 향로에 다가와 자기 손으로 향을 피운 후 물러섰다. 윤극사와 이영은 불붙인 향을 높이 든 황제의 손을 볼 수 있었다. 마치 늙은 농부의 손처럼 거칠고 두터운 손이었다.

황제의 그림자가 앉는 것이 보였다.

황제는 무릎을 꿇고 제단 앞에 절을 했다.

이영과 윤극사는 숨이 막혔다. 숨어서 황제의 절을 받고 있다는 사실에 몸이 오그라들 것 같았다. 거대한 힘이 온몸을 쥐어짜는 느낌이었다.

황제는 절을 마친 후 단정히 앉더니 나직한 음성으로 말했다.

"민소동은 언제까지고 마음을 바꾸지 않겠소. 한마음 한뜻으로 백성을 보살피고 하늘을 두려워하며 땅을 경영하여 헐벗고 주린 자들이 없도록 할 것이며, 황궁을 백성들의 재물로 채우지 않겠소. 저승에서 그대들을 다시 볼 때 부끄러워 숨는 민소동이 되지 않을 것을 맹세하오."

윤극사는 황제의 말을 듣고 가슴이 짠하게 울리는 감동을 받았다.

이영도 민천자가 아주 훌륭한 황제라는 생각을 했다.

황제는 입을 다물고 눈을 감은 채 묵묵히 깊은 생각에 잠겨들었다.

이영은 그때 빠져나가려는 마음을 먹었지만 황제가 주는 기묘한 중압감에 눌려서 선뜻 마음이 움직이지 않았다.

적지 않은 시간이 지났다.

이윽고 황제가 눈을 뜨더니 나지막한 음성으로 말했다.

"그대들은 아직 떠나지 않았는가?"

이영은 심장을 바늘로 찔린 듯이 놀랐다. 황제의 음성은 천둥 소리보다 더 세게 고막에 울린 것 같았다.

전신에 맥이 쑥 빠지는데 윤극사가 그녀를 붙잡았다. 겨우 힘을 추스를 수 있었다. 윤극사는 이영의 손을 잡고 향로 뒤에서 걸어나갔다.

민천자가 그들을 올려다보고 있었다. 윤극사는 그를 향해 허리를 숙였다.

민천자가 가만히 윤극사와 이영을 보더니 말했다.

"내 목을 가져가기 위해서 기다렸는가?"

윤극사가 머리를 저었다.

"아닙니다."

민천자가 바닥을 가리키며 말했다.

"앉게. 나는 들판에서 살던 사람이라 남들이 보지 않을 때는 아무 곳에나 앉는다네."

윤극사는 민천자가 가리킨 곳에 엎드렸다. 이영이 따라서 엎드린다.

민천자는 다시 무슨 생각을 하는 듯 아니면 어떤 변화가 일어나기를 기다리는 듯 말이 없었다. 윤극사와 이영이 향로 뒤에 숨어 있었던 것을 탓하는 기색도 아니었다.

민천자가 문득 물었다.

"저분들을 아는가?"

"예."

윤극사는 즉시 대답했다.

"그랬군."

민천자가 머리를 끄덕였다.

"그대한테서는 제일신의 이청무가 느껴졌어."

"그분께 배웠습니다."

윤극사가 대답했다.

민천자는 또 머리를 끄덕였다. 짐작하고 있었다는 듯한 태도였다.

민천자가 느릿하게 말했다.

"나는… 그와 친구였네."

윤극사가 머리를 조아렸다.

민천자가 말했다.

"나를 도와주겠는가?"

윤극사가 물었다.

"어떤 일입니까?"

민천자가 말했다.

"황제는 나라를 다스려도 병을 다스리진 못하네. 병을 다스려 우리 백성을 편안하게 해주게."

윤극사는 일어나서 절을 하며 말했다.

"힘을 다하겠습니다."

민천자는 일어나서 그의 손을 잡았다가 놓은 후에 석실을 나갔다. 불이 꺼진 석실에 남아서 윤극사와 이영은 민천자를 만난 것이 꿈인지 생시인지 혼란스러웠다.

민천자는 황제인데, 황제가 아닌 사려 깊은 노인을 만난 듯한 기분이었다.

이영이 작은 소리로 말했다.

"여우에게 홀린 것 같아요."

두 사람은 석실 근처에 다른 사람이 없다는 것을 확인하고 밖으로 나왔다. 해가 좀 더 서쪽으로 갔을 뿐 연못과 정원은 그들이 석실로 들어가기 전과 다름이 없었다.

연못을 따라 걸으며 숙소로 돌아가는 중에 오래된 비석(碑石)을 발견하고서야 윤극사와 이영은 그곳이 바로 황제의 목적지였던 화청궁이라는 사실을 알았다.

화청지라는 연못이 있는 곳은 화청궁 외엔 없었다. 숙소에 들어서니 승상이 두고 간 편지가 있었다.

신선 같은 두 사람을 청하고도 만나지 못했으니 애석하다는 말과 하늘땅의 복록(福祿)을 길이 누리라는 말, 그리고 더 이상 보호할 수 없으니 곱사등이노인을 만나면 조심하라는 당부의 말이 적혀 있었다.

이영이 편지를 읽고 자세한 정황을 윤극사에게 말해 주었다.

"송산 선생의 말에 의하면 곱사등이노인은 원래 민소동의 비밀 호위였지만 그 후 일태자의 비밀 호위가 되었다가 송산 선생을 호위하게 됐으나 일태자가 다시 그를 소환했다고 하는군요. 송산 선생은 그 꼽추노인으로 하여금 우리를 보호하게 했는데 갑자기 소식이 끊어져서 조사하다가 일태자의 소환을 알게 되었다고 해요.”

이영은 일태자라는 말을 할 때마다 입술을 깨물었다.

윤극사는 가만히 듣다가 말했다.

“그 노인은 죽었어요.”

“예?”

이영이 반문했다.

윤극사는 의자에 몸을 깊숙이 묻으며 말했다.

“내가 죽인 것 같아요.”

이영이 물었다.

“언제요?”

윤극사가 대답했다.

“단풍나무 숲의 오두막에서 잘 때…….”

이영은 마른침을 삼켰다.

“제가 자고 있을 동안이었나요?”

“나도 자고 있을 때였어요.”

하고 윤극사가 대답했다.

이영이 물었다.

“그럼 꼭두가?”

“그랬을 것 같아요.”

윤극사도 잘은 모른다는 말이었다.

윤극사가 멍하니 천장을 올려다보며 말했다.

“난…… 제세원과 나, 그리고 영은 커다란 소용돌이에 빠진 것 같아

요. 수병곡을 나온 후부터.”

윤극사를 따라서 올려다보던 이영은 정말 천장이 소용돌이처럼 빙빙 도는 듯이 느껴져서 눈을 감았다.

땅속으로 빨려 들어가는 것 같았다.

윤극사의 말처럼 윤극사는 수병곡을 나온 후부터 마치 뜨거운 불을 가슴에 안고 있는 사람처럼 불안스러워 보였다.

벌겋게 단 쇳물이 일렁거리는 듯했다. 큰바람이 분 후 물가에 억지로 버티고 선 버드나무 같았다.

제8장 달빛 아래의 맹세

양귀비와 현종의 전설이 고스란히 남아 있는 화청궁에 가서 다섯 개
의 목욕탕은 보지도 못하고 떠났다.

서안을 지나쳐서 종남산으로 들어가 은행나무 숲에서 무덤을 찾아
보았다. 윤극사가 꿈에 만든 무덤은 흔적만 남아 있었다.

우묵한 흙과 흩어진 나뭇가지들이 정말 무덤이 존재했었음을 밀해
주었지만 시체는 짐승이 물어갔는지 보이지 않았다.

꿈이었지만 꿈만은 아니었고 꿈꾸지 않으면서 했던 일도 아닌 기괴
한 일이었다.

제세원의 자리에 서 있는 신생조화문까지 갔다가 윤극사는 길이 아
닌 곳으로 꾸불꾸불하게 걸어서 서안의 성밖 서남쪽 구릉지에서 멈췄
다.

땅은 척박하고 자갈과 모래가 뒤섞인 위에 가시덤불이 점점이 서 있
는 곳이었다. 길도 없는 그곳에는 열두어 살배기 아이들이 몰려와 전
쟁놀이를 하느라 소란했다.

"와! 이궁을 잡아라!"

하는 소리를 지르며 한 무리의 아이들이 달려가고, 다른 무리의 아
이들이 또 반대쪽에서 막대기를 휘두르며 달려가는 것이 보였다.

윤극사는 발끝으로 땅을 두드리며 말했다.

"여기예요."

그 한마디로 장소가 결정되었다.

"와, 예쁘다!"

전쟁놀이를 하던 꼬마들 중 하나가 이영을 보고 소리쳤다. 다른 아
이들도 싸움을 멈추고 언덕배기를 본다.

아이들이 누구보다 더 예쁘다는 둥 누구만큼은 안 이쁠 거라는 둥
자기들끼리 이영의 미모를 두고 평한다.

윤극사는 그들에게로 걸어갔다.

아이들은 윤극사의 허리에 걸려 있는 검을 보고 흠칫 놀란 표정을
지었다. 윤극사는 큰 키에 어깨가 넓은 데다 표정도 어두웠다. 몇 명의
아이들이 슬금슬금 달아났다. 그러나 여전히 많은 아이들이 윤극사와
이영에게 호기심을 느낀 듯 가지 않고 있었다.

모자를 투구처럼 쓴 아이가 윤극사의 검을 가리키며 물었다.

"그거 진짜 칼이에요?"

"그래."

하고 윤극사가 대답했다.

그 아이가 다시 물었다.

"한번 만져 보면 안 돼요?"

윤극사는 검을 뽑아서 아이에게 건네주었다.

그러자 다른 아이가 검을 향해 달려들면서 말했다.

"아저씨! 나도 한 번만 만지게 해줘요!"

모자 쓴 아이는 옆으로 피하면서 소리쳤다.

"비켜, 나한테 줬단 말이야!"

윤극사는 바위에 걸터앉았다. 아이들이 옥신각신하면서도 검을 만져 보고 있었다.

이영은 걱정이 되어 물었다.

"검이 날카롭던데 아이들이 다치지 않겠어요?"

"괜찮아요. 기운이 들어가지 않으면 아무도 다치지 않아요."

윤극사가 대답했다.

그때 아이들 중 한 명이 소리쳤다.

"이건 가짜야! 날도 없어. 우리 형 건 이렇지 않았다구!"

나른 아이가 말했다.

"그래도 무거운데. 쇠로 만들었어."

먼저 소리친 아이가 말했다.

"길이도 짧아. 칼은 이… 이만큼은 해야지."

한 아이가 돌을 집어서 윤극사에게 던지며 말했다.

"엉터리 무사야. 겁낼 것도 없어."

돌은 윤극사의 어깨 너머로 날아갔다. 아이들은 윤극사가 가만히 있자 덩달아 돌을 들고 던지며 소리쳤다.

"야이 가짜야!"

십여 개의 돌이 윤극사를 향해 날아왔다. 그러나 하나도 맞지 않고 그의 뒤로 날아가거나 앞에 떨어져 버렸다. 이영을 향한 돌은 없었다.

윤극사는 그냥 가만히 있었다. 아이들이 노는 것은 어디나 비슷한 데가 있었다. 낯선 사람을 보면 어른이고 어린아이고를 불문하고 해코지를 하려는 습성을 가졌다.

어릴 적에도 다른 얼굴의 다른 아이들이 이런 식의 장난을 하는 걸 많이 봤었다. 이럴 때면 으레 어른들은 회초리를 휘두르며 쫓아가거나 큰 소리로 욕을 퍼붓곤 했었다.

윤극사는 그때를 생각하자 저절로 웃음이 나왔다.

'내가 언제 어른이 되어버렸을까? 제세원에 처음 왔을 때만 해도 난 아직 어렸는데……'

그의 웃음이 아이들의 심기를 건드린 모양이었다.

아이 하나가 말했다.

"어! 저 가짜가 겁도 안 내네. 우리 이 칼을 숨겨 버릴까?"

그러자 다른 아이가 말했다.

"아니야. 저 가짜 놈을 쫓아버리고 예쁜 여자를 우리가 차지하자."

윤극사와 이영이 황당하여 서로 얼굴을 마주 보았다. 아무리 짓궂은 아이들이라 해도 그 말은 결코 아이들이 할 말이 아니었다.

와! 하며 아이들이 또 돌을 던졌다.

윤극사는 벌떡 일어서며 손을 앞으로 내밀었다. 순간 한 아이의 손에 들려 있던 윤극사의 검이 공중으로 휙 날아올라서 윤극사의 손으로 돌아왔다.

“엇!”

아이가 놀라서 소리쳤다.

윤극사가 왼손을 한 번 흔들자 돌들은 바람에 쓸린 가랑잎처럼 한쪽으로 날아가 떨어졌다.

“히익!”

어떤 녀석이 놀라서 목을 움츠렸다. 가짜 놈을 쫓아버리고 예쁜 여자를 차지하자고 선동하던 놈이었다.

한 아이가 검을 들고 있다가 놓쳐 버린 아이에게 소리쳤다.

“바보 자식아! 칼을 돌려주면 어떻게 해!”

“그게 아니란 말이야!”

그 아이가 마주 소리쳤다.

“그럼 칼이 저절로 날아갔다는 거야 뭐야!”

“정말 그랬다니까! 그냥 휙 날아갔어!”

아이들은 아무 말이나 들은 대로 따라 하기 마련이다.

윤극사는 불한당들이 하는 소리를 아이들이 따라 했거나 전공(戰功)을 세워 일시 고향에 돌아온 군인늘이 하는 말을 들었을 거라 생각했다.

전쟁 속에서 깨어진 눈에 보이지 않는 것들의 일부가 바로 아이들의 거친 말투일 것이었다.

윤극사는 제일 먼저 말을 걸었던 모자 쓴 아이를 손짓으로 불렀다.

아이가 우물쭈물하면서 다가왔다. 다른 아이들은 이제 세가 불리함을 알고 내뺄 준비를 하고 있었다.

아이의 얼굴이 빨갛다.

"나, 난 아무 짓도 안 했어요."

이영은 그 아이가 돌을 던지는 것을 분명히 보았다. 아이의 모자 위에 꿀밤을 먹이며 말했다.

"나도 아무 짓도 안 했어."

아이가 눈물을 찔끔하고 고개를 푹 떨군다.

"잘못했어요."

한 번만 소리쳐도 울음을 터뜨릴 기세다.

윤극사가 물었다.

"여기는 누구 땅이냐?"

아이가 고개를 번쩍 들었다. 그리고 주춤 물러서며 말했다.

"아저씨 땅이었어요? 우린 몰랐어요. 주인없는 땅인 줄 알고 와서 놀았는데……."

다른 아이들의 얼굴에도 후회 막급이라는 표정이 떠올랐다. 땅주인을 욕하고 놀렸으니 다시는 와서 놀기 틀렸다는 얼굴들이었다.

윤극사는 아이들을 돌아가게 한 후에 구릉지 전부를 둘러보았다. 오만 평 내지 육만 평 정도 되는 넓은 땅이었다.

그러나 그곳에는 물도 없고 길도 없었다. 땅도 자갈과 모래가 대부분이라 곡식을 심을 만한 곳이 못 되었다.

하지만 윤극사는 그곳 외엔 제세원을 다시 세울 자리가 없다고 생각했다. 혼돈석유가 그곳에서 나올 것이란 확신이 있었기 때문이다.

두 사람은 객점으로 돌아와서 점원에게 좌안천리를 불러달라고 했다.

좌안천리는 부리나케 달려와 대체 어딜 갔었냐며 물었다.

신생조화문의 높은 사람에게 이야기를 다 해놨는데 윤극사가 안 보여서 진땀을 뺐다는 말이었다.

윤극사는 얼버무려서 그의 대답을 피하고 서남쪽에 있는 불모지에 대해 물어보았다.

좌안천리 오동석은 정말 앉아서 천 리를 보는 듯이 그 땅에 대해 말해 주었다. 주인이 여섯 번 바뀐 땅이며 이전 주인들은 모두 그 땅을 이용해 보지도 못하고 죽었는데, 지금은 사가장(査家莊)의 소유라고 했다.

사가장은 서안에서만도 주루(酒樓)와 객점(客店)을 열세 개나 가지고 있으며 대규모 양조장(釀造場)과 포목점까지 소유한 거부였다.

오동석에게 사례금조로 지난번에 주었던 만큼의 금을 주어 보내며 윤극사는 신생조화문의 일은 없던 것으로 하자고 했다.

오동석은 몹시 아쉬워했지만 더 이상 욕심을 부리진 않았다.

밤이 으슥해진 후에 윤극사는 이영의 손을 잡고 산보하는 듯이 객점 밖으로 나왔다. 서안은 불야성을 방불케 했다.

넘쳐 나는 활력으로 밤에도 거리는 밝았고 점포들은 문을 열고 있었으며 주루와 객점은 요란했다. 황제의 업적과 전쟁 중인 장군들의 군공을 말하는 사람들의 입에선 침이 튀고, 성안을 조용히 돌고 있는 야경군(夜警軍)은 사람들로 하여금 밤을 두려워하지 않게 만들었다.

약재와 의료 기구를 취급하는 점포에 들러서 은침을 종류별로 골고루 샀다. 이청무에게 받았던 침은 이미 많이 잃어버렸기 때문에 새 침으로 보충했다.

"가야겠어요."

하고 윤극사가 말했을 때 이영은 금방 알아듣지 못했다. 하지만 항상 그래 왔던 것처럼 윤극사가 어떤 결정을 내렸거니 하고 순순히 따랐다.

윤극사는 성의 남문으로 걸어가며 이영의 손을 꼭 잡고 말했다.

"영, 오늘 밤에는 항상 내 뒤에 있어요."

이영은 '예' 하고 대답했다. 윤극사의 음성에 결연한 의지가 깃들어 있는 것으로 느껴졌다.

신생조화문으로 가는구나 싶었다.

남문에 이르고 보니 성문이 닫혀 있었다. 성벽 위에 병사들이 오가며 파수를 보고 있고, 횃불들이 일정한 간격을 두고 타올랐다.

윤극사는 병사들의 눈을 피해 이영의 손을 잡은 채 성벽을 언덕 넘듯이 넘어갔다. 성벽을 넘어 밖으로 나오는 데는 성문을 걸어서 지나는 것보다 오히려 더 빨랐다.

이영은 윤극사의 발을 보았으나 특별하게 빨리 걷는 것도 아니었다. 어찌어찌 걸었는데 금세 성밖이 되었던 것이다.

이상하다는 생각이 들었다.

"소신의, 이건 어떤 수법이에요?"

하고 물었다.

"나도 몰라요."

윤극사가 작은 소리로 대답했다.

"영, 눈을 감고 걸어요."

이영은 한 번씩 윤극사가 신기한 능력을 보여주는 것이 기쁘고 놀라우면서도 두렵기도 했다. 가슴을 설레며 눈을 감았다.

윤극사는 서두르는 기색 없이 꾸준하게 걸었다. 이영은 어떤 신기한 일이 있을지를 기대하며 그가 이끄는 대로 걸었으나 아무런 이상한 점도 없었다. 그게 이상해서 살며시 눈을 떴다. 순간 어둠이 그녀를 확 덮쳐 왔다.

"앗!"

이영은 비명을 지르며 멈춰 서버렸다. 그 바람에 윤극사의 손을 놓쳤다. 이영은 하늘과 땅이 흔들리는 것 같았다. 머리가 어질어질했다.

금방 손을 놓친 윤극사의 모습이 수십 장 밖에 있었다. 달빛이 아니라면 보이지도 않을 거리였다.

다시 윤극사가 그녀의 곁으로 돌아와 손을 잡았다. 멀리서 조그맣게 보이던 윤극사의 모습이 소리없이 커지더니 그녀의) 곁에 선 것이었다.

이영은 윤극사의 가슴에 머리를 기댔다. 아직도 세상이 빙빙 도는 것 같았다. 무공이 아무 소용 없다는 생각이 들었다.

이영은 마등곡에서 절대고수들이 남겨준 무공들을 모두 머리 속에 담고 수시로 연구하며 익혔지만 윤극사가 가끔 보여주는 이상한 능력에는 무력감을 느낄 뿐이었다.

무공은 아무리 뛰어나고 대단한 것이라 해도 인간의 것이라는 생각이 들었지만 윤극사가 하는 것은 신선(神仙)의 것이라 여겨졌다.

그녀가 알고 있는 무공 중에는 축지성촌(縮地成寸)이라는 이름이 붙어 있는 경신법이 세 가지나 되었지만 그만큼 빠르다는 표현일 뿐 아주 특별한 것은 아니었다. 그러나 윤극사가 펼친 그 수법은 달랐다.

이영이 이마를 짚으며 물었다.

“축지(縮地)… 축지인가요?”

“나도 몰라요.”

윤극사가 대답했다.

“대지의 기운 위를 기운으로 디디며 마음으로 흐르고 흐르는 대로 걸었어요.”

이영은 그것이 바로 전설 속에 나오는 축지구나 하고 생각했다. 윤극사는 이런 것을 스승에게 배운 것이 아니기 때문에 할 줄 알면서도 이름을 붙이지 못했으니 남이 무엇인가 하고 물으면 모른다고밖에 대답하지 못하는 것이었다.

그런 질문은 윤극사에게 남의 집 강아지 이름이 누렁인지 삽살이인지를 묻는 것이나 마찬가지였다.

윤극사가 손으로 땅을 가리키며 말했다.

“영, 가만히 땅을 봐요. 그 위에 흐르는 기운의 강(江)이 있어요. 우리 인체에 경락(經絡)이 있듯이 땅에도 경락이 있어요.”

이영은 자세히 땅을 보았지만 윤극사가 말한 기운의 강을 볼 수는 없었다. 윤극사의 꼭두를 노력하여 볼 수는 있게 되었지만 아직도 그녀는 기운을 눈으로 보는 데 아주 서툴렀다. 겨우 눈을 뜬 정도였다.

땅에 비친 달빛만이 망막을 채웠다.

이영이 말했다.

“소신의, 그럼 땅에 경혈(經穴)도 있겠군요.”

“그래요.”

윤극사가 말했다.

“온갖 성질을 가진 경혈이 있어요. 그리고 혈맥(血脈)도 있어요.”

이영은 웃었다. 윤극사가 그런 설명을 하자 풍수지리(風水地理)를 하는 지관(地官) 같았다.

"소신의, 이제 풍수지리에도 도통하셨군요."

이영이 장난스럽게 말하자 윤극사는 계면쩍게 웃었다.

"실은 낮에 혼돈석유의 맥을 찾아서 땅만 보고 걷다가 문득 땅 위로 흐르는 기운의 강을 탈 수 있지 않을까 하는 생각이 들었어요. 실험을 해보니 과연 되는군요."

이영이 한숨을 쉬며 말했다.

"전 원래 신선을 믿지 않았어요. 그냥 보통 사람들이 무공이 높은 고수를 보고 지어낸 말이겠거니 했어요. 한데 소신의를 만난 후부터 그런 이야기들이 모두 허황된 것은 아니라고 생각하게 되었어요."

이영이 방긋 웃으며 말했다.

"이제 소신의라는 말보다 소신선(少神仙)이라고 불러야겠어요."

윤극사의 얼굴이 붉어졌다.

"영, 그러지 말아요."

이영이 웃으며 말했다.

"당신은 소신의고 또 소신선이니 제가 죽더라도 저승에 와서 염라대왕 손에서 저를 구해주실 수 있겠죠? 전 당신이 구해줄 때까지 염라대왕이 저를 깔보지 못하도록 이렇게 말하겠어요. '제 남편은 소신의(少神醫)이자 소신선인 분이니 저를 잘 대접했다가 남편이 왔을 때 함께 보내주세요. 그렇지 않았다가는 제 남편이 아픈 침으로 대왕님의 손톱 밑을 콕콕 찌를지도 몰라요' 하고요."

갑자기 윤극사가 정색을 하며 단호한 어조로 말했다.

“당신은 죽지 않아요.”

이영이 흠칫하며 조심스럽게 입을 열었다.

“제가 경망스럽게 말을 잘못했는가요?”

윤극사가 머리를 젓고 그녀를 안으며 부드럽게 속삭였다.

“누구도 당신을 데려갈 순 없어요, 아무도.”

이영은 가슴이 뭉클해져서 말했다.

“전 항상 당신 곁에만 있겠어요. 하지만 제가 너무 부족해요. 당신을 속박하고 있지는 않은가 싶어서 두려울 때가 많아요.”

윤극사가 그녀의 눈을 내려다보며 머리를 흔들었다.

이영은 윤극사의 등을 꽉 안으며 작은 소리로 심중에 담고 있던 말을 토해냈다.

“당신은 너무 훌륭해요. 저는 보통 계집아이고요. 당신이 이렇게 훌륭한 사람인 줄 알았더라면 전 감히 당신을 따라나설 생각도 하지 못했을 거예요.”

“아니에요.”

하며 윤극사가 그녀의 등을 쓸어주었다.

이영도 아니라고 하며 고개를 저었다.

“저는 당신이 훌륭한 사람, 큰 사람인 줄만 알았지 신선 같은 사람인 줄은 몰랐어요. 전 당신이 어느 날 훌쩍 날아가 버릴까 싶어서 두려워요. 하지만 전 언제까지나 당신 곁에 있고 싶어요.”

이영은 결국 훌쩍거리며 울었다. 항상 내면을 적시며 가슴에 차 있던 불안과 두려움이 눈물이 되어 조금씩 흘러나왔다.

윤극사가 말했다.

“난 당신 곁에 있어요. 영을 고생만 시키면서……”

“당신만 있으면 힘들지 않아요.”

이영이 윤극사를 올려다보며 말했다.

“당신이 떠나는 게 두려워요. 그래도 당신에게 맹세하라고 하지도 못하겠어요. 떠나는 것이 당신의 길일지도 모른다는 생각 때문에……. 더구나 당신은 수병곡 이후로 저한테 너무 잘 대해……”

윤극사는 그녀를 안아 들고 입을 맞추었다. 긴 입맞춤 뒤에 윤극사는 이영의 손바닥에 ‘일편단심(一片丹心)’ 네 글자를 적었다. 맹세였다.

이영은 윤극사의 목을 감고 아기처럼 가만히 있었다. 달빛 아래서 이슬에 두 사람이 함께 젖었다.

윤극사는 이영을 안은 채 걸었다.

땅으로 흐르는 기운의 강을 밟고 천천히 한 걸음씩 나아갈 때마다 주위의 경물은 무시무시한 속도로 지나갔다. 윤극사는 옷자락도 흔들리지 않았지만 이영은 길이 휘어지고 검은 언덕과 산이 물결처럼 출렁이는 것을 보았다.

경신술을 빠르게 펼쳐서 달려갈 때는 사물이 서 있는 것처럼 보이는 경우가 있었지만 지금은 모든 것이 그녀를 향해서 달려오는 듯이 보였다.

시꺼먼 종남산이 그녀를 향해 덮쳐들고 있었다. 이영은 도저히 눈을 뜨고 견딜 수가 없어서 꼭 감아버렸다.

윤극사가 걸음을 멈춰서 이영이 눈을 떴을 때 그들은 신생조화문을 삼십 장 정도 밖에서 보고 있었다.

사람 냄새를 맡았는지 신생조화문 안에서 개 짖는 소리가 왕왕거렸다.

윤극사는 바람 속에 묻어 있는 혼돈석유의 냄새를 맡았다. 가만히 맡고 있으면 약간 취한 듯 기분이 좋기도 하고 다시 들이키고 싶어지는가 하면 머리가 어지럽기도 한 특이한 냄새였다.

신생조화문의 이상하게 생긴 건물들에는 불이 많이 켜져 있었지만 잠자지 않는 사람들이 많은 것 같지는 않았다.

개소리는 요란했지만 지키고 있는 사람은 지난번에도 보지 못했고 지금도 보이지 않았다.

윤극사는 문으로 다가갔다. 그가 문 앞에 섰을 때 어디선지 음산한 음성이 들려왔다.

"누구냐?"

소리가 난 곳은 문 옆에 있는 동그란 구멍이었다.

윤극사는 문을 손으로 짚으며 말했다.

"제세원 말의(末醫) 윤극사."

안쪽에서 개들이 문을 긁으며 왕왕거려서 귀가 아플 지경이었다. 동그란 구멍에서 다시 소리가 나왔다.

"잘못 찾아왔다. 여기는 아무나 오는 곳이 아니다. 돌아가라."

여전히 음산한 소리였다.

윤극사가 문을 밀면서 말했다.

"허락을 받으려고 말한 것은 아니오."

"뭣?"

구멍 속의 음성에 노기가 서렸다. 그때 문이 그륵 소리를 내며 열렸다. 다른 목소리가 급히 터져 나왔다.

"누가 문을 열었느냐?"

윤극사가 문안으로 들어가며 말했다.

"내가 열었소."

고함 소리가 요란하게 터져 나왔다.

"예사 놈이 아니다! 죽여라!"

윤극사는 이영을 잡았던 손을 놓으며 검으로 기둥을 툭, 하고 건드렸다. 드르르륵, 크럭, 크럭 하는 소리가 나다가 잠잠했다.

"기, 기관 장치가 멈췄다!"

휙휙! 하는 바람 소리, 급한 발소리가 연이어 들렸다. 개들이 윤극사를 향해 벌 떼처럼 덮쳐들었다.

윤극사는 숨을 길게 들이마셨다가 휘유! 하며 내뿜었다.

목과 다리가 길고 입이 늑대처럼 앞으로 나온 검은 개들이 화살 맞은 기러기처럼 우수수 떨어졌다.

십독십이약이 발휘된 것이었다.

여러 곳에서 달려오던 무사들이 놀라며 멈춰 섰다.

윤극사는 쓰러져서 화석처럼 굳어 있는 개들 사이로 걸어갔다.

문을 지난 다음에는 깨끗한 벽돌이 깔린 넓은 길이 있고 그 양 옆으로는 마차를 세워두는 큰 마당이었다.

무사들은 담장 속에서 뛰쳐나오고 누각 위에서 날아 내렸으며 안쪽에 보이는 또 하나의 담장을 넘어서 달려왔다.

도검과 창날이 달빛을 어지럽게 반사시켰다.

이영은 윤극사가 지난번에 편하게 제세원의 옛터를 걸어보고 싶다고 했지만 이런 밤중에 와서도 태연히 정문으로 들어갈 줄은 몰랐다.

언제든지 손쓸 준비를 하고 그의 뒤를 따라가고 있었지만 얼떨떨한 심정이었다. 사람들이 윤극사를 포위하며 접근했다.

그러나 윤극사는 걸음을 멈추지 않고 경치를 둘러보듯 주위를 둘러보며 내문(內門)을 향해 걸었다. 수십 마리의 개가 쓰러졌고 사십여 명의 무사들이 둘러쌌지만 그의 눈에는 보이지도 않는 것 같았다.

산보 나온 듯한 그의 태도에 무사들이 오히려 위축당했다.

"누, 누구요?"

한 무사가 윤극사가 다가온 만큼 물러서며 소리쳤다.

순간 이영은 자기가 환상을 보는 듯한 착각에 빠졌다.

윤극사는 걸어가고 있는데 윤극사에게 누구냐고 소리쳤던 무사의 얼굴을 다른 한 명의 윤극사가 손바닥으로 덮고 있었다.

쿵! 소리를 내며 무사는 쓰러졌다. 윤극사는 이영의 앞에 그대로 있었다. 그러나 또 다른 무사를 또 다른 윤극사가 얼굴을 덮어서 쓰러뜨렸다. 서너 걸음 걷는 사이에 사십여 명의 무사들이 아무 소리도 내지 못하고 쓰러졌다.

"꼭두?"

하고 이영이 물었다.

윤극사는 가볍게 미소만 지었다. 쓰러진 사람들의 미간에 박힌 침이 월광에 반짝였다.

쓰러진 개와 사람들을 뒤로하고 윤극사는 내문을 향해 걸었다. 아무도 저지하지 않았고 시끄럽게 구는 것도 없었다.

이영은 윤극사가 신생조화문을 완전히 뒤집어놓을 작정인가 보다 하고 생각했다.

윤극사는 내문에 손을 대고 미는 중이었다.

외문(外門)에 기관이 장치되어 있는 것으로 봐서 내문에도 장치가 되어 있었겠지만 윤극사의 손이 닿는 순간 그런 것은 무용지물이 되었는지 아무런 반응이 없었다.

이영은 빗장이 스스로 벗겨지는 소리만 들었다. 문이 삐이이, 하는 소리를 내며 열렸다. 원통처럼 생긴 건물과 상자처럼 생긴 건물들이 모습을 드러냈고 이상한 냄새가 바깥보다 더 강렬해졌다.

흰옷을 입고 검을 든 두 사람이 윤극사를 향해 소리없이 덮쳤지만 이영이 손을 쓸 것도 없이 그들은 바닥에 누웠다.

그들의 이마에도 윤극사의 은침이 반짝이고 있었다.

윤극사는 내문을 들어선 후에도 신생조화문의 한가운데 우뚝 서 있는 칠층 건물 앞에 이를 때까지 열네 사람을 쓰러뜨렸다. 그들 열네 사람은 소리없이 윤극사를 공격했었고 윤극사도 소리없이 그들을 쓰러뜨렸다.

이영은 그들 열네 명 중 어느 한 명이라도 외문을 지키던 사람들 전부를 이길 수 있을 정도의 고수(高手)라는 것을 알아보았다. 그 정도 실력이라면 유명하지 않은 문파의 주인이나 명문의 원로에 해당하는 신분일 것 같았다.

칠층 건물에는 만상탑(萬象塔)이라는 편액이 붙어 있었다. 좌안천리 오동석이 말했던 높이가 팔십아홉 자인가 하는 건물이 바로 그 건물인데 크고 웅장했다.

기둥을 쇠로 만들었으며 일이 층에는 창문이 없고, 일층을 출입하는 문은 두툼한 철문이었다.

"영, 눈을 감아요."

하고 윤극사가 이영에게 말했다. 그날 밤에만 두 번이었다.

이영은 윤극사가 시키는 대로 눈을 감고 만약을 대비해서 공력을 끌어올렸다.

윤극사는 만상탑의 철문에 손을 댔지만 열리지 않았다. 그러자 검으로 철문을 종잇조각처럼 찢어버렸다. 두께가 한 뼘이나 되는 철문이 찢겨져 쓰러지며 벼락치는 소리를 냈다.

순간 이영은 확, 하니 끼쳐 오는 피 냄새를 맡았다. 윤극사가 그녀의 손을 끌며 빠른 걸음으로 들어갔다.

걸음을 걸을 때마다 비에 젖은 땅을 걷는 것처럼 저벅거리는 소리가 났다. 발 아래서 피어오르는 짙은 피비린내는 이영으로 하여금 아비규환(阿鼻叫喚)의 지옥을 걷고 있는 것처럼 느끼게 했다.

이영은 윤극사가 자기에게 눈을 감으라고 한 이유가 신기한 비술(秘術)을 펼치기 위해서가 아니라 참혹한 광경을 보지 않게 하기 위해서라는 것을 알았다.

이영은 무림의 최고 명문가인 황산이가에서 태어나고 자랐지만 직접 무공을 배우기 시작한 것은 윤극사를 만난 후 백초곡에서부터였다. 윤극사와 함께 다니며 적잖은 것을 경험했지만 시산혈해(屍山血海) 속에서도 담담할 정도는 아니었다.

윤극사는 그녀를 끌며 계단으로 가고 있었다. 그때 갑자기 쿵, 하고 문이 열리는 소리가 나면서 누군가 윤극사의 이름을 불렀다.

“극사! 윤극사! 윤극사, 맞지?”

이영은 눈을 뜨고 말았다.

제9장 제이신의(第二神醫)의 유물(遺物)

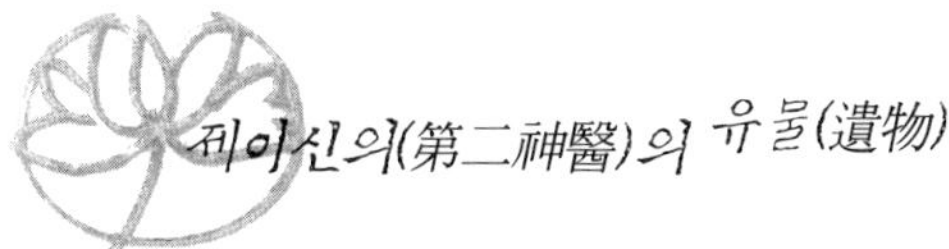 제이신의(第二神醫)의 유물(遺物)

만상탑 일층을 가득 채운 것은 삼백여 구의 시체와 그 시체에서 흘러나온 피와 내장이었다. 부러지고 꺾어진 창칼은 주인들의 피를 먹고 있었다.

벽에 붙은 탁자 아래에서 피에 젖은 사람이 팔로 몸을 밀며 기어 나왔다. 꿈틀거리는 벌레 같았다. 탁자 바깥에는 잘려진 팔과 다리가 흩어져 있었다. 이영은 토할 것만 같았다.

"극사! 극사 맞구나!"

꿈틀거리는 벌레 같은 사람이 떨리는 음성으로 말했다.

윤극사는 계단에서 그를 내려다보았다. 피에 젖은 얼굴이었지만 낯익었다. 윤극사가 나직하게 부르짖었다.

"동 사형(董師兄)! 동추선 사형!"

“나를 기억하는구나, 극사.”

그가 고통으로 찡그리는 한편 기쁨이 넘치는 표정으로 말했다.

“위로 올라가지 마라! 올라가면 죽는다.”

윤극사는 계단을 뛰어내려 가 동추선의 손을 잡았다. 찐득한 피가 윤극사의 손에 엉켰다. 윤극사가 소리쳐 물었다.

“어떻게 된 거예요?”

동추선이 히죽 웃었다.

“칼을 맞았다. 오른쪽 다리를 잘리고 배에 구멍이 났어.”

동추선이 배를 움켜잡았던 왼손을 잠시 뗐다가 잡았다. 시뻘건 내장이 밀려 나오다가 다시 들어갔다.

윤극사는 상처를 물은 것이 아니었다. 상처는 동추선을 보는 순간에 이미 알고 있었다. 윤극사가 물었던 것은 사연이었다.

윤극사는 동추선에게 임시로 취할 조처가 없었다. 동추선은 이미 자기의 혈도를 막아서 지혈했고 은침으로 통증을 완화시킨 후였다.

동추선이 오른손으로 탁자 밑을 가리키며 말했다.

“저리로, 저리로 들어가자. 그들이 내려오면 우리도 죽게 될 거다.”

탁자 밑의 벽면에는 한 사람이 지나갈 정도의 네모난 구멍이 뚫려 있었다. 동추선은 그곳에 숨어 있다가 윤극사를 알아보고 위험을 무릅쓰고 뛰쳐나온 것이었다.

윤극사는 동추선을 안고 먼저 들어갔고 뒤에 이영이 들어갔다. 사천의 배가장에서 경험한 것과 비슷한 비밀 통로였다.

조금 내려갔을 때 넓은 방이 나왔다. 커다란 침대가 네 개나 나란히 놓여 있고 큰 탁자가 있는 곳이었다.

윤극사는 동추선을 침대에 눕혔다. 이영이 옆의 침대에서 이불을 찢어 붕대로 만들었다. 윤극사는 붕대로 동추선의 배를 감고 얼굴의 피를 닦았다.

그런 후 허벅지에서 절단된 동추선의 다리는 그 위를 묶고 달군 쇠로 절단된 부분을 지졌다. 살이 지글거리며 탔다. 연기와 함께 다리에 불이 붙었지만 동추선이 손바닥으로 눌러서 껐다. 그가 의원이 아니었더라면 그런 상처를 입고 출혈 때문에라도 죽었을 것이다.

그의 이마에 땀이 송골송골했다.

동추선이 침대 옆에 붙어 있는 거울을 가리켰다. 그곳에 참혹한 일층의 모습이 보였다.

"너를 보고 꿈인 줄 알았다. 네가 여기엘 오다니……."

동추선이 길게 숨을 내쉬며 말했다.

윤극사는 차분한 음성으로 말했다.

"저도 사형을 여기서 보게 될 줄은 몰랐군요."

동추선은 이영을 보며 물었다.

"네 처냐?"

윤극사가 머리를 끄덕였다. 동추선이 이영에게 인사를 했다. 이영도 답례를 했다.

동추선이 고개를 푹 숙이며 말했다.

"제세원의 일은 어쩔 수 없었다. 그때 마진곤 사형이나 나는 아무런 힘도 없었어."

동추선은 숨을 크게 쉬고 말을 이었다.

"지금 그때의 죗값을 받고 있는 거야."

윤극사는 천장을 바라보며 주먹을 꽉 쥐었다. 손에서 뽀드득 소리가 났다. 갑자기 동추선이 무슨 생각을 했는지 벌떡 일어나며 말을 더듬었다.

“혹시… 혹시 극사 네가… 네가 그들을 데려온 건 아니겠지?”

동추선은 차가운 이영의 눈빛과 윤극사의 착 가라앉은 눈을 보고 머리를 저으며 힘을 풀었다.

“네가 그들과 한패일 리는 없겠지. 그 살귀(殺鬼)들과는. 그렇지만… 그렇지만 너무 공교롭구나.”

윤극사가 물었다.

“여기는 백초곡에 속해 있습니까?”

동추선이 머리를 끄덕였다.

윤극사가 다시 물었다.

“몇 명이나 나와 있습니까?”

“나까지 스무 명. 하지만 다른 사람은 벌써 다 죽었을 거야. 살귀들이 다 죽였겠지.”

동추선이 쓸쓸하게 웃었다.

이영이 물었다.

“그들은 누군가요?”

동추선이 겁에 질린 표정으로 말했다.

“모르는 자들이었소. 만상탑은 침입하기가 불가능한 곳인데 그자들은 갑자기 나타나서 일층에 있던 호위 무사들을 모두 죽여 버렸소.”

“몇 명이었어요?”

“아홉 명이었소.”

동추선의 몸이 떨렸다.

"단 아홉 명이 삼백 명의 호위 무사를 눈 깜짝할 사이에 죽여 버렸소. 그놈들은 사람도 아니었소."

아홉 명만으로 개들과 바깥에 있던 대단한 고수들의 이목을 피해서 철갑에 둘러싸인 듯한 만상탑에 들어왔다면 엄청난 고수가 아니라 할 수 없었다.

밖에서는 그들이 침투한 사실조차 모르고 있는 것 같았었다.

동추선이 와락 윤극사의 어깨를 잡으며 말했다.

"극사야, 너도 혼돈석유를 알고 있지? 마 사형과 나와 함께 길어 올렸던 그 혼돈석유 말이야."

윤극사는 머리를 끄덕였다.

어떻게 그때를 잊을 수 있단 말인가? 네 번째 우물에서 남몰래 혼돈석유를 길어 올려서 전서에 매달아 보냈으며 그 후에 암습하여 기억을 지우는 침술을 자기에게 펼쳤던 그날 밤을. 그 밤과 더불어 윤극사는 어른들의 세계를 엿보았고 긴 세월 동안 집요하게 이어진 유모의 냄새를 맡게 되었거늘.

동추선이 격앙된 음성으로 말했다.

"우리는 여기서 새 시대를 위한 문명을 만들고 있었다. 만인을 고통과 가난에서 구하고 이 땅을 극락정토로 만들 수 있는 문명을 말이다. 극사야! 네가 저들을 막아다오. 저들은 만상탑을 부수는 것이 아니라 새로 태동하는 문명을 부수는 중이다."

동추선의 눈빛이 간절했다.

윤극사가 머리를 저으며 말했다.

“난 무림인이 아닙니다. 의술을 수단으로 질병과 고통에서 사람을 구하는 의원입니다. 그것을 위한 것이 아닌 일을 하는 건 제 주제를 넘는 짓입니다.”

동추선은 심장이 싸늘하게 식는 것 같았다. 윤극사에 대해서 이런저런 말을 그도 많이 들었다. 그러나 그중 의술이 뛰어나다는 것 외에는 어느 것도 신뢰하지 않았다. 모두가 뜬구름 같은 이야기들뿐이었던 것이다. 그래서 동추선은 여러 해 만에 그를 보았지만 그 옛날 그를 대하던 마음 그대로 대했다.

하지만 동추선은 윤극사가 최소한 옛날의 윤극사가 아니라는 것을 느끼지 않을 수 없었다.

“너… 너…… 극사 너…….”

동추선은 말을 잇지 못했다.

윤극사가 건조한 음성으로 말했다.

“혼돈석유로 만든 독약을 봤어요.”

“그건!”

하고 동추선이 소리쳤다.

윤극사가 그의 말을 끊었다.

“동 사형도 알고 있었죠?”

동추선이 힘없이 고개를 끄덕였다.

윤극사가 나직한 어조로 말했다.

“백초곡이 무림에 속하게 되지 않았더라면 난 혼돈석유로 독약을 만든 사형과 시숙들을 찾아서 죽였을 거예요.”

동추선은 몸을 부르르 떨었다. 윤극사에 대해서 들었던 무수한 말들이 사실로 다가왔다.

윤극사는 동추선을 마주 보며 말했다.

"내가 주제넘게 무림에 관여한다면 제일 먼저 사형을 죽일지도 몰라요."

동추선이 고개를 떨구고 떨리는 음성으로 말했다.

"너는… 저들이 내려와서 나를 죽이더라도 보고만 있을 거냐?"

윤극사는 대답 대신 손가락을 앞으로 내밀었다. 동추선이 기우뚱거리며 침대에 쓰러졌다.

윤극사가 나직하게 말했다.

"백초곡이 하려는 것이 틀렸다고 생각지는 않아요. 하지만 사형, 백초곡이 하는 것은 틀린 것이 많아요. 최소한 제가 생각하고 아는 것과는 틀려요."

동추선은 눈만 깜짝거리며 윤극사를 보았다.

윤극사가 말했다.

"사형은 살아서 돌아가세요. 그리고 곡주님께 전하세요. 사천에서 안 사형이 제게 했던 말이 아직도 유효하다면 이곳으로 다시는 사람들을 보내지 말라고요. 신생조화문이 백초곡에 속한 깃인 줄 알았으니 이제는 가만있지 않겠어요. 원래 여긴 제세원이었어요."

동추선이 숨을 거칠게 쉬었다.

윤극사는 지하로 내려온 비밀 통로가 아닌 다른 길을 찾아서 올라갔다. 그 길의 출구는 이층으로 올라가는 계단 바로 옆이었다.

윤극사의 마음속에는 제세원을 되찾아야겠다는 생각이 불같이 일고 있었다. 돌아와서 제세원이 아닌 신생조화문을 처음 보았을 때의 그

허탈함과 절망이 생생하게 다시 느껴졌다. 혼돈석유를 채취할 수 있는 곳에 새로 제세원을 세우기 위해서 장소마저 물색해야 했다.

윤극사는 계단을 밟고 올라가면서 물러나지 않겠다고 다짐했다. 결코 물러나지 않겠다고. 신생조화문이 백초곡의 허울이라는 것을 알았으니 허울의 주인이 이태자(二太子)든 삼태자(三太子)든 알 바가 아니었다.

이 땅 어딘가에 묻혀 있을 수천의 원혼들을 흉수인 백초곡 사람들이 밟게 할 수는 없다고 생각했다.

이층에 발을 디뎠다.

침입자들의 흔적은 복도에 구르는 수급(首級)과 머리를 잃고 벽에 기대 주저앉은 몇 구의 시신들이 말해 주고 있었다.

기다란 복도 양쪽으로 늘어선 수십 개의 방들에서는 인기척이라곤 없었다. 방마다 침대가 네 개씩 놓여 있고 대체로 침대에서는 피가 흘러내려 바닥을 적시고 있었다. 그들은 반항한 흔적조차 없었다.

단 아홉 명의 침입자가 저지른 살육치고는 너무 엄청났다. 그들은 눈에 띈 사람은 무조건 죽인 것 같았다.

폭풍이 몰아치듯 이루어진 살육이라서 그토록 참혹한 살육이 있었음에도 소동이 일어나지도 않은 듯했다.

윤극사는 시신들 중에서 안면이 있는 사람을 여럿 보았다. 백초곡의 사람들이었다. 백초곡의 사람들은 의원이지만 여러 가지 독술을 알고 있기 때문에 해치기가 쉽지 않을 텐데도 침입자들은 그들이 저항할 틈도 없이 죽였다.

삼층으로 올라가는 계단에는 엄중한 장치가 이중 삼중으로 되어 있었다. 그러나 침입자들은 뚫고 들어갔다.

윤극사와 이영은 계단을 올라간 후에 삼층은 아주 넓은 하나의 공간으로 되어 있음을 보았다. 그곳에는 이상한 기구들과 장치들, 그리고 화로와 쇳물을 녹이는 작은 용광로 같은 것이 설치되어 있었다. 벽에는 조그마한 병들도 수없이 많았다.

용광로 근처에 다섯 구의 시체가 있었다.

이영은 그곳에 있는 것들이 새로운 문명을 만드는 기구들이라는 것을 알았다. 자세히 보니 약을 정제할 때 쓰는 기구들이 변형된 것처럼 보이는 것도 있었다. 대장간에서 사용하는 기구들과 주방에서 사용하는 것, 그리고 목수들이 사용함 직한 것들도 형태와 용도를 바꾼 채 다른 장치들과 결합되어 있었다.

사층으로 오르는 계단으로 다가가며 윤극사와 이영은 나란하게 세워져 있는 이상한 모양의 창(槍)들을 보았다.

처음 봤을 때는 철창인가 했지만 철창이 아니었다. 그 창은 어떤 부분은 나무가 쇠를 덮고 있었고 또 어떤 부분은 쇠가 나무를 덮고 있었다. 어린아이의 손목처럼 기는 부분이 있는가 하면 어른의 팔뚝만큼 굵은 부분도 있었다.

창날은 십자(十字) 모양인데 끝이 날카롭게 보였으며 길이는 여섯 자에서 일곱 자, 여덟 자까지 세 종류가 있었는데 모양은 모두 같았다.

창들이 진열되어 있는 위에 홍염창(紅焰槍)이란 글이 씌어진 종이가 붙어 있었다.

창이 있는 옆에는 알처럼 생긴 타원형의 쇠공들이 수십 개 있는데, 한 부분은 사람의 젖가슴처럼 되어 있었다. 젖꼭지와 흡사한 것이 두 개씩 달려 있었다.

무엇인지 몰라도 섬뜩한 기분이 드는 물건들이었다.

윤극사와 이영은 만상탑을 한 층씩 올라갈 때마다 점점 더 이상한 것들을 보았다.

사층에서는 고약한 냄새 속에서 하얀 그릇에 담겨 있는 선명한 무지개 색의 액체들을 보았고, 그 액체들은 살아 있는 것처럼 표면에 온갖 무늬를 그렸다. 너무도 아름다워서 혼이 빼앗길 정도였다.

이영은 그곳에 있는 붉은색보다 아름다운 붉은색을 보지 못했으며 그곳에 있는 검은색보다 아름다운 검은색을 보지 못했고, 그곳에 있는 흰색보다 더 흰색을 본 적도 없었다.

쇠로 된 술통처럼 생긴 장치의 끝에서 그 액체들은 조금씩 흘러나왔고, 술통처럼 생긴 장치는 속이 빈 쇠막대로 다른 통과 연결되어 있었으며, 어떤 통은 뜨거운 열기를 뿜고 있었다.

숨을 막히게 하는 지독한 냄새만 아니라면 그 색깔들의 아름다움에 넋을 잃고 떠나지 못할 것 같았다.

이영은 오층으로 올라가면서까지 눈앞에 그 색깔이 아른거리는 것을 느꼈다. 강렬한, 너무 강렬한 색깔들이었다.

오층에서는 혼자서 소리를 내며 빙빙 돌고 있는 수레바퀴를 보았다. 그 수레바퀴는 바닥에 고정된 주머니 모양의 쇠통에 달려 있었는데, 바닥에 닿지는 않았다.

쇠통에서는 연기가 뿜어지고 바퀴는 저마다 다른 속도로 움직였다. 다양한 크기의 주머니 모양 쇠통이 있었고 그보다 더 다양한 크기의 바퀴들이 있었다.

가장 큰 바퀴는 가장 작은 주머니 모양 쇠통에 달려 있었는데 어른 키의 한 길 반이 넘을 정도였다. 그러나 그것도 윙윙 소리를 내며 돌고 있었다. 기계들이 내는 소음과 진동이 두려움을 주었다.

이영이 알고 있는 기관 장치는 끝없이 작동하기 위해서는 수력(水力)을 사용해야만 하고 단 한 번 작동하는 장치는 용수철을 사용해야 하는 것들이었다. 그녀가 만상탑에서 보고 있는 것처럼 저절로 계속 움직일 수 있는 장치에 대해서는 들어본 적이 없었다.

이영이 윤극사에게 물었다.

"소신의, 저런 걸 만드는 법도 다 배웠어요?"

윤극사는 머리를 저었다.

"혼돈석유를 배우기 얼마 전에 난 잡혀서 여길 떠났어요."

이영이 말했다.

"저런 장치가 하나만 있어도 기관 장치에 연결하면 큰 성 한 채를 철옹성으로 만들 수 있겠어요."

그때 갑자기 가운데 있는 굵은 쇠기둥 속에서 목소리가 들려왔다.

"두레박민 딜아놓으년 사막을 옥토로 바꿀 수도 있소."

쇠기둥은 너무 굵다. 장정 다섯 명이 팔을 벌려서 안을 수 있을 정도의 굵기였다. 이영이 소리쳤다.

"안에 사람이 있었어요!"

윤극사는 이영을 뒤에 세우며 검을 잡았다. 순간 쇠기둥에 틈이 벌어지더니 그 안에 서 있는 사람의 모습이 보였다.

붉은색 피풍의를 걸쳤으며 허리에는 검을 찼고 머리에는 조그마한 관을 쓰고 있었다. 그의 뒤에는 전포를 걸친 다섯 사람이 서 있는데,

그중 한 사람의 품에 동추선이 안겨 있었다.

전포를 입은 사람이 뛰쳐나오며 호통을 쳤다.

"이태자 전하시다! 무릎을 꿇어라!"

윤극사의 얼굴이 딱딱하게 굳었다.

"감히!"

하고 소리치며 이태자 민성의 호위 무사가 검을 뽑았다.

윤극사는 씁쓸하게 웃었다. 이태자 민성과 대적하고 싶은 마음도 없고 무릎을 꿇고 싶은 마음도 없었다.

이영을 등으로 밀며 두 걸음 물러섰다. 그때 동추선이 두려운 얼굴로 말했다.

"검을 치워라!"

무사가 당황한 표정으로 이태자와 동추선을 번갈아 보았다.

동추선이 신경질적으로 소리쳤다.

"검을 치우라니까!"

여전히 무사가 어정쩡한 표정을 짓자 이태자가 고개를 끄덕였다. 무사는 검을 거두고 떨떠름한 표정을 지으며 물러섰다.

동추선이 말했다.

"전하, 이 사람이 제 사제인 윤극사입니다."

이태자 민성이 다가오며 말했다.

"말씀은 많이 들었소."

이태자 민성은 윤극사보다 두 살 정도 많아 보였다. 윤극사는 그의 반짝이는 눈을 보고 지혜로운 사람이구나 하고 생각했다.

일태자 민융보다는 이태자 민성이 황제인 민천자를 더 많이 닮은 것 같았다.

윤극사는 가볍게 허리를 숙여서 예를 표했다.

민성이 하하 웃었다.

"이런, 백초곡 의원들께 인사받기는 항상 어려워. 침입자가 들어왔다 하니 그들을 잡은 후에 이야기를 나눕시다."

윤극사는 대답하지 않았다.

민성은 한바탕 호탕하게 웃은 후에 네 명의 부하들과 함께 육층으로 올라갔다.

동추선이 윤극사에게 손짓했다.

"여기에 들어오너라. 전하께서 살귀들과 싸울 동안 여기 있으면 안전할 것이다."

윤극사는 어깨에 힘이 빠졌다.

다리가 잘리고 배에 구멍이 뚫리는 중상을 입은 상태에서도 사형제를 위하는 진심을 가지고 있는 동추선 등 백초곡의 사람들이 멀쩡할 때는 왜 제세원을 멸망시켰단 말인가. 긴 세월 동안 제세원을 미워하며 제세원 신의들을 독살시켜 온 그 사람들과 정말 같은 사람들이라는 사실이 받아들여지지 않았다.

사형의 권유를 받아들여 쇠기둥 속으로 들어가는 윤극사는 참담한 심정이었다. 가장 힘든 일이 백초곡 사람들을 만나는 것 같았다. 그들을 만나고 나면 항상 혼돈에 직면하곤 했다.

동추선은 자기를 안은 무사에게 명해서 의자 두 개를 쇠기둥 속으로 옮겨놓고 윤극사와 이영을 앉게 했다.

쇠기둥의 문이 닫히자 동추선은 쇠기둥 속의 기관을 움직였고, 윤극사와 이영은 마치 두레박을 타고 올라가는 듯한 느낌에 사로잡혔다.

동추선이 말했다.

"극사야, 넌 이게 뭔지 알겠느냐?"

윤극사는 머리를 저었다.

동추선이 의기양양한 표정으로 말했다.

"이건 신동운제(神動雲梯)라는 것이다. 사람이나 물건을 태우고 높은 곳이나 낮은 곳을 자동으로 오르내릴 수 있단다. 자그마치 이천 근을 싣고 나를 수 있다. 소나 말처럼 쉴 필요도 없고 밤낮으로 움직일 수 있으니 이태자 전하의 말씀처럼 물을 길어 관개(灌漑)를 하면 사막도 옥토로 바꿀 수가 있단다."

윤극사와 이영은 속으로 놀라움을 금치 못했다.

동추선이 말했다.

"우린 내년쯤에 서안 성에 물길을 만들고 관개를 해서 백성들이 우물을 개개로 파지 않고도 항상 맑은 물을 사용할 수 있게 할 것이다. 너는 물이 생활에서 얼마나 중요한 것인지 잘 알고 있지 않느냐? 여름에 생기는 큰 병은 대부분 더러운 물에서 나오는데, 깨끗한 물을 사용하고 쓰고 난 더러운 물은 논밭으로 흘러가게 하면 도시가 아무리 번창해도 병이 창궐하진 않을 것이다."

윤극사는 머리를 크게 끄덕였다.

동추선의 말이 옳았다. 성읍이 커지면 더러운 빈민굴이 많이 생기고 병은 그런 곳에서 먼저 발생한다. 물이 귀해서 씻지 못하고 깨끗한 물을 마시지 못하기 때문이었다. 물이 귀하지 않는 곳은 살 만한 사람들이 이미 차지하고 있다.

그래서 성읍의 관리들은 사람들이 너무 많이 몰려들면 오히려 내쫓아서라도 질병이 창궐하지 않도록 해왔다.

물이 관개수로(灌漑水路)를 통해서 집집마다는 아니라 해도 곳곳에 이른다면 도시가 청결해지는 것은 굳이 말할 필요도 없다.

신동운제가 멈췄다. 조그마한 창으로 바같의 모습이 보였다. 약을 연구하고 제조하는 곳인 듯했다.

"벌써 위로 올라간 모양이군."

하고 동추선이 중얼거리며 신동운제에 설치된 장치를 만졌다. 신동운제는 다시 올라가기 시작했다.

동추선이 말했다.

"우리는 겨울에도 화로를 사용하지 않고 방을 데우는 방법도 알아냈다. 그 방법을 사용하게 되면 겨울철에 얼어 죽는 사람이 없어질 뿐만 아니라 성을 고스란히 태우기까지 하는 큰 화재가 일어나지도 않을 것이다. 추위와 여름의 질병, 그리고 굶주림에서 만백성들이 해방되면 이미 이 세상은 극락정토라 할 만하지 않겠느냐?"

동추선은 자부심에 가득한 눈으로 윤극사를 보았다.

이영이 작지만 분명한 음성으로 말했다.

"전쟁과 음모, 살육이 그런 세상을 만들 것 같지는 않군요."

동추선의 얼굴이 붉어졌다. 어설픈 미소가 처량함을 불러일으켰다.

신동운제는 다시 멈췄다.

동추선은 머뭇거리며 말했다.

"재화가 없을 때는 수많은 가난한 사람들이 다투지만 재화가 풍족해지면 힘이 있는 자만 다투지요. 하지만 세상에 풍족해서 힘있는 자가 얼마 되지는 않을 것입니다, 제수씨.”

이영은 동추선의 말을 듣고 속으로 탄식했다. 그녀가 만나본 백초곡의 의원들치고 놀랍지 않은 사람들이 없었다. 무공이 높고 낮고를 떠나서 그들은 한결같이 뛰어난 사람들이었다. 이영도 그들이 하는 일이 옳은지 잘못된 것인지 이제는 전혀 판단할 수가 없었다.

신동운제가 멈추며 밖에서 이태자 민성의 호통 소리가 들렸다.

“어디서 온 놈들이냐!”

그들은 먼저 갔지만 걸어서 올라왔고 동추선과 윤극사 등은 신동운제를 타고 올라왔기 때문에 동시에 만상탑의 칠층에 도착한 모양이었다.

동추선은 손으로 입을 가리는 시늉을 했다.

신동운제에 붙어 있는 작은 창으로 이태자와 무사들의 모습이 윤극사에게 보였다. 동추선이 말한 아홉 명의 살귀들은 보이지 않았다.

그때 쥐어짜는 듯 이상한 음성이 들렸다.

“이태자군.”

“잘됐습니다.”

순간 윤극사는 이태자의 앞으로 흰 그림자가 지나가는 것을 보았다. 이태자 앞에 섰던 네 명의 호위 무사들이 등 뒤에 숨기고 있던 창으로 이태자를 방어했다.

흰 그림자가 눈 깜짝할 사이에 물러나고 있었다.

“솜씨가 괜찮은 자들이군.”

먼저의 이상한 음성이 다시 들렸다.

흰 그림자는 다시 이태자를 향해 더욱 빠르게 움직였다. 흰 선이 부옇게 그어지는 것 같았다.

이태자 민성의 호위들은 검을 이태자의 앞에 나란히 꽂는 것과 동시에 창을 풍차처럼 돌렸다.

강렬한 바람과 창 그림자 속에 이태자의 모습은 보이지도 않았다.

흰 그림자는 다시 물러나 멈춰 섰다. 얼굴을 복면으로 가린 사람이었는데 이태자 민성의 호위들이 예상외에 강하자 당황한 듯했다.

그때 갑자기 풍차처럼 회전하는 창들 틈에서 한줄기 빛이 번쩍 했다.

"피해라!"

하는 짧은 소리와 함께 민성을 공격했던 자가 '윽' 하는 비명을 지르며 뒤로 굴렀다.

팍!

그자가 서 있던 뒤쪽의 기둥에 비수 한 자루가 자루만 남기로 박혀 있었다.

세 명의 백의복면인이 쓰러진 사람을 막아섰다. 손에는 모두 검이 들려 있었다. 쓰러졌던 자가 벌떡 일어서며 말했다.

"빌어먹을."

윤극사가 보니 그는 어깨에 피가 흐르고 있었지만 스치기만 했고 뼈와 근육을 다친 것은 아니었다. 누군가 피하라고 소리쳤기 때문에 그 정도에 그친 것이었다.

민성의 호위들은 창을 멈추었고 그 뒤에서 이태자 민성이 호탕하게 웃으며 말했다.

"우리는 오늘 모두 재수없는 사람이오. 나는 재수없게 지난 사 년

동안의 노력이 수포로 돌아가게 생겼고 귀하들은 더러운 목을 땅에 내려놓게 되었소."

그때 또 목소리가 들렸다.

"큰소리칠 건 없네. 색혈비도(素血飛刀)를 익힌 건 가상하지만 아무 데서 큰소리칠 정도는 아니니까."

민성이 웃으며 말했다.

"역시 무림의 고인이셨군. 내가 듣기에 무림인은 관(官)의 일에 개입하지 않는다고 하던데."

"후후후후. 무림인이 아니면서도 무림의 절기를 아는 자가 세상에 이태자뿐이라던가?"

목소리가 들려오자 민성은 자기의 이마를 탁 쳤다.

"그렇군. 나뿐일 리야 없지 않소? 귀하가 점점 더 궁금해지는군. 이미 우리는 원수가 되었으니 싸우는 것은 피할 수 없지만 조금 있다가 싸워도 나쁠 것은 없지 않겠소?"

목소리가 말했다.

"색혈비도 정도로 우리와 싸울 수 있다고 생각하는가?"

음성에 경멸이 묻어 있었다.

민성은 낭랑하게 웃으며 말했다.

"누가 귀하에게 나에 대한 정보를 알렸는지 간에 그자는 좀 혼을 내시오. 나 민성은 색혈비도를 쓰지만 색혈비도만을 아는 사람은 아니오."

민성은 자기 앞에 꽂혀 있는 네 자루의 검을 양손으로 쓸어 잡았다. 한데 뽑아 들었을 때는 그의 손에 한 자루의 검만 들려 있었다. 대신 그의 손이 네 개로 보였다. 몸마저 일렁이며 그의 몸도 네 개로 변한 것처럼 느껴졌다.

팍!

이태자 민성이 검을 다시 자기의 발 앞에 꽂았다.

"이만하면 한번 해볼 만하지 않겠소?"

음성이 말했다.

"다비칠검(多臂七劍)이라면 자격은 있군."

이태자 민성이 엄지손가락을 치켜올리며 말했다.

"귀하의 견식이 대단하오."

윤극사는 이태자 민성을 향해서 걸어가는 백의인의 뒷모습을 보았다. 그 뒤로 네 사람의 복면인이 따르고 있었다. 앞에 있던 네 사람은 우두머리가 나오자 뒤로 물러나서 사라졌다.

이영이 윤극사의 옆구리를 건드리며 전음으로 말했다.

—소신의, 저 백의인의 모습이 눈에 익어요. 누굴까요?

윤극사가 이영의 손을 잡고 그녀의 손으로 벽에 '신포(神捕)'라는 두 글자를 썼다.

'필재!'

이영이 속으로 부르짖으며 윤극사를 보았다.

윤극사가 고개를 미미하게 끄덕였다.

이영은 믿기지가 않았다. 하룻밤에 수백 명을 살해한 살귀들의 우두 머리가 명철한 의인으로 알려진 신포 필재라니. 얼굴을 가린 뒷모습이 었지만 신포 필재라고 생각하며 보니 틀림없는 그였다.

한편으로는 신포 필재의 무공은 그가 관부제일인이라는 소리를 듣는 만큼 대단한 것이지만 그를 따르는 여덟 명의 부하들의 무공이 그와 엇비슷할 정도로 고강해 보이는 것은 납득이 가지 않았다.

이태자 민성이 씨익 웃으며 말했다.

"언젠가는 나도 복면을 하고 남의 집에 가보고 싶다고 생각했소. 오늘 밤 그대를 봤으니 기필코 한번 해볼 작정이오."

신포 필재가 코웃음을 치며 말했다.

"똑같은 방법으로 복수를 하고 싶다는 말이군. 하지만 우리가 만약 두 번째로 만난다면 그건 이태자의 침실이거나 이태자 부친의 침실일 가능성이 많지."

"하하하하!"

민성이 큰 소리로 웃고 물었다.

"머저리 황제가 보냈을 리는 없고, 이궁이 보냈소? 그랬다면 그자도 꽤 현명한 편인데. 그대 같은 신랄한 자를 보냈으니 말이오."

신포 필재가 나직하게 웃었다.

"죽고 나서 염라대왕한테 물어보시오."

민성이 기쁜 얼굴로 말했다.

"그대는 정말 멋진 사람이군. 나와 친구가 될 생각은 없소?"

신포 필재가 말했다.

"나는 아무리 뛰어난 사람이라도 역적과는 사귀지 않소."

이태자 민성이 섭섭한 표정을 지으며 말했다.

"국운이 쇠퇴하고 임금이 어리석으면 자연 새 나라가 일어서는 법이 아니오. 그대가 모시는 황실은 돌로 만든 배와 같이 침몰하고 있으니 그대처럼 뛰어난 인재도 고작 자객(刺客)으로 쓰는 것이 아니겠소?"

신포 필재가 코웃음을 쳤다.

"어리석은 자들은 해가 뜨면 밤이 오는 줄 모르고 밤이 되면 아침이 올 것을 생각지 못하지."

이태자 민성이 말했다.

"그런 이치를 아는 사람이 하룻밤에 기백 명을 눈 하나 깜짝하지 않고 죽였단 말이오?"

신포 필재가 말했다.

"내가 죽인 자들은 칼을 든 자들이거나 칼보다 더 무서운 것을 가진 자들뿐이었소. 눈을 깜짝이지 않고 죽인 것이 아니라 눈을 깜짝이면 언제 죽는지도 모르고 내가 죽을까 봐 그랬소."

이태자 민성이 한숨을 내쉬었다.

"그대는 여기 있는 사람들을 잘 알고 있었군."

필재가 말했다.

"생생하게 겪어봤으니까."

이태자 민성이 말했다.

"그럼 이만 투항하시오. 그대를 높이 중용하리다."

신포 필재가 웃음을 터뜨렸다.

"하하하핫!"

이태자 민성이 빙그레 웃으며 말했다.

"나는 이 정도 시간이 지났으면 내 부하들이 천라지망을 완성해 놓을 것으로 생각하오만."

"아마 이태자가 들어오면서 뿌렸던 독(毒)이 먼저 효력을 발하지 않을까 싶군."

신포 필재가 빙글빙글 웃으며 말했다.

이태자 민성이 못 말리겠다는 듯이 손을 저으며 웃었다.

"귀하같이 총명한 사람은 드물 것이오. 그만한 무공과 총명이라면 무명지배(無名之輩)는 아닐 테니 이름을 알고 싶소."

"잡기도 전에 취조부터 하다니 어지간히 성미가 급하시군."

신포 필재는 왼손으로 칼집을 흔들며 말했다.

민성이 한숨을 쉬고 말했다.

"어차피 주 황실(朱皇室)은 얼마 가지 않아서 무너지고 말 거요. 그대가 여기서 취한 것들만 남겨두고 떠난다면 쫓지 않겠소."

신포 필재가 낭랑하게 웃었다.

"내가 무엇을 가지러 여기 왔는지 알고 있다는 말투로군."

"저들이 찾아서 품에 숨긴 물건."

이태자 민성이 손가락으로 한쪽을 가리키며 나직하게 말했다.

"제이신의 평일측 선생께서 쓰신 〈혼돈석유고(混沌石油考)〉."

제10장 화염구(火焰球)의 춤

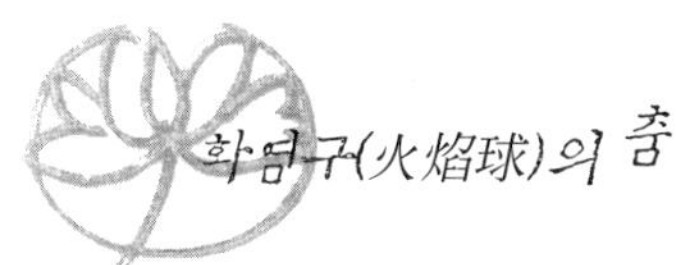

이영은 비로소 이태자 민성과 신포 필재가 서로 싸움을 미루며 말만 주고받은 까닭을 알 수 있었다.

신포 필재 등은 이태자 민성이 도착하기 전까지 제세원의 제이신의 평일측이 쓴 혼돈석유고라는 책을 찾던 중이었으나 다 찾지 못한 상태였고, 이태자 민성은 부하들에게 처라지망을 펼치도록 지시해 놓았지만 그때까지 부하들이 도착하지 않았던 것이었다.

윤극사는 놀란 눈으로 동추선을 보았다.

동추선이 고개를 숙이며 전음으로 말했다.

─여기는 아홉 사숙들의 저술과 제세원에 보관되어 있던 자료들을 옮겨놓은 곳이다.

윤극사는 입 안이 허옇게 타올랐다. 속에서 뜨거운 열기가 들끓고 있었다. 동추선이 윤극사의 얼굴색이 변하는 것을 보고 두려운 표정을 지었다.

동추선을 안고 있던 무사가 몸을 비스듬히 돌려서 방어할 태세를 갖추었다.

윤극사는 숨을 크게 들이켜서 감정을 조절했다.

윤극사가 칼칼해진 음성으로 말했다.

"가세요. 제가 했던 말을 곡주에게 전하세요. 다신 여기서 마주치지 말아요. 자꾸 죽이고 싶은 마음이 드니까요."

윤극사는 돌아서며 검으로 벽을 짚었다.

따당! 땅! 소리가 나면서 신동운제의 문이 열렸다.

이태자 민성이 애석하다는 표정을 지었다. 그는 신포 필재와 싸울 때 신동운제 속에 숨어 있는 한 명의 부하를 아주 효과적으로 쓸 계획을 가지고 있었던 것이다.

민성의 부하는 윤극사를 어떻게 해야 할지 몰라서 민성의 눈치를 보았다. 민성은 머리를 저었다.

윤극사는 검을 들고 신동운제 밖으로 나섰다.

신포 필재와 민성의 일행이 대치하고 있는 곳을 제외하고는 온통 서가와 책상들이 가득했다.

밖으로 나서는 윤극사를 보고 신포 필재가 놀라서 반가운 음성으로 소리쳤다.

"극사!"

윤극사는 분노로 입술이 파들파들 떨렸다.

신포 필재의 부하들 중 하나가 빠른 음성으로 물었다.

"적입니까, 친구입니까?"

윤극사가 적이라면 수적 우위도 사라지게 될 판이었다.

"친구!"

하고 신포 필재가 짧게 말했다.

이태자 민성이 흠칫했다.

이영이 신포 필재에게 인사를 했다.

"아저씨, 안녕하셨어요?"

신포 필재는 얼굴을 가린 복면을 떼어버리고 호탕하게 웃었다.

"하하하하! 귀한 댁 아가씨를 여기서 볼 줄이야. 소식은 얼핏 들었다만 무양하셨는가?"

여러 해가 지났지만 여전히 신포 필재는 변함없는 얼굴이었다.

이영이 얼굴을 붉히며 말했다.

"지금은 윤가의 사람입니다."

"잘됐군! 잘됐어!"

신포 필재가 기쁜 음성으로 말했다.

윤극사는 검을 든 채 신포 필재에게 머리를 숙였다.

신포 필재는 달려가 그의 손을 와락 잡으며 기쁜 얼굴로 말했다.

"무사했구나. 너를 노리는 무서운 자객이 있다는 소문을 듣고 얼마나 걱정했는지 모른다. 네가 이만큼 컸구나."

윤극사가 신포 필재를 처음 만났을 때는 열여섯 살 때였으니 턱에 수염도 자라지 않은 앳된 소년이었다.

지금의 윤극사는 필재보다 더 키가 컸고 어깨도 더 벌어져 있었다.

이영이 미소를 지으며 말했다.

"저희를 용케 알아보셨군요."

"다 아는 방법이 있다."

하고 말하며 필재가 웃었다.

이태자 민성은 화나고 기막힌 표정으로 그들을 쏘아보았다. 신포 필재는 윤극사와 이영이 나타나자 눈앞에 있던 대적(大敵)인 민성을 잊어버리기나 한 듯이 행동했다.

필재의 부하들은 윤극사와 이영, 그리고 필재를 에워싸고 만약에 있을지 모를 이태자의 공격에 대비했다.

이태자 민성이 차갑게 말했다.

"그대는 몹시 교활하군, 윤 의원을 인질로 삼아서 여길 빠져나갈 생각을 하다니."

필재가 그를 돌아보면서 말했다.

"이태자! 당신이 아무리 간담이 크다 해도 이 두 사람을 해칠 생각은 꿈에도 말아야 할 것이오."

민성이 코웃음을 치며 말했다.

"나는 귀하처럼 함부로 사람을 해치는 사람이 아닌데 왜 그들을 해친단 말이오? 더구나 윤 의원은 조금 전 귀하의 손에 죽어가던 내 아랫사람을 구해주기까지 했소."

필재가 껄껄 웃었다.

"아깝군, 아까워! 이태자가 이들을 해치려 했다면 내가 이태자를 죽이는 수고를 하지 않아도 되었을 텐데."

이태자의 네 부하가 살기 어린 눈으로 필재를 쏘아보았다. 이태자가 어이없다는 듯이 웃으며 말했다.

"귀하의 심기는 충분히 봤소. 이제 그만 하고 윤 의원과 책을 내놓으시오. 나는 다시 만날 날을 고대하며 오늘 일의 책임을 더 묻진 않겠소."

필재가 빙그레 웃었다.

"이태자는 천라지망을 너무 믿고 있군. 나를 안다면 감히 그런 말을 하지 못할 텐데."

"뭣?"

이태자가 반문하자 필재가 냉소를 지으며 말했다.

"자넨 아무것도 모르는 철부지란 소리야. 본관(本官)이 누군지도 모르고 극사 부부가 누군지도 몰라."

"권주를 마다하고 꼭 벌주를 마시겠다는 거냐?"

이태자가 버럭 소리쳤다. 필재가 해보자면 해보자는 투로 냉소를 지었다. 이태자는 윤극사가 나타난 후에 필재가 더욱 강한 자신감을 보이자 속으로 은근히 경계심이 일었다. 그가 칠층에 들어서면서 뿌렸던 독약은 효력을 발생할 시간이 지났지만 아무 반응이 없었다.

더7나 그들은 목적을 달성하고 빠져나갈 기회만 노리고 있었다.

그때 윤극사는 이태자 앞으로 나섰다.

"마, 막아라!"

신동운제 속에서 동추선이 소리쳤다. 이태자의 호위들이 흠칫하며 철통같이 이태자를 막아섰다. 이태자는 호위 한 사람의 어깨를 밀어서 나오며 말했다.

"윤 의원, 할 말이 있소?"

윤극사가 음성을 미미하게 떨면서 말했다.

"이태자, 당신은 곡주(谷主)의 제자입니까?"

이태자는 망설이다가 말했다.

"그분은 내 양부(養父)요."

윤극사는 머리를 끄덕이고 여전히 조금씩 떨리는 음성으로 말했다.

"나는, 제세원의 말의 윤극사입니다."

"말씀은 들었소."

하고 이태자가 말했다.

두 사람의 대화로 실내의 분위기가 기묘하게 변하고 있었다.

윤극사의 음성이 좀 더 떨렸다.

"여기는 원래 제세원이었습니다. 백초곡은 제세원에 있던 수천 명의 사람들을 독살시켜 죽였습니다. 이태자, 당신은 알고 있습니까?"

"들었소."

이태자는 심문당하는 죄인처럼 묵묵히 고개를 끄덕였다.

동추선의 안색은 창백하다 못해 파랗게 변했다.

윤극사의 음성은 격앙되어 가늘면서도 높아졌다.

"당신은… 당신은 그것을 알면서도 제세원 위에 신생조화문을 세우고 시숙들이 남기신 책으로 독약을 만들게 했단 말입니까?"

이태자가 묵묵히 고개를 끄덕였다.

동추선이 극사, 극사, 하고 소리쳤다.

"만인을 위해 어쩔 수 없었다. 이태자 전하께선……!"

"가만히 있어요!"

윤극사는 고함을 쳤다. 동추선이 떨면서 입을 다물었다. 그곳에 있는 사람들의 귓속이 윤극사의 고함으로 윙윙거렸다.

필재의 부하들은 안색이 변해서 물러섰다. 이태자와 신포 필재마저 윤극사의 감정에 휘말린 듯 숨을 졸이고 있었다.

윤극사가 이태자를 손가락질하며 말했다.

"나는… 나는… 나는 당신들을 죽일 줄 몰라서 안 죽이는 줄 아는가요? 당신들은… 당신들은……."

격해져서 말을 잇지 못했다.

이태자는 윤극사에게서 느껴지는 기묘한 힘에 사로잡혀 감히 반박조차 할 수가 없었다. 윤극사가 사람이 아니라 미증유(未曾有)의 어떤 존재인 것처럼 느껴졌다.

윤극사가 떨리는 음성으로 말했다.

"하늘이 무섭지 않습니까?"

이태자와 신포 필재가 몸을 부르르 떨었다.

"나는……."

윤극사의 말이 이어졌다.

"이태자의 형인 일태자를 만났습니다. 그리고 당신들의 아버지인 민천자도 만나보았습니다. 일태자는 천명(天命)이 자기에게 닿았다는 확신을 가지고 있었어요. 천명이 닿았으니 나라를 세울 수 있었겠지요. 하지만 천명이 닿았으면 무슨 소용인가요? 당신들은 그만큼 세상의 원한과 비탄을 모으고 있어요. 일태자와 이태자 당신들이 천명을 빙자(憑藉)하고 만인을 빙자하며 원한을 모은다면 천명은 이내 당신들에게서 돌아서고 말 것입니다."

윤극사는 자르듯이 말했다.

"망할 거예요."

이태자 민성의 몸이 부르르 떨렸다.

윤극사가 말했다.

"이태자, 여기서 나가세요. 당신의 사람들은 한 명도 남기지 말고 다 데리고 가세요."

이태자 민성은 아무 대답도 하지 못했다.

윤극사는 신포 필재에게 작은 소리로 말했다.

"책을 주세요."

신포 필재가 머리를 저으며 말했다.

"나와 함께 가자."

윤극사는 눈물을 글썽거리며 말했다.

"왜 이렇게 많은 사람들을 죽였어요?"

필재는 윤극사가 눈물을 떨구면서 말하자 살기 위해 어쩔 수 없이 먼저 죽일 수밖에 없었다는 말을 할 수가 없었다. 윤극사가 어떤 사람인지 필재는 알고 있었다. 대답 대신 속으로 탄식을 했다.

윤극사를 만나서 천군만마를 얻은 듯이 기뻤는데 그를 데려갈 수는 없겠구나 싶은 생각이 들었다. 제세원 제이신의 평일측의 혼돈석유고를 가져가는 것보다 윤극사를 데려가는 것이 더 중요하다는 생각마저 하고 있던 그였다.

윤극사는 손을 내밀었다.

신포 필재는 부하들에게 손을 내밀며 말했다.

"책을 다오."

네 명의 부하들이 두 권씩의 책을 품에서 꺼냈다. 신포 필재는 책을 거두어서 윤극사에게 주었다.

이영이 책을 받아 두 팔로 안았다.

신포 필재가 윤극사의 팔과 어깨를 잡으며 다독거렸다.

"건강하거라. 그리고 네가 그랬을 리는 없지만 내 부하들을 다치게 하지 마라. 사찰에서 열일곱 명을 독살한 범인의 용모파기를 보고 너인 것 같아서 놀랐었다. 부하들에게 너희를 공격하거나 뒤쫓지 말라는 명을 내렸으니 귀찮은 일을 없을 것이다. 너희를 음해했던 자는 내가 추적하는 중이다."

윤극사는 머리를 끄덕였다. 천심회의 옛 장원에서 네 사람이 주고받던 말을 들었을 때 이해가 되지 않던 것이 필재의 말을 듣고 이해되었다.

신포 필재는 이영에게 미소를 지으며 말했다.

"어디서 너희들을 다시 만날 수 있을까?"

이영은 방긋 웃었다.

필재가 말했다.

"아들을 낳거든 기별하거라. 어디에 있든지 찾아가마."

이영이 고개를 푹 숙였나. 신포 필재는 하하 웃으며 이태자를 향해 돌아섰다.

"이태자! 극사의 말을 들었으면 냉큼 꺼지지 않고 왜 아직 남아 있느냐?"

이태자 민성이 고개를 천천히 들면서 말했다.

"윤 의원, 미안하오만 이대로 물러갈 수는 없소. 신생조화문은 천지개벽(天地開闢)의 문명을 새로이 창조하는 곳이오. 그리고 여기는 내 아버지 나라의 영토라는 점을 잊지 말았으면 좋겠소."

동추선의 얼굴이 새까맣게 변했다.

"전하……."

민성이 단호한 얼굴로 말했다.

"나는 이 나라의 이태자요. 이 일은 국운(國運)이 달린 일이라 사사로운 감정으로 처리할 수가 없소. 용서하시오."

순간 민성의 앞에 있던 네 명의 무사들이 벼락치듯 움직이며 윤극사를 공격했다.

윤극사의 얼굴이 초연하면서 착 가라앉아 있었다. 동추선은 그 얼굴에서 윤극사의 살인의 결의를 읽었다.

"안 돼!"

동추선은 하나뿐인 다리로 껑충 뛰어나오며 절망적인 음성으로 외쳤다.

신포 필재는 벌써 윤극사의 앞을 막아서 두우검(斗宇劍)을 펼쳐 네 사람의 공격을 막았다. 여덟 명의 부하들은 희뿌연 그림자가 되어 네 무사를 공격해 들어갔다.

이태자 민성은 왼손으로 자기의 검을 뽑는 것과 동시에 발 앞에 꽂혀 있던 네 자루의 검을 오른손으로 스쳐 갔다.

민성의 손에 다섯 자루의 검이 들렸다. 그러나 마치 민성의 팔이 다섯 개로 변한 듯 조금도 부자연스럽지 않았다. 손은 하나의 검을 잡았을 뿐이지만 그는 다섯 개의 검을 들고 있었다.

치치치치칙!

민성은 다섯 자루의 검으로 다섯 명의 적을 동시에 공격했다. 원래 신포 필재 측이 수가 많은 구 대 오의 대결이었지만 민성이 다섯 사람의 몫을 하자 구 대 구의 상황처럼 보였다.

동추선과 함께 있던 무사가 소리없이 뒤에서 이영을 공격해 왔다. 이영을 제압하여 인질로 쓰려는 듯 맨손이었다.

윤극사는 보지도 않고 검을 뒤로 휘둘렀다. 달려들며 이영을 공격하던 무사가 껑충 뛰어서 물러섰다.

이영은 한 손으로 책을 안은 채 내운룡대구식을 펼쳐서 서가로 날아올라 갔다가 빈손으로 내려오면서 그녀를 공격했던 무사의 목덜미를 붙잡아서 쓰러뜨렸다.

쿵!

무사는 팽이처럼 옆으로 빙글 돌아서 엎어진 후 일어나지 못했다.

신포 필재와 싸우면서 그 모습을 본 이태자 민성은 속으로 크게 놀랐다. 그의 호위 무사들은 직접 자기가 무공을 가르치고 약물로 단련시켜 내외공이 이미 절정에 달해 있다고 자부하는 터였는데 이영의 가벼운 한 손에 쓰러졌던 것이다.

동추선은 검이 자기 앞을 덮치는 것도 아랑곳하지 않고 윤극사를 붙잡으며 소리쳤다.

"나는 죽여도 좋다! 이태자는 살려디오! 나는 죽어도 좋다!"

"안 돼요."

윤극사는 천천히 머리를 저었다. 동추선이 망연히 윤극사를 올려다보며 홀린 듯한 음성으로 말했다.

"정말이냐? 정말 이태자를 죽이려 하느냐?"

윤극사가 머리를 끄덕였다.

동추선이 애원하는 눈빛으로 보며 말했다.

"복수냐? 제세원의 복수는 백초곡에서 하지 않았느냐? 그때 백초곡에서 이청무 사숙에게 죽은 사람도 적지 않았다. 너와 이 사숙은 백초곡을 폐허로 만들어 버리지 않았느냐?"

싸우는 소리가 뚝 그쳤다.

이태자 민성이 네 명의 부하들과 함께 뒤로 물러섰다. 동추선이 윤극사를 대하는 태도는 윤극사가 누구든 죽일 수 있는 힘을 가지고 있는 사람이라 단정하고 있는 듯했다.

윤극사는 다시 머리를 저었다.

이태자를 살려둘 수 없다는 말이었다.

동추선이 물었다.

"왜 이태자를 죽여야 한다는 거냐? 왜? 왜? 극사 넌 의원이 아니냐?"

윤극사가 중얼거리듯 말했다.

"내 눈엔 그가 사람을 해치는 병독(病毒)으로 비쳤어요."

동추선이 어리벙벙한 표정을 지었다.

윤극사는 그의 손을 떼어놓았다. 심한 악취가 코를 찔렀다. 손으로 이마를 짚어서 동추선을 잠들게 했다.

순간 윤극사의 눈앞에 빛이 번쩍했다. 이영과 필재가 소리치며 막으려 했지만 늦었다.

칵!

색혈비도가 윤극사의 이마에 격중했다.

신포 필재가 이태자를 향해 검을 휘두르며 달려들었다.

"비겁한 놈아!"

이태자는 색혈비도를 발출하자마자 필재의 반격을 염두에 두고 물러서는 중이었다. 네 명의 무사들이 필재를 막았다. 하지만 분노한 필재의 검에 두 명의 무사가 손목을 잘리고 어깨에 구멍이 뚫렸다.

이영이 ‘소신의!’ 하고 연이어 부르짖는 소리가 귀를 울렸다. 그 소리만큼 필재는 분노했다. 발로 차서 무사의 어깨에 박힌 검을 뽑으며 두우검의 절초로 이태자를 공격했다.

이태자는 다비칠검을 펼쳐서 다섯 자루의 검으로 필재를 막았지만 허벅지에 일검을 맞았다.

“힘을 숨기고 있었군!”

이태자가 소리쳤다.

필재는 이태자의 검 중에서 세 자루를 날려 버리고 마당을 쓸듯이 발로 쓸어 그의 다친 다리를 찼다.

이태자가 외발로 껑충 뛰어 또 물러났다.

필재가 악귀처럼 달려들며 화난 음성으로 소리쳤다.

“네놈처럼 흉계를 숨겨두진 않았다!”

이태자는 와락 두려운 생각이 들어서 또 물러섰다. 눈부신 필재이 검이 팔꿈치를 스쳤디. 팔이 날아갈 뻔했다.

이태자가 소리쳤다.

“홍 염칭을 써라!”

그와 동시에 필재는 전신이 화끈한 열기에 사로잡히는 것을 느꼈다. 검막을 펼쳐서 등으로부터 전신을 보호하는데 이태자의 손끝에서 빛이 번쩍이며 한 자루의 색혈비도가 날아들었다. 왼손으로 비도를 막았지만 비도는 그의 왼손을 꿰고 오른쪽 가슴에 박혔다.

“크악!”

필재는 불길에 휩싸인 채 굴렀다.

"대영반!"

필재의 부하들이 몸을 날렸으나 이태자의 호위 무사들은 어느 틈에 창을 그들에게 겨누었다. 붉은 화염이 창에서 뿜어져 나와 그 일대를 불바다로 만들었다.

눈 깜짝할 사이의 일이었다.

윤극사는 그때 눈을 떴다. 이태자의 색혈비도가 이마에 맞았지만 그를 죽이진 못했다. 충격으로 잠깐 동안 정신을 잃은 정도였다.

이영은 그가 눈을 뜨자 기뻐 소리쳤다.

"정신이 들어요?"

윤극사는 머리가 어지러웠지만 고개를 끄덕이며 손가락으로 서가를 가리켰다. 불이 서가로 옮겨 붙고 있었다.

이영이 장력으로 불을 밀어버리며 소리쳤다.

"신포 아저씨가 당했어요! 함께 온 사람들도요!"

윤극사는 벌떡 일어섰다.

그때 아홉 개의 커다란 불덩어리가 그들에게 굴러왔다. 그 뒤로 네 명의 무사들이 악귀처럼 쫓아왔다.

검을 놓아버리고 두 손을 앞으로 내밀었다. 순간 아홉 개의 불덩어리에서 불이 걷히더니 뒤따라오던 네 명의 무사들을 덮쳤다.

"으악!"

네 무사가 비명을 지르며 물러섰다.

윤극사는 물을 휘젓듯이 허공에서 손을 저었다. 그의 손짓을 따라 그곳에 있는 불길이 모여들고 타오르며 커다란 화구(火球)가 되어 춤을 추었다. 화구의 지름이 다섯 자나 되었다.

윤극사가 손을 멈추자 화구도 멈추었다.

이태자는 아래층으로 내려가는 계단까지 물러나서 창백한 얼굴을 하고 있었다. 네 명의 부하들도 색혈비도를 맞은 윤극사가 일어나서 거대한 불공을 마음대로 조절하자 얼이 빠진 표정이었다.

윤극사의 뒤에서 심한 화상을 입은 신포 필재와 그의 부하들이 일어섰다. 몸에서 연기가 피어오르고 있어서 그들은 마치 화염지옥에서 도망쳐 나온 악귀들처럼 보였다.

이태자는 이를 악물었다.

색혈비도를 정통으로 맞고 죽지 않을 뿐 아니라 커다란 불공을 마음대로 다루는 윤극사와 연기를 뿜으며 뒤에 서 있는 악귀 같은 자들이 이 세상의 사람 같지 않았다.

뜨거운 열기가 그가 서 있는 곳까지 뻗쳐 왔다.

윤극사는 왼손으로 화염구를 밀고 걸어가며 오른손으로 놓았던 검을 잡았다.

이태자 민성과 무사들이 더욱 물러섰다.

이영은 신포 필재의 몸에서 색혈비도를 뽑았다. 그러나 신포 필재의 왼손은 오른쪽 가슴에서 뗄 수 없었다. 화상으로 인해 그의 왼손과 오른쪽 가슴은 한 덩어리로 붙어버린 상태였다. 색혈비도를 뽑을 때 조금 피가 났지만 눌러 붙은 화상은 찔린 상처마저 막아버려서 피가 뿜어지진 않았다. 하지만 다른 곳의 화상은 그곳만큼 심하지 않았다.

이영은 신포 필재가 검막으로 불길을 막았으나 색혈비도를 맞은 쪽은 검막이 뚫려서 심한 화상을 입었다는 것을 알았다.

필재의 여덟 부하들은 머리카락과 옷이 불에 탔지만 심각할 정도의 화상은 없었고 조금 데인 정도였다. 대단한 고수들이라 아니 할 수 없었다.

신포 필재가 '카악' 하며 한 덩어리의 피를 토했다.

윤극사는 무표정한 얼굴로 천천히 걸어갔다.

이영이 신포 필재에게 전음으로 말했다.

―그를 따라가야 해요. 지금이 아니면 여길 탈출할 기회가 없을 거예요.

신포 필재는 전음으로 부하들에게 뭔가를 지시하고 걸었다. 이영은 신포 필재와 함께 윤극사의 바로 뒤에서 걸었고, 여덟 명의 부하들은 그들을 따라서 걸었다.

윤극사의 손이 움직이며 불공이 춤추었다. 바닥에 있던 핏자국과 떨어져 있던 손 하나가 불공에 닿으면서 사라졌다.

무사 두 명이 윤극사를 향해 창을 던졌다.

신포 필재가 검을 뒤에 있는 부하에게 건네주면서 성큼 앞으로 나와 한 손으로 두 자루의 창을 모두 잡아버렸다.

이태자와 무사들은 계단 아래로 밀려 내려갔다.

신포 필재가 이영에게 작은 소리로 물었다.

"저건 어떤 무공이냐? 나는 스승님한테서도 저런 무공이 있다는 말을 들어본 적 없구나."

이영이 말했다.

"저도 몰라요."

신포 필재가 말했다.

"극사가 언제 무예를 배웠지?"

이영이 말했다.

"혼자서 검술을 좀 연습한 게 다예요."

신포 필재는 고개를 갸웃거렸다. 그는 윤극사가 의술과 독술에 신기막측한 재주를 가지고 있으며 마음만 먹으면 독으로 수많은 사람을 한꺼번에 죽일 수 있다고만 알고 있었다.

이영이 작은 소리로 윤극사에 대해서 말해 주었다.

"소신의에 대해서는 항상 같이 있는 저도 잘 몰라요. 가끔 알아듣기 어려운 말을 하고 신기한 일을 아무렇지도 않게 해요. 옛날이야기 속에 나오는 신선들처럼요."

계단을 내려와 육층에 이르렀다.

무사 한 명이 가운데 있는 쇠기둥까지 날아갔다가 돌아왔다. 윤극사가 신동운제에서 나올 때 기관을 자기 뜻대로 움직여 버렸기 때문에 신동운제가 작동하지 않게 된 때문이었다.

이태자 일행은 바로 오층으로 내려가는 계단으로 물러섰다.

윤극사는 육층에 내려서며 손을 흔들었다. 그러자 불공이 두 개로 나뉘어졌다가 다시 네 개, 여덟 개로, 그리고 열여섯 개의 작은 불공으로 나뉘어지며 흩어섰다.

지지직! 지직!

여러 곳에서 기름이 타는 소리와 냄새가 났다. 불공들이 육층에 쓰러져 있던 시체들을 빨아들여 태우면서 윤극사 앞으로 모여들어 다시 하나가 되었다. 불공이 더 크고 강해졌다. 그 속에서는 타고 있는 시체들의 모습이 어렴풋이 보였다.

윤극사는 이태자를 빤히 응시하며 다가갔다.

이태자는 당혹감과 두려움으로 계속 물러서기만 했다. 한 걸음을 물러설 때마다 두려움이 불공처럼 커지고 있었다.

금방 오층을 밟게 되었다. 신동운제가 작동하지 않는 까닭을 모르는 무사가 다시 달려가서 확인하고 돌아왔다.

이태자와 무사들의 전신은 땀으로 흠뻑 젖었다. 그들은 윤극사의 불공에 의해서 짐승처럼 내몰리고 있었다.

불에 마음을 뺏긴 짐승들처럼 멀리 도망치지도 못하고 가까이 있지도 못했다.

윤극사는 각 층마다 있는 시체들을 불공으로 태웠다. 일층으로 내려왔을 때는 세 개의 커다란 불공을 굴리고 있었다.

이태자는 일층의 윤극사가 찢어놓은 철문 밖으로 나가며 혼절해 버렸다. 철문 밖에 있던 무사들이 이태자를 데리고 갔다.

윤극사는 일층에 가득하던 시체들을 불공으로 감싸서 철문 밖으로 굴러가게 했다. 수십 개의 불공들이 만상탑 밖으로 굴러 나왔고 철통같이 에워싸고 있던 이태자의 천라지망은 혼란에 빠졌다.

모든 불공들을 밖으로 다 내보낸 후에 윤극사는 바같으로 나왔다.

만상탑 앞의 너른 공간을 불공들이 어지럽게 움직이고 있었다. 전포를 입고 무장을 다 갖춘 병사들이 소리를 지르며 불공을 피해서 뛰어다녔다.

윤극사는 만상탑 앞에 서서 손과 검으로 불공들을 움직였다. 두려움에 질려서 불공을 막으라 외치는 고함 소리가 끝이 없었다.

근처에 있는 건물들마다 혼돈석유가 저장되어 있지 않은 곳이 없었다. 그곳에 불이 옮겨 붙으면 안에 있는 사람은 다 죽는다고 누군가 소리친다. 기억에 남아 있는 음성이다.

모두 죽은 게 아니었다.

윤극사는 동추선을 본 외에 백초곡 사람들의 시신은 겨우 몇 개를 봤었다. 신생조화문에 와 있는 스무 명 중 나머지 사람들은 다른 건물에 있다가 참화를 피한 모양이었다.

커다란 불공들과 병사들이 들고 있는 작은 횃불들이 서로 쫓는 것처럼 달렸다. 밤하늘과 대지를 수십 개의 불공들은 화려하게 수놓으며 날았다.

윤극사는 불공들로 병사들과 사람들을 신생조화문 밖으로 몰아갔다. 그때 네모난 상자처럼 생긴 건물의 지붕에서 한 사람이 소리쳤다.

"윤극사다! 윤극사다! 극사가 나타났다! 빨리 피해라!"

불공을 쫓으며 위험을 경고하고 막아야 한다고 소리치던 사람들이 일순간 조용해졌다.

제11장 사람을 넘어서

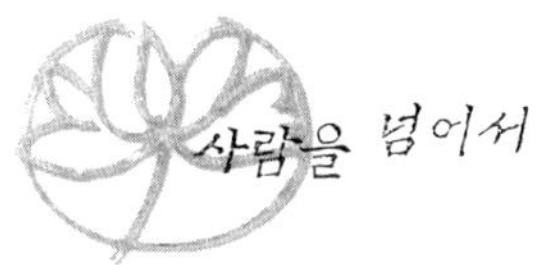

예전, 윤극사가 제세원에 있을 때는 네 개의 우물이 있었다. 한 개는 혼돈석유가 나는 곳이었고 세 개는 질 좋은 음용수가 솟는 샘이었다.

윤극사는 신생조화문 안을 걸어서 세 번째 우물을 찾았다. 그리고 옛날에 했던 섯처럼 두레박으로 물을 길어서 머리에 끼얹었다.

새벽이 뿌옇게 밝아오고 있었다.

별들은 열여섯 살 때 올려다보았던 것과 다름없었다. 고개만 들고 있으면 세월을 거슬러서 그 시절이었다.

다시 물을 길어서 머리에 부었다. 차갑다가 뜨거워지는 물은 등줄기를 타고 발끝으로 내려갔다. 눈을 감고 감촉만 느껴보아도 그 시절로 돌아갔다.

윤극사는 우물가에 주저앉아 얼굴을 감싸고 흐느꼈다. 거대한 신생조화문의 건물들이 그를 따라 웅웅거렸다.

달갑지 않은 되울림 소리다.

시체 타는 냄새가 새벽 공기에 실려왔다.

이영은 윤극사의 곁에 쪼그리고 앉아 어깨를 붙이며 한기에 떨다가 산 사람들의 냄새보다 죽은 사람들의 냄새가 더 좋다는 생각이 들었다.

윤극사는 단호하게 죽이겠다고 했던 이태자 민성을 결국 죽이지 않았다. 윤극사의 마음속에는 어쩌면 그가 태어난 순간부터 세상을 침해하지 못하게 하는 뭔가가 존재하고 있었을지도 모른다.

윤극사에게 인간을 뛰어넘는 신기한 힘들이 있기 때문에 그것이 있어야만 했을까?

이영은 이런저런 생각을 했지만 남는 것은 그에 대한 연민뿐이었다.

무엇이 다르단 말인가. 신에 달한 의술로 가난하고 불쌍한 환자들을 치료해 줬지만 그 환자와 가족들은 윤극사를 점쟁이 대하듯 하고 멸시하며 이용하려고도 했다.

그것이 세상과 용납하지 않는 듯한 지금과 무엇이 다르단 말인가?

이영은 윤극사가 추억과 회상과 원망의 동굴에서 빠져나오기를 기다렸다.

병사들은 물러갔고 신생조화문의 의원들은 도망쳤으며 신포 필재 등은 조용히 사라졌다.

웅대한 신생조화문 안에 남아 있는 사람은 윤극사와 그녀 둘뿐이었다.

사람들이 달아나며 했던 말이 이영의 귀에 쟁쟁했다.

"윤극사가 돌아와서 만상탑 안에 있는 사람들을 다 죽였다!"

죽었던 사람은 말이 없고 죽인 사람은 자기가 죽였노라 말할 틈이 없었다. 수백 명의 사람들은 윤극사가 죽였고 윤극사가 불을 붙여 공처럼 굴린 것이 되었다.

반은 맞았다.

윤극사가 돌아왔다는 말은 맞으니 그들이 했던 말에서 반은 맞았고 그들이 아는 것에서도 윤극사가 시체에 불을 붙여 공처럼 굴린 것은 맞았다.

'반만 맞아도 굴러가는 세상……'

세상이 언제나 불완전하고 어두운 곳들이 존재하는 것은 늘 반만 맞아도 굴러왔기 때문일지도 모른다.

윤극사의 흐느낌이 잦아들고 있었다.

"흐읍!"

윤극사가 온 가슴으로 숨을 들이키고 '하아!' 하며 어깨를 낮춘다. 그가 힘을 추스른다.

이영은 아직까지 한 번도 부른 적 없는 호칭으로 윤극사를 조그맣게 불렀다.

"여보."

윤극사가 목에 고였던 마지막 눈물을 꿀꺽 삼키고 이영을 안았다. 두 사람 다 쪼그리고 앉았기 때문에 닭들이 서로 목을 비비는 것 같았다.

이영이 다시 윤극사를 '여보' 하고 불렀다.

윤극사가 고개를 들었다.

이영은 작은 소리로 말했다.

"우리 여길 떠나요. 당신한텐 이 세상이 맞지 않아요."

윤극사가 물기 젖은 눈을 크게 뜬다.

이영이 말했다.

"난 아무 곳이라도 좋아요. 사람들이 찾아오지 않는 황산의 집도 좋고 먼 사막이나 외딴 섬이라도 좋아요."

"영……."

윤극사는 말을 잇지 못했다.

이영이 해맑게 웃으며 말했다.

"당신은 신선이에요. 사람을 넘은 분이잖아요. 당신이 겪는 시련과 고통은 사람을 넘은 당신이 세상에 있으려 하기 때문일지도 몰라요."

윤극사는 굳은 얼굴로 이영을 보았다.

이영이 윤극사의 손을 잡으며 또 '여보' 하고 불렀다.

"세상은 사람들이 사는 곳이에요. 신선인 당신한테는 몸에 맞지 않은 작은 옷이에요. 여보……."

"난… 영, 난……."

윤극사가 말을 더듬었다.

이영이 머리를 맞대고 말했다.

"당신은 의원이 아니에요. 지금 당신은 신선이에요. 여보, 오늘 보셨잖아요. 세상이 옳고 그르고를 떠나서 세상은 당신을 버거워해요. 세상은 세상 사람들이 알아서 살도록 놔둬요. 죽이든 살리든."

윤극사는 입을 벌리고 멍한 눈으로 이영을 보았다.

이영이 윤극사의 두 손을 가슴에 모으며 말했다.

"이제 떠나요. 당신이 알고 있는 세상, 당신만 보고 있는 세상이 있잖아요. 저도 노력하면 조금씩 볼 수 있을 거예요."

밖에서 윤극사를 감싸고 돌고 있던 소용돌이가 그의 머리 속으로 들어왔다.

윤극사는 자기 생각의 파편들이 만들어내는 소음 때문에 귀가 멍멍했다. 자기 속에 투영되는 자기의 모습은 쪼그려 앉아서 훌쩍이는 것처럼 보였다.

'신선이라니……'

볼썽사나운 꼴의 신선이라니……. 몸을 적신 물기가 김을 내며 증발했다.

윤극사는 자기가 신선이라고는 확신할 수 없었지만 세상에 버겁다는 이영의 말은 인정하지 않을 수 없었다.

오싹오싹 몸이 떨렸다.

이영이 소맷자락을 넓게 펴고 그를 안았다.

새벽바람이 시체 냄새를 남기고 밤을 쓸어간다.

해가 뜰 때까지 병아리처럼 떨면서도 자리를 옮기지 않았다.

이영은 다시 떠나자는 말을 하진 않았지만 그 말은 윤극사의 머리 속에 화두가 되어서 끝없이 구르고 굴렀다.

해가 뜬 후에 윤극사와 이영은 손을 잡고 신생조화문 뒤쪽의 작은 문으로 나갔다. 윤극사는 이청무와 함께 걸었던 종남산의 그 길을 이영과 함께 걸으면서 연시(軟枾:홍시)가 되어버린 감을 따서 먹었다.

이청무와 함께 갈 때 시험을 받았고 꾸지람도 들었다.

"의술은 반드시 죽음, 필사(必死)를 근본으로 하고, 그 영역을 벗어난 것
은 의술이 아니라 신선의 방술(方術)이라 한다."

라고 말하던 이청무의 음성이 귀에 들리는 듯했다.

그때 윤극사는 십만 팔천 종의 초목(草木)과 삼천 종의 금석(金石)을
모두 사용할 줄 알면 신선이 될 수도 있다고 들었다는 말을 했다.

흐르는 말을 들었고 지나가는 말을 했지만 이청무는 윤극사에게 호
통을 쳤다.

"너는 의술을 배우느냐, 신선술을 배우느냐!"

윤극사는 이청무가 돌아보며 소리쳤던 그 자리에 멈추어 서서 속으
로 물어보았다.

'사숙님, 제자가 배운 것은 의술이었어요, 신선술이었어요?'

이청무는 대답이 없다.

윤극사는 이청무가 섰던 자리에 그가 섰던 것과 똑같이 섰지만 그의
속에서도 이청무는 대답하지 않았다.

의술을 배우겠다는 일념만이 있었고, 그 일념으로 의술을 배웠던 윤
극사였다. 당시 윤극사에게 하늘처럼 높아 보였던 이청무는 윤극사에
게 두려움의 대상이기도 했고 눈조차 마주칠 수 없는 어른이었다.

지금의 물음에 대답없는 이청무의 음성이 그때의 기억 속에서 살아
서 울린다.

"사람으로 태어나서 사람을 위해 살다가 죽는 것보다 더 나은 삶은 없다. 한 번만 깊이 생각해 봐도 알 일이다. 의원의 길이 어려운 까닭은 이에 있다. 의술을 배우는 것보다 의원으로서의 바르고 큰마음을 가지기가 어려운, 즉 술(術)만 배우고 큰마음을 가지지 못한 자는 사람을 위해 술을 쓰는 것이 아니라 명예를 위해 술을 쓰고 황금을 위해 술을 쓰게 되니 배우지 않음만도 못하다. 의술이 수천 년을 이어온 까닭이 제 한 몸의 영달을 위해서일 리가 있겠느냐? 마음은 크지만 술을 배우지 못한 자는 자기가 병들기 마련이다. 술을 풀어서 고치지 못하는 환자가 늘어나는 만큼 자기 속에서도 병이 자란다. 하지만 큰마음을 갖지 못해서 세상을 병들게 하고 더러움을 뿌리는 자보다는 제 한 몸 망하는 것이 나을 테지."

윤극사의 몸속에 녹아들어 좌우명이 되었던 이청무의 말이었다.

윤극사는 다시 걸었다. 울울창창하던 숲은 낙엽이 발목까지 묻힌다. 세월이 흐른 후의 숲 속 길이었지만 어제 본 듯이 기억에 선명했다

숲을 헤치고 나가자 잎이 딱 트이면서 들판은 발 아래에 보이고 하늘은 눈앞에 보였다. 깎아지른 단애 끝에 사람 키보다 조금 큰 소나무 한 그루가 서서 이영과 윤극사를 맞았다.

전에는 이청무와 윤극사를 맞아주었던 소나무였다.

햇살이 눈을 아른거리게 한다. 그 소나무 옆의 바위 앞에서 윤극사는 이청무 사숙에게 침을 받고 의원이 되었다.

윤극사는 이청무가 바위에 걸터앉아 있는 것처럼 그 앞에 무릎을 꿇고 앉았다. 윤극사는 자기가 의원이 되었던 바로 그 자리에 앉아서 이

청무에게 속으로 물었다.

'사숙님, 제자는 길을 잃었습니까?'

윤극사는 눈을 감았다. 이청무를 불렀지만 자기 속에서 답을 구하고 있었다.

정오가 지났다. 해가 정남(正南)에 섰을 때 윤극사는 눈을 뜨고 작은 소리로 말했다.

"세상에서 얻은 것은 제것이 아니니 세상으로 돌려보내겠습니다."

윤극사는 이청무에게 받았던 침통을 꺼냈다. 많이 잃어버렸고 다시 사서 채웠지만 어젯밤에 또 많이 잃었다.

윤극사는 손으로 무릎 앞의 땅을 파고 침통을 묻었다.

울지는 않는데 눈물이 쉴 새 없이 흘렀다.

이영은 몸을 돌리고 울었다. 그녀는 자기가 애원하긴 했지만 윤극사가 이처럼 쉽게 따르리라고는 생각지 못했다. 반은 그랬으면 하고 바랐고 반은 그를 달래려는 마음이었다. 이번에도 역시 세상은 반만의 진실로 굴러갔다.

몇 해 동안 윤극사와 함께 다니며 의술을 보고 배운 이영은 침통을 묻는 것이 의원으로서의 윤극사를 매장하는 것이라는 걸 알고 있었다.

흙을 덮고 있는 윤극사의 떨리는 손이 이영은 자기의 가슴을 원망하며 쥐어뜯는 것처럼 느껴졌다.

윤극사는 손으로 흙을 눌러 다지고 그 위를 넓적한 돌로 덮었다. 그 자리에서 침을 받아 의원이 되었고 그 자리에서 침을 묻고 의원으로서의 생을 마쳤다.

일어났을 때 윤극사는 발이 땅을 딛고 있는 것 같지가 않았다. 구름을 밟은 듯이 몸이 흔들거렸고 물에 비친 그림자를 보는 듯이 하늘과 땅이 어른거렸다.

비틀거리는 윤극사를 이영이 부축했다. 부부는 말없이 종남산을 내려갔다.

이영과 윤극사가 객점에 있는 짐을 가지러 돌아갔을 때 서안은 벌집을 쑤셔놓은 듯 소란했다. 병사들이 수없이 보였지만 그들은 무엇을 경계해야 할지 모르는 것처럼 보였고 백성들은 웅성거리며 몰려다녔다.

어제까지 그토록 평화롭고 활기 넘쳤던 곳은 전쟁의 소식이 막 전해진 것과 다름없는 모습이었다.

윤극사는 짐을 수레에 싣고 이영을 태운 후 객점을 나왔다. 시장에 들러 제수(祭需) 중에서 말라 버린 떡을 사고 쉬어버린 술을 다시 사서 성을 나왔다.

사람들은 신생조화문에서 지난밤에 생긴 일을 이야기하고 있었다.

수백 명이 죽었다는 말과 윤극사의 이름이 간간이 흘러나왔으며 그가 염제(炎帝)라느니 이화진군(離火眞君)이니 하는 말도 있었다. 그러나 윤극사를 알아보는 사람은 없었다.

신생조화문으로 가는 길에는 사람이 없었다.

옛날에는 제세원에 가느라고 사람이 끓일 날 없던 길이었건만 지금은 윤극사와 이영만 가고 있었다.

신생조화문에 돌아와서 윤극사는 구신의와 그때 죽은 사형들, 그리고 이름조차 알 수 없는 환자들의 제를 지냈다.

신생조화문은 그들이 서안으로 떠났을 때처럼 적막강산이었다. 시체 타는 냄새가 많이 줄었다.

윤극사는 만상탑으로 올라가서 제세원의 유물들을 살펴보았다. 세상에 알려져 있는 책들은 모두 남겨두고 긴 세월 동안 만들어진 임상기록(臨床記錄)과 신의들의 저술을 따로 골랐다.

마당에 성한 빈 마차가 있어서 책들을 옮겨 실으니 십 분지 일도 싣지 않아서 마차가 차버렸다. 임상기록이 많은 양을 차지한다.

싣고 갈 데도 없었다.

한참을 찾아서 사야동부(師爺洞府)로 내려가 입구를 찾았다. 윤극사가 단홍주, 하붕과 더불어 십독십이약을 배우고 취했던 사야동부는 원래 이청무의 침실 아래에 있었지만 신생조화문을 건설하면서 입구를 바꾸고 막아놓은 상태였다.

사야동부는 예전처럼 침대를 타고 오르내릴 수는 없었다. 윤극사와 이영은 벽면을 걸어서 내려갔다.

캄캄한 밑바닥에서 부서진 이청무의 침대를 발견했다. 그리고 허물어진 벽 속에서 만상탑에 있던 것과 비슷한 기관 장치를 보았다.

윤극사는 이청무의 침대가 만상탑에 설치되어 있던 신동운제와 서로 다른 것이 아니라는 것을 알았다. 당시 윤극사는 모르고 있었지만 제세원에서는 신의들이 이미 그런 장치를 연구하고 만들어 사용하기도 했던 것이었다.

약탈당한 흔적들이 사야동부의 곳곳에 남아 있었다.

표제운과 박기 그들 두 사람이 제세원을 멸망시킨 후에 내려와 십독십이약과 혼돈석유에 대한 것들을 약탈해 가면서 남긴 흔적이었다.

　침대는 그들이 사야동부를 나갈 때 부수었고 그들은 자동으로 움직이는 침대에 깊은 인상을 받았으리라고 윤극사와 이영은 짐작할 수 있었다.

　윤극사와 이영은 사야동부를 말끔히 청소하고 책들과 자기들의 짐을 그곳으로 옮겼다.

　명산(名山)이나 석실(石室)에 비급(秘笈)과 기물(奇物)을 수장(收藏)하는 뜻은 그것들이 그 시대에 맞지 않기 때문이다.

　시대에 맞지 않는, 시대를 넘어선 것들이 세상에 남아 있으면 세상을 이롭게 하기보다는 해롭게 할 가능성이 더 컸다.

　윤극사는 어렴풋이 그런 것을 이해하고 있었다. 신화나 전설 속에 나오는 많은 신들을 지금은 볼 수 없는 것도 그들이 세상에 남아 있으면 해롭기 때문일지도 모른다.

　의술도 지나치게 발전하게 되면 세상에는 없는 병들이 나타날 수도 있다. 음양의 양극(兩極)으로 만물이 존재하는 것이 이치라면 어느 한 극이 성(盛)하면 다른 한 극도 따라 성하는 것이 이치다.

　윤극사는 제세원의 책들을 병(病)이 세상에 나타나지 못하게 숨겨둔다는 심정으로 사야동부에 숨겼다.

　그리고 보름 동안 머물면서 윤극사는 제세원 마지막 신의들의 모습들을 흙으로 빚어 초대 신의들과 함께 배치했다.

　그동안에 마음을 쉬게 하고 자유롭게 놀게 했다. 좁은 사야동부 안이지만 이영과 손을 잡고 거닐었다.

　사야동부에 있는 다섯 개의 방들은 대부분 책들이 가득하고 윤극사와 이영이 기거하는 곳인 한옥 침상이 있는 방만 좀 깨끗한 편이었다.

어두웠지만 윤극사는 어둠에 구애받지 않았고 이영은 내력이 높아 어둠 속에서도 어느 정도 볼 수 있어 불편은 없었다.

윤극사는 어느 날 이영의 곁에 누워서 지난날을 회상하다가 풍혼노인에게 인도되어 천심회의 폐장원에 갔던 일을 떠올렸다.

그때 용영노인은 그를 보자마자 단명(短命)이라고 말했다. 윤극사는 그 말이 옳았구나 하고 생각했다.

약관의 갓 지난 나이에 사람같이 사는 것은 끝이 났으니 단명이다.

이영에게 그렇게 말하자 이영이 웃으며 말했다.

"신선들 중에는 어릴 때 명이 짧다고 하는 말을 들은 사람들이 많대요. 어느 날 문득 신선 같은 노인이 찾아와서 '당신 아들은 무슨무슨 어찌어찌하여 속세에 살면 명이 짧으니 나에게 주시오' 하면 그 노인을 따라간 아이는 나중에 신선이 되는 거죠."

이영은 어쩌면 그렇게 그런 이야기들은 한결같으냐고 하면서 풋풋 웃었다.

윤극사가 머리를 긁으며 말했다.

"내 경우는 그게 아니에요, 영. 신선 같은 노인을 만나서 단명이니 쓸모없다고 내쫓긴 거죠."

이영이 배를 잡고 다리를 파들거리며 웃었다.

윤극사는 갑자기 욕정이 불끈 치솟아서 이영을 가슴으로 눌렀다. 이영이 헥헥거리며 팔다리를 버둥거렸다.

벗은 몸을 안고 다리를 얽어 서로의 몸에 걸쳤다. 몸에 남아 있는 힘이 모두 환희의 불꽃으로 타버린 후에 의식마저 몽롱해져 꿈과 현실을 오락가락했다.

윤극사는 그때 당당이 자기 머리맡에 초췌한 모습으로 앉아 있는 것을 보았다.

정신이 번쩍 들어 고개를 들었다.

"당당!"

당당이 미소를 설핏 지었다. 지치고 힘든 모습이었다.

윤극사는 이불로 이영을 덮고 옷으로 앞을 가리며 물었다.

"무슨 일이 있었어요?"

당당이 힘없는 음성으로 대답했다.

"보고 싶어서 왔어요."

윤극사는 아마 자기가 당당을 보고 싶어했을 거라고 생각했다. 당당은 기운이고 당당이 하는 말은 모두 윤극사 자신에게 반응한 당당의 기운이 조화를 이루는 것이다.

윤극사가 말했다.

"여긴 어떻게 알고 왔어요?"

당당은 쓰러질 듯이 비틀거리며 말했다.

"전 항상 당신 소식을 듣고 있었어요."

윤극사가 당당을 붙잡았다. 앞을 가린 옷이 떨어져 버렸다.

당당이 웃으며 말했다.

"결국 이 소저와 부부가 되셨군요."

윤극사는 당당을 돌아서게 하고 옷을 입었다.

당당은 윤극사가 누웠던 침대에 앉아 잠든 이영을 보며 말했다.

"부러워요."

윤극사가 말했다.

“당당, 이상한 말 하지 말아요. 영이 일어나면 좋아하지 않을 거예요.”

당당이 한숨을 쉬면서 말했다.

“걱정하지 마세요. 당신 부인은 꿈속에서 제 친구들과 놀고 있으니까요.”

윤극사가 못마땅한 표정을 지었다.

당당이 급히 말했다.

“짓궂은 친구들이 아니에요.”

“다행이군요.”

윤극사가 웃었다.

당당이 힘없이 따라 웃으며 말했다.

“소문을 들었어요. 침을 묻고 인간 세상에서 멀어지기로 했다고요.”

윤극사가 고개를 끄덕였다.

당당이 말했다.

“놀랐어요. 당신은 그럴 자격이 있지만 전혀 그렇게 하지 않을 사람 같았어요.”

“당당.”

하고 윤극사가 불렀다.

“나는 두려웠어요.”

윤극사는 의자에 앉으며 두 손을 석탁 위에서 모았다.

“내가 당당이 속해 있는 세상, 사람들이 보지 못하는 그 세상을 보고 만지고 할 수 있게 되면서 실수를 많이 했어요.”

“그랬지요.”

당당이 쓸쓸한 미소를 지었다. 윤극사 앞에 나타날 때마다 짓던 요염한 태도는 사라졌다. 화려한 봄꽃이 가을 낙엽처럼 스산하게 변한 듯했다.

윤극사는 그동안 당당이 많은 고초를 겪었구나 싶어서 가슴이 뭉클했다. 윤극사가 연민 가득한 눈으로 바라보자 당당이 말했다.

"그래서요?"

윤극사는 따라서 처연한 심정이 되어 말했다.

"그 때문에 난 큰 대가를 치러야 했고 앞으로도 치러야 할 거예요. 지금은 영이 곁에 있고 난 지킬 것이지만 세상에서도 실수를 하게 되면 영을 지킬 수조차 없게 되는 것이 아닐까 싶어 두려웠어요."

당당이 말했다.

"당신이 살아가는 세상의 일인데 어떤 실수를 하겠어요?"

윤극사가 말했다.

"난 내 세상의 방식대로 당신 세상을 주물러 영향을 미쳤어요. 그리고 이제는 거꾸로 당신 세상의 방식으로 내가 속한 세상을 마구잡이로 만들어 버릴 것 같아요. 벌써 그렇게 하기도 했고."

윤극사는 보통 사람들이 보고 듣고 만질 수 있는 세상을 자기의 세상으로, 그것을 벗어나서 아주 특별한 사람들이 보고 듣고 만질 수 있는 세상을 당당의 세상으로 말했다.

"그랬군요."

당당이 미소를 지으며 말했다. 억지로 웃는 서글픈 미소였다.

"만약 당신의 복록이 손상되지 않았더라면 당신은 아마 황제가 될 수 있었을 거예요."

"황제?"

윤극사가 어리둥절한 표정으로 물었다.

당당이 한숨을 쉬면서 말했다.

"친구들이 말하더군요. 당신이 천지운행의 중심에 있었다고요. 당신의 복이 그대로 있었더라면 황제가 될 수 있었을 텐데 아니어서 당신의 마음만 고통스러워졌다고요."

윤극사는 가슴이 쿵쿵 뛰었다.

세상이 자기를 중심으로 도는 기분을 느낀 것이 착각은 아니었다. 주변에서 일어난 어지러운 소용돌이들이 자기에게 와서 꽃 피우지 못하고 스쳐 지나갔다.

한동안의 이상했던 생활은 그로 말미암은 것이었다. '그랬구나' 하고 윤극사는 속으로 중얼거렸다. 몰랐던 것을 전부는 아니라도 이해하게 되니 마음이 후련했다.

윤극사는 미소를 짓고 말했다.

"당당, 난 황제 같은 것 되고 싶지 않았어요."

당당이 웃으며 일어섰다. 무슨 말을 할 듯하다가 당당은 입을 다물었고 윤극사는 그녀를 따라 일어났다.

윤극사와 당당은 사야동부 가운데 있는 약사여래의 상 앞으로 걸어갔다. 당당이 먼저 걸었고 윤극사가 뒤따라갔다.

당당이 벽면에 둥글게 서 있는 신의들의 상을 보며 말했다.

"저 앞에 있는 책들은 저 사람들이 쓴 건가요?"

신의들의 상 앞에는 무릎과 비슷한 높이의 단이 있고 그 위에는 향로와 그들의 저술이 놓여 있었다.

윤극사와 이영이 이곳으로 들어왔을 때는 그곳에 있는 책들을 표제운과 박기가 가져가서 하나도 남아 있지 않았으나 마침 그것들은 윤극사와 이영이 가지고 내려온 책들 중에 포함되어 있었다.

윤극사는 처음의 구신의와 마지막 구신의의 저술들은 그들의 상 앞에 놓고 그 사이에 있는 신의들의 저술은 사야동부 가운데 있는 아홉 개의 침대 위에 적당히 늘어놓을 수밖에 없었다.

하지만 구신의 중에서 제일신의 이청무 사숙의 저술은 남아 있지 않았다.

윤극사가 설명했다.

"사숙들이 쓰셨어요. 제일신의 이 사숙께서는 평생에 걸쳐 십독십이약이라는 진귀한 연구를 하셨지만 글로 남기진 않았어요. 함부로 전해질 수 없는 것이라서요."

당당이 물었다.

"당신 몸속에 들어 있는 혼돈 같은 기운 말인가요?"

"혼돈?"

윤극사가 되물었다.

당당이 말했다.

"제가 들었던 대초의 혼돈과 비슷해서 한 말이에요. 세상을 낳은 만물의 어머니 혼돈 말이에요."

윤극사가 곰곰이 생각하다가 말했다.

"그럴지도 모르겠어요. 십독십이약은 열 가지 독과 열두 가지 약으로 모든 독과 약을 다 포용할 수 있다는 생각을 기반으로 만들어졌어요. 그리고 한 몸에 담고 있죠. 십독은 십천간에 비유하고 십이약은 십이지(十二支)에 비하니 혼돈은 아니더라도 개념적으로 가깝다고 할 수 있겠군요.”

당당은 할 말이 있으면서도 에두르는 것처럼 평일측의 상을 보았다.

윤극사가 말했다.

“제이신의 평 사숙은 혼돈석유의 근본 성(性)을 연구하셨어요. 저 책들은 ‘혼돈석유고’ 라는 것이고 평 사숙이 쓰셨어요.”

윤극사는 그 외에도 제삼신의 위한의 책과 나머지 신의들의 저술에 대해서도 펼쳐 보이며 말해 주었다.

제세원의 아홉 신의들은 의술 외에도 저마다 독특한 연구들을 남겨 놓고 있었다. 제일신의 이청무만이 십독십이약을 연구했고 나머지는 최초의 아홉 신의들에게서 시작된 혼돈석유를 기반으로 한 연구를 계속해 왔던 것이었다. 그 연구의 기간은 칠십 년에 달해서 제세원의 역사와 동일했다.

“사람들은 참 좋겠어요.”

하고 당당이 말했다.

윤극사가 물었다.

“왜요? 나는 당당이 더 좋을 것 같은데요.”

당당이 쓸쓸한 표정을 지으며 말했다.

“우리는 하늘과 이치를 거스르지 못해요. 두려워한다, 두려워하지 않는다는 말조차 없을 정도죠. 하지만 사람들은 하늘도 두려워하지 않고 맞서 싸우잖아요. 그러다가 죽임을 당할지라도.”

“당당, 그런 게 아니어요.”

윤극사가 말했다.

"사람들은 하늘의 뜻이 뭔지 몰라요. 그래서 거스를 때도 있고 순종할 때도 있어요. 나도 하늘의 뜻이 뭔지 몰라요. 그냥 어떻게 한 후에 탈이 없으면 그게 바로 하늘의 뜻이었구나 생각하게 되죠. 어디로 가야 할지 몰라서 갈팡질팡하는 마음을 당당은 모를 거예요. 하늘의 하려는 바를 알지 못해서 대답을 기다리고 있으면 온갖 것이 다 귀에 와서 속삭여요. 바깥의 것도 속삭이고 내 속에 있는 것들, 어제와 그제 같은 지난날까지 속삭거려요."

당당이 이상하다는 표정을 지으며 물었다.

"그럼 어떻게 해요?"

윤극사가 대답했다.

"나는 그것들 중에서 내 심정(深情)을 움직이는 것을 택해요. 이해타산으로 내 행동을 결정하지 못해요. 가만히 떠오르는 생각이나 들려오는 말 중에서 어떤 것은 가슴을 뛰게 만들며 내 정신을 어떤 특별한 상태로 이끌어요. 그 상태에서 나는 확신이나 천명, 사명 같은 것을 느껴요."

"너무 어려워요."

당당이 머리를 저으며 말했다.

"제가 이해하기엔 너무 어려워요."

윤극사가 웃었다.

당당이 미간을 찌푸리며 말했다.

"저도 많이 총명해졌어요. 사람을 많이 배웠죠."

윤극사가 놀란 음성으로 말했다.

"당당, 이상하군요!"

당당이 쓸쓸하게 웃으며 말했다.

"전 쫓기고 있어요."

윤극사가 놀라서 입을 벌렸다.

당당은 울음을 터뜨릴 것 같은 얼굴로 빙긋 웃었다. 사람이 지을 수 있는 표정이었다.

당당이 고개를 떨구고 말했다.

"이곳이 아니었으면 당신을 만날 엄두도 내지 못했을 거예요."

"왜? 누구에게 쫓겨요?"

하고 윤극사가 물었다.

당당이 미소를 짓고 대답하지 않았다.

윤극사는 당당을 쫓는 것이 그녀가 함부로 말할 수 없는 존재라는 것을 알았다. 당당은 쫓기면서도 친구들의 도움을 받아 윤극사를 만나러 온 것 같았다.

윤극사가 물었다.

"천기를 누설한 죄 때문인가요?"

당당이 고개를 끄덕였다.

말주변이 없는 윤극사는 당당을 어떻게 위로해 줘야 할지 몰랐다. 당당이 사람은 아니지만 윤극사에겐 둘도 없는 친구나 마찬가지였다. 윤극사는 당당이 천기를 누설했을 때 그녀에게 그녀가 화를 당하면 보호해 주겠다는 약속했었다.

한동안 당당과 윤극사는 아무 말 없이 잠자코 있었다. 이윽고 윤극사가 말했다.

"당당, 내가 당당을 지켜줄 수는 없어요?"

당당이 빙긋 웃으며 머리를 저었다.

"고마워요. 하지만 안 돼요. 전 화를 피할 수 없어요."

윤극사는 가슴이 꽉 막혔다.

당당이 조그마한 소리로 말했다.

"별로 제가 먼저 당신을 떠나게 된 거예요. 이 소저보다 먼저요."

윤극사가 말했다.

"내 곁에 있어요, 당당. 내가 당신을 지키겠어요."

당당이 천천히 머리를 흔들고는 손으로 얼굴을 감싸며 흐느꼈다. 완전히 사람 같았다.

"이젠 지쳤어요. 전 너무 지쳤어요."

윤극사는 애처로워서 당당의 어깨를 안아주었다. 당당이 힘없이 중얼거렸다.

"사람은 따뜻해서 좋아요. 항상 봄날 같아요."

윤극사가 나직하게 말했다.

"그래서 일찍 늙고 일찍 죽어요."

"전 오늘 죽어요."

하고 당당이 떨면서 말했다.

"제가 흩어지고 나면…… 아미산 제가 있던 곳으로 한번 찾아와 줄 수 있으세요?"

윤극사는 고개를 끄덕였다.

당당이 숨을 길게 내쉬었다.

"당신은 스승없이 혼자서 걸어온 사람이라고 했어요. 사람이었지만 사람을 넘었어요. 행복하게 사세요. 복록이 흩어졌지만… 당신은 착한 사람이잖아요. 사람들이 말하는데, 착하면 복을 많이 받는대요.”

“고마워요.”

하고 윤극사가 말하는데 당당이 그의 품에서 벗어나며 눈물 그렁그 렁한 눈으로 윤극사를 보았다.

윤극사가 ‘당당’ 하고 불렀다.

당당은 윤극사의 입에 입을 맞춘 후 물러서며 작은 소리로 말했다.

“친구들이 이제 가야 한다는군요. 잘 있어요.”

윤극사가 손을 잡았지만 당당은 한줄기 바람으로 화해서 그의 손을 빠져나갔다. 순간 윤극사는 전신이 쩌릿해지면서 경직되었다.

당당의 비명 소리를 들은 것 같았다.

뒤이어 벼락치는 소리가 고막을 때렸다.

한옥 침상에서 자고 있던 이영이 놀라서 이불을 손에 들고 뛰쳐나왔 다.

땅속 깊이 있는 사야동부에 벼락치는 소리가 연이어 들려왔다. 이영 은 두려워서 윤극사의 품으로 뛰어들었다.

연이어 엄청난 폭음과 함께 땅이 흔들렸다. 사야동부가 무너질 듯이 흔들렸다.

‘천지개벽(天地開闢)이다!’

하고 윤극사는 약사여래의 상을 붙잡으며 속으로 부르짖었다. 거대 한 폭음들이 몸을 쥐어짰다. 영혼의 존엄을 위협하며 비틀었다.

정신이 자리를 잡았을 때는 폭음이 멎은 후였다.

시작된 후 얼마 동안 폭음이 들렸는지 윤극사는 알 수가 없었다. 폭 풍처럼 휘몰아치는 폭음의 진동 속에 시간은 마비되어서 수유와 영원을 구별하지 못했다.

사야동부는 난장판이 되어 있었지만 무너지진 않았다.

윤극사와 이영은 옷을 챙겨 입고 사야동부의 출구로 가보았다. 출구가 흔적도 남아 있지 않았다.

나갈 수 있는 다른 길을 찾아봤지만 길은 없었다. 그리고 사야동부 안이 점점 뜨거워지고 있었다.

윤극사는 급해졌다.

임상기록들도 중요하지만 그것보다는 신의들의 저술이 더 중요했다. 그들의 저작(著作)을 자기가 썼던 책과 함께 한옥 침상으로 옮겼다.

한옥 침상은 사야동부의 모든 것이 뜨거워지는 중에도 여전히 한기를 품고 있었다. 그러나 한옥 침상 옆도 점점 뜨거워지며 숨을 쉬기가 어려웠다.

윤극사는 검으로 한옥 침상의 속을 네모나게 파냈다. 금석을 무처럼 자르는 윤극사의 보검은 부스러기도 남기지 않고 커다란 덩어리로 한옥을 팔 수 있었다.

구유처럼 변한 한옥 침상 속에 책들을 넣고, 속에서 파낸 한옥으로 덮개를 만들고, 그렇게 하고도 남은 한옥 조각을 둥글게 다듬어 침으로 뚫고 실로 꿰어 이영의 목에 걸었다.

윤극사와 이영은 한옥 상자로 변해 버린 침상 위에 몸을 전부 다 붙이고 있었지만 숨을 쉬기는 여전히 어려웠다.

사야동부에 가득하던 책에 불이 붙기 시작했다. 불은 천장에 닿을 정도로 높이 쌓여 있던 책들에서부터 시작되었다.

윤극사는 이영을 보았다.

이영은 초연한 모습으로 윤극사의 손을 잡고 있었다. 처음과는 달리 두려움도 불안도 없는 얼굴이었다.

윤극사의 시선을 받고 이영은 오히려 편안한 미소를 지었다.

윤극사는 몸이 부르르 떨렸다. 이렇게 해서 이영을 잃게 되는 것이 아닌가 싶었다.

윤극사는 이영을 품에 안고 검을 높이 쳐들었다.

전신을 이해하지 못할 열기가 휘감았다.

윤극사의 속에 있는 어떤 힘이 윤극사를 움직였다. 윤극사는 주위에 흐르는 모든 기운들을 이끌어 검으로 모으고 검의 힘을 빌어서 그 기운을 흘러가게 했다.

순간 불꽃들은 회오리치고 땅이 늪에 빠진 돌처럼 흔들리며 기울었다. 그리고 윤극사의 검이 가리키고 있는 천장이 길게 갈라졌다.

강물처럼 흐르는 불길들이 갈라진 틈으로 보였다.

윤극사와 이영은 한옥 침상을 밟고서 솟구쳐 올라갔다. 땅이 갈라졌던 것처럼 불길의 강도 갈라졌다.

윤극사와 이영은 구름이 가득한 머리 위 검은 하늘의 빈틈 사이에 보석처럼 뿌려져 있는 별들과 종남산 서편에 희미한 달을 보았다. 발 아래는 수만 평의 신생조화문이 용광로처럼 불길로 끓고 있었다.

시꺼먼 연기들이 높이 오르지 않고 옆으로 흐르며 북으로 갔고, 이따금 치솟는 불기둥은 높이가 수십 장에 달했다.

신생조화문의 모든 것이 타고 있었다. 그러나 바람이 남에서 불어 뒤에 있는 종남산으로는 불길이 가지 않았다.

윤극사와 이영이 탄 한옥 침상으로 만든 상자는 신생조화문 밖 불길이 닿지 않는 서쪽 숲에 떨어졌다.

한옥 침상은 큰 나무의 가지를 산산조각 냈지만 두 사람과 더불어 무사했다.

신생조화문의 높은 담장 안에서 불길은 벽을 이루어 치솟았다.

우르릉!

뇌성이 한 번 울리더니 굵은 비가 쏟아지기 시작했다. 쇠기둥과 쇠를 주로 해서 만들었다는 만상탑이 녹아서 허물어지는 모습이 보였다.

비는 일곱 날 동안 쉬지 않고 내렸고 불은 여덟 날 동안 꺼지지 않고 타올랐다. 한 달이 넘도록 검고 누런 연기가 피어올라 종남산 일대에 사람이 출입하기 어려웠다. 신생조화문이 불타는 광경은 이백 리 밖에서도 하늘을 밝혔었다.

사람들은 불이 나던 그 밤에 벼락이 무수하게 떨어졌다고 말했다. 그리고 서안의 공기가 변했다.

『윤극사전기』 6권에 계속…